모든 것을 결정하는 한 문장

모든 것을 결정하는 한 문장

초판 1쇄 발행 · 2021년 12월 6일
초판 3쇄 발행 · 2023년 9월 1일

지은이 · 백건필
펴낸이 · 이종문(李從聞)
펴낸곳 · (주)국일미디어

등   록 · 제406-2005-000025호
주   소 · 경기도 파주시 광인사길 121 파주출판문화정보산업단지(문발동)
영업부 · Tel 031)955-6050 | Fax 031)955-6051
편집부 · Tel 031)955-6070 | Fax 031)955-6071

평생전화번호 · 0502-237-9101~3

홈페이지 · www.ekugil.com
블 로 그 · blog.naver.com/kugilmedia
페이스북 · www.facebook.com/kugilmedia
E - m a i l · kugil@ekugil.com

· 값은 표지 뒷면에 표기되어 있습니다.
· 잘못된 책은 구입하신 서점에서 바꿔드립니다.

ISBN 978·89·7425·009·6(13800)

| 마음을 훔치는 카피라이팅 |

백건필 지음

모든 것을 결정하는
한 문장

국일미디어

서문

"세상을 바꾸고 싶다면 펜을 들어라."

16세기 종교 혁명가 마틴 루터(Martin Luther)의 말입니다. 놀랍게도 이 문장은 2021년에 이렇게 재탄생합니다. "역사를 바꾼 것은 항상 PEN이었다. - 삼성 노트북 펜 S" 그뿐만이 아닙니다. 무려 100년 전 존 케이플즈(John Caples)라는 전설적인 카피라이터가 썼던 "어떻게 나는 하루 저녁에 기억력을 개선했을까?"라는 카피는 2016년 『1년 만에 기억력 천재가 된 남자』라는 책 제목으로 다시 태어납니다. 시대는 변해도 인간의 마음은 변하지 않습니다. 본서는 일반적인 책이 아닙니다. 최소 100년, 길게는 2,000년에 걸쳐 검증된 '설득하는 언어'의 정수를 담은 책입니다.

내게 밥을 사준 글쓰기

저는 광고홍보학을 전공하지 않았습니다. 국문학과 철학을 전공하고 중고등학교에서 국어교사로 8년 동안 근무했습니다. 그런데도 국내 최대 광고기획사의 외주 카피라이터로 일하면서 대기업 S전자의 신제품 카피라이팅에 참여했습니다. 지금도 신문, 뉴스, 지하철 광고에서 심심찮게 제가 쓴 카피를 볼 수 있습니다. 그 밖에도 수많은 중소기업 네이밍, 슬로건, 브랜딩에 참여해 왔습니다. 지금까지 저는 시, 소설, 시나리오 등 다양한 장르의 글을 써왔습니다. 그러나 제 카드값을 내준 글쓰기는 카피라이팅 뿐이었습니다.

세일즈 카피라이팅

안타깝게도 그동안 국내에는 전문적인 세일즈 카피라이팅 교육이 없었습니다. 여기서 말하는 세일즈 카피라이팅이란 "Just Do It"이나 "순간의 선택이 10년을 좌우합니다"와 같은 슬로건을 말하는 것이 아닙니다. 매장에서, 쇼핑몰에서, 블로그에서 실제로 상품을 팔고 입금 알람을 울리는 '돈이 되는' 글쓰기를 말합니다. 세일즈 카피라이팅을 위한 표준화된 교육과정이 없다 보니 카피라이터가(때로는 마케터가) 실무를 담당하면서 주먹구구식으로 익힐 수밖에 없었습니다.

두 명의 멘토, 하나의 공식

저는 전설적인 카피라이터 존 케이플즈와 로버트 콜리어(Robert Collier)를 멘토로 삼아 원서를 구해 읽으면서 카피라이팅을 연구했습니다. 존 케이플즈로부터는 헤드라인 쓰는 법을 배웠고, 로버트 콜리어로부터는 보디카피 쓰는 법을 배웠습니다. 그리고 마케팅 심리학을 공부하고 직접 비즈니스를 하면서 고객을 즉시 결제시키는 여러 가지 기법을 익혔습니다. 이 모든 것을 하나로 합치고, 체계적으로 정리하고, 현장에서 테스트하면서 완벽한 카피라이팅 공식이 탄생했습니다. 그것이 바로 본서의 '확 꽂히는 헤드라인을 쓰는 6가지 유형', '고객을 설득하는 8단계 PERSUADE 공식', '즉시 결제하게 하는 7가지 CLOSING 기법'입니다.

다른 책과 다른 점

본서는 다른 카피라이팅 책과 다음의 다섯 가지 측면에서 차별화됩니다. 첫째, 원론적인 카피가 아니라 실전에서 살아남은 카피를 알려드립니다. 둘째, 옛날 외국에서만 통하는 카피가 아니라 지금, 대한민국에서 통하는 카피를 알려드립니다. 셋째, 남의 사례, 남의 카피가 아니라 주로 제가 직접 쓴 카피를 예문으로 들어 드립니다. 넷째, 실전에서 써먹지 못하는 카피가 아니라 오늘 배우면 내일 바로 써먹는 카피를 알려드립니다. 다섯째, 읽고 남는 것이 없는 카피가 아니라 앞으로 두고두고 써먹을 수 있는 공식을 알려드립니다. 본서는 명카피 예문 모음집이 아닙니다. 직접 카피를 쓰는 방법을 알려주는 카피 레시피입니다.

묻고 답하기

Q. 글을 잘 못 쓰는 사람도 카피라이팅을 할 수 있을까요?

A. 물론입니다. 카피라이팅은 문학보다 심리학에 가깝습니다. 카피라이팅은 고객의 마음을 읽고, 내가 파는 상품을 고객이 원하도록 만드는 설득의 기술입니다. 설득에는 수학처럼 공식이 있습니다. 글을 못 쓰는 사람도 본서에서 소개하는 설득의 공식을 따라 하면 누구나 팔리는 카피를 쓸 수 있습니다.

Q. 카피라이팅 공식은 마케팅에만 적용되나요?

A. 아닙니다. 마케팅 외에도 활용 범위는 무궁무진합니다. 취업준비생은 자기소개서에 적용할 수 있습니다. 강사는 강의 시나리오를 구성할 때 활용할 수 있습니다. 비즈니스맨은 기획서나 제안서를 쓸 때 적용할 수 있습니다. 청중을 설득하는 드라마틱한 프레젠테이션에도 사용할 수 있습니다. 이 모든 것은 사람을 설득하는 활동이기 때문입니다.

Q. 카피라이팅은 전문가에게 맡기는 것이 낫지 않을까요?

A. 아닙니다. 제품에 대해 가장 잘 알고 있는 사람은 판매자 본인입니다. 다소 서투르더라도 판매자가 직접 진심을 담아 상품의 가

치를 제안하고 입증해 보세요. 프로 카피라이터가 쓴 세련된 카피보다 고객의 마음을 울릴 수 있습니다. 가장 좋은 판매자가 가장 좋은 카피라이터입니다.

강의와 책

저는 지난 7년간 카피라이터로 활동하면서 카피라이팅 교육을 병행해왔습니다. 인터넷에는 수많은 후기가 올라와 있습니다. "뇌즙을 쥐어짜지 않고 틀 그대로 따라가면 되었습니다", "항상 마케팅 고민이 많았는데 단번에 해결되었어요", "학생들을 위한 교육 프로그램 문구에 바로 적용했습니다", "카피라이팅에 적용된 심리학 법칙을 알게 되었어요", "이렇게 쓰니까 팔리는구나… 하는 생각이 들었습니다", "재수강을 했는데도 다시 들을 가치가 있었어요" 등 일일이 언급하기 힘들 정도로 많습니다. 지난 7년간 축적된 강의의 엑기스를 고스란히 담은 것이 본서입니다.

카피를 팔고 자유를 사다

요즘 저는 더할 나위 없이 행복합니다. 일주일에 한 번씩 《모든 것을 결정하는 한 문장》의 공식에 따라 강의 공지를 올리면 한 번에 160명 정도가 신청하십니다. 많을 때는 300명이 넘기도 합니다. 쇼핑몰 세일즈 페이지 카피라이팅 컨설팅도 하고 있습니다. 꼭 도시에서 일할 필요도 없습니다. 마음이 내키면 양양이나 강릉에 호텔을 잡고 파도 소리를 들으며 책도 쓰고 온라인 강의도 합니다. 이 모든 것이 가능한 이유는? 제가 고객을 설득하고 상품을 판매하는 타이탄의 무기, 카피라이팅 능력을 갖췄기 때문입니다.

세상을 바꾸고 싶다면…

여러분은 본서를 집중해서 읽으셔야 합니다. 마치 무림 비전서를 읽듯이 한 글자 한 글자 탐독해야 합니다. 그 어떤 무공도 공중에서 돈을 만들지는 못합니다. 하지만 카피라이팅은 가능합니다. 지난 100년간 광고는 대량 생산과 대량 소비를 촉진했고 우리가 알고 있는 현대 사회를 만들었습니다. 본서는 100년 동안 검증된 카피라이팅 이론을 현대화한 것입니다. 세상을 바꾸고 싶나요? 그렇다면 펜을 드세요. 그리고 쓰세요.

"인간의 가슴을 두근거리게 하는 것이 무엇인지를 알았다면, 광고의 핵심을 파악한 것이다."

— 핼 스테빈스, 『카피캡슐』

마음을 훔치는 카피라이팅

핵심 가치: '누구'에게 '무엇'을 줄 것인가?

3장

가치 제안: 확 꽂히는 헤드라인을 쓰는 6가지 유형

4장

가치 입증: 고객을 설득하는 8단계 PERSUADE 공식

5장

행동 촉구: 즉시 결제하게 하는 7가지 CLOSING 기법

6장

무조건 팔리는 12가지 설득 테크닉

7장

실제 카피라이팅 사례

부록

1장

마음을 훔치는
카피라이팅

"

한 소년이 호수에서 낚시를 하고 있었다. 남루한 차림에 원시적인 대나무 낚시였지만 쉴 새 없이 물고기가 걸려들었다. 한편, 소년 바로 옆의 낚시 애호가는 옷차림이며 낚시 장비며 최고급 제품으로 무장했지만 물고기가 전혀 잡히지 않았다. 낚시 애호가가 소년에게 물었다. "넌 어떻게 그렇게 잘 낚니?" 소년이 대답했다. "이 호수에 사는 물고기는 지렁이를 좋아해요. 아저씨가 쓰는 화려한 인공미끼를 무는 물고기는 한 마리도 없을 걸요?"

"

카피라이팅이란?

카피라이팅은 낚시와 같다. 노련한 낚시꾼은 물고기가 좋아하는 미끼로 물고기를 유혹한다. 반면 서투른 낚시꾼은 물고기와 상관없이 자기가 쓰고 싶은 미끼를 쓴다. 노련한 카피라이터는 타깃의 욕구를 자극하는 헤드라인으로 카피를 읽게 한다. 반면 서투른 카피라이터는 타깃의 욕구를 무시하고 화려한 문장으로 자아도취에 빠진다. 카피라이팅은 신춘문예가 아니다. 철저히 타깃의 요구를 분석해서 물건을 팔아야 한다. 현대 광고의 아버지 데이비드 오길비(David Ogilvy)는 이렇게 말한다. "광고는 광고인의 천재성을 과시하는 것이 아니라 제품을 판매하는 것이다."

상품을 사고 혜택을 원한다

한마디로 카피라이팅이란 고객의 욕구와 판매자의 상품을 연결하는 글쓰기다. 욕구란 무엇인가? 살고 싶고, 먹고 마시고 싶고, 위험으로부터 자유로워지고 싶고, 이성과 교제하고 싶고, 편안한 생활을 하고 싶고, 남들보다 우월해지고 싶고, 사랑하는 사람들을 보살피고 싶고, 사회적으로 인정받고 싶은 마음의 충동이다. 상품이란 무엇인가? 이러한 욕구를 충족시키는 '도구'다. 목마름을 해소하기 위해 물을 마시듯이, 고객은 욕구를 충족시키기 위해 상품을 산다. 고객이 사는 것은 상품이지만 원하는 것은 욕구의 충족, 즉 '혜택'이다.

세일즈 카피라이팅

카피라이팅에는 두 가지 종류가 있다. 첫째, 기업 슬로건과 같이 감성을 자극하는 아름다운 한 줄 글쓰기다. 카피라이팅 하면 일반적으로 떠오르는 유형이다. 둘째, 쇼핑몰 세일즈 페이지와 같이 고객을 설득하는 논리로 구성된 N줄 글쓰기다. 이러한 카피라이팅을 일반적인 카피라이팅과 구분해서 '세일즈 카피라이팅'이라고 한다. 일반적으로 '한 줄 카피라이팅'은 기업의 브랜드 이미지 제고를 위해서, 'N줄 카피라이팅'은 구체적인 상품의 판매를 위해서 사용된다. 본서에서는 두 번째 유형, 즉 '고객을 설득하여 상품을 판매하는 N줄 글쓰기'를 주로 다룬다.

단 하나의 능력을 남긴다면

카피라이팅은 일종의 초능력이다. 내가 직접 행동하지 않아도 독자에게 특정한 감정을 느끼거나 행동하게 만들 수 있다. 심지어 필자와 독자가 다른 공간에 있거나 다른 시간대에 있어도 가능하다. 만약 어느 날 신이 나에게 나타나서 "네가 가진 모든 소유물, 평판, 능력 중에서 딱 하나만 선택하라. 나머지는 이 시간 이후로 모두 사라질 것이다"라고 말한다면, 나는 두 번 생각할 것도 없이 '카피라이팅'을 선택할 것이다. 카피를 쓰는 능력만 있으면 재물도, 명예도, 인간관계도 대부분 되찾아 올 수 있기 때문이다.

카피는 낚시다

정리하자. 카피라이팅이란 고객의 욕구와 상품을 연결하는 상업적 글쓰기다. 물고기가 좋아하는 미끼를 제공하면 낚시에 성공한다. 마찬가지로 고객의 욕구를 자극하는 카피는 판매에 성공한다. 카피라이팅의 대부 헬 스테빈스(Hal Stebbins)가 말했듯이 좋은 광고의 십계명 따위는 없다. 오직 1계명이 있을 뿐이다. "말하라. 그리고 팔아라."

2절

카피라이팅의 필요성

어느 화창한 봄날, 눈이 먼 노인이 길에서 구걸을 하고 있었다. 그의 옆에 있는 팻말에는 다음과 같이 쓰여 있었다. "저는 눈이 안 보입니다. 도와주세요." 마침 한 남자가 지나가다가 이 광경을 목격했다. 그는 주머니에서 펜을 꺼내 그 자리에서 팻말을 고쳤다. 남자가 떠나자 모금함에는 어마어마한 돈이 쌓이기 시작했다. 나중에 남자를 다시 만난 노인이 물었다. "도대체 팻말에 뭐라고 쓰신 겁니까?" 그러자 남자가 대답했다. "의미는 같아요. 표현만 다르게 했을 뿐이죠." 그가 쓴 문장은 다음과 같았다.

"화창한 날입니다. 하지만 전 그걸 볼 수가 없군요."

● **카피와 구매**

같은 말도 다르게 표현하면 사람의 마음을 움직이고 특정한 행동을 유발할 수 있다. 현대 자본주의 사회에서 특정한 행동이란 곧 '구매'를 말한다. 최근 우리 사회는 코로나로 인해 급격히 비대면 사회로 전환되었다. 예전 같으면 오프라인 매장에서 구매할 물건도 온라인 쇼핑몰에서 앱으로 간단히 주문한다. 구매 여부를 결정짓는 것은 실물이 아니다. 고객 후기를 포함한 세일즈 페이지의 카피라이팅이다. 고객은 카피라이팅이 매력적이고 믿을 만하면 구매를 하고 아니면 외면한다. 이 얼마나 무시무시한가?

● 카피의 위력

세상에는 너무나 많은 상품이 있고, 너무나 많은 광고가 있다. 인터넷 서핑을 하다 보면 쉴 틈 없이 밀려오는 광고의 홍수에 정신을 차릴 수가 없다. 어지간히 참신한 카피로는 판매는커녕 눈에 띄기조차 힘들다. 만약 우리가 수많은 광고를 뚫고 고객의 눈길을 사로잡고, 공감을 살 수 있고, 기억되는 카피를 쓸 수 있다면 어떨까? 말 그대로 인터넷에 돌아다니는 돈을 쓸어 담을 수 있다. 한 가지 예를 보자.

● 제목만 바꿔서 떼돈을 번 사나이

홀드만 줄리우스는 1920년대 미국의 통신판매업자다. 그는 잘 안 팔리는 책들의 판권을 싸게 사들여서 제목만 바꿔 재출간했다. 예를 들어 《황금빛 머리칼》이라는 책은 원래 연간 판매량이 5천 권에 불과했다. 그러나 《금발의 애인을 찾아서》라는 제목으로 바꾸었더니 판매량이 5만 권으로 늘었다. 또한 한 권도 팔지 못했던 《논쟁술》이라는 제목의 책을 《어떻게 하면 논리적으로 토론할 수 있는가》로 바꾸자 연간 3만 권을 팔 수 있었다. 원래 제목과 바꾼 제목의 차이는 무엇일까? 원래 제목은 단순히 내용을 설명할 뿐이다. 그러나 바꾼 제목은 성적인 욕구와 우월해지고 싶은 욕구를 자극한다. 의미는 같다. 표현만 다를 뿐이다.

● 비대면 사회와 카피라이팅

옛날에 국한된 이야기가 아니다. 비대면 사회인 요즘에는 카피라이팅 능력이 더욱 절실히 필요하다. 본서에서 소개하는 카피라이팅은 상품 판매를 넘어서는 근본적인 커뮤니케이션 스킬이다. 한 번만 익혀두면 세일즈 페이지 뿐만 아니라 페이스북이나 인스타그램 등 SNS 마케팅, 전단지, 자기소개서, 심지어 스피치 원고에 이르기까지 모든 커뮤니케이션 상황에 활용할 수 있다. 커뮤니케이션이란 결국 상대에게 내 생각을 전달하고, 마음에 변화를 주어서, 내가 원하는 행위를 하도록 유도하는 것이다. 그것이 바로 카피라이팅이다.

● Change your word, Change your world

단어를 바꾸면 세상이 바뀐다. 구걸을 하던 노인은 이제 "저는 눈이 안 보입니다. 도와주세요" 식의 팻말을 들지 않을 것이다. 문장이 가진 엄청난 힘을 알아버렸기 때문이다. 이 이야기는 현대 광고의 아버지라 불리는 데이비드 오길비의 일화다(최근 남자 대신 여자가 등장하는 영상으로 제작되어 유튜브에서 화제가 되기도 했다). 카피라이팅은 사람들의 마음을 바꾸고, 행동을 바꾸고, 세상을 바꾼다. 그리고 무엇보다 우리의 통장 잔고를 바꾼다.

고객의 세 가지 구매 장벽

상상해 보자. 우리는 여느 때처럼 스마트폰으로 인터넷을 검색한다. '카피라이팅 비법, 궁금하신가요?' 어디를 가든 광고창이 붕어 똥처럼 끈질기게 따라온다. 얼마 전 검색했던 키워드와 관련된 강의 상품이다. 가볍게 무시하고 지나치려고 했지만, 눈길을 잡아끄는 제목이 있다. '모든 것을 결정하는 한 문장 - 마음을 훔치는 카피라이팅' 일단 클릭한다. 엄청나게 긴 상품 설명이 이어진다. 결제를 망설이는 찰나 쿠폰 창이 뜬다. '오늘까지만 50% 할인, 실전 사례집 PDF 전자책 무료 제공' 이젠 별수 없다. 신용카드를 꺼내는 수밖에.

● 세 가지 구매 장벽
고객이 상품을 사지 않는 이유는 크게 세 가지다. 첫째, 광고를 보지 않는다. 길을 가는데 누가 자꾸 원치도 않는 상품의 전단지를 나눠주면 짜증만 난다. 둘째, 광고를 믿지 않는다. 과도한 후킹, 검증되지 않은 후기, 과장된 결과에 사람들은 신물이 나 있다. 셋째, 사지 않는다. 설령 광고를 보고 신뢰하더라도 지금 당장 결제할 이유가 없다. '보지 않는다, 믿지 않는다, 사지 않는다' 이 세 가지를 '고객의 세 가지 구매 장벽'이라고 한다. 아무리 좋은 상품도 세 가지 구매 장벽을 넘지 못하면 팔리지 않는다.

● **성공적인 광고의 세 가지 법칙**

지금으로부터 약 100년 전, 미국의 전설적인 카피라이터 존 케이플즈는 《광고, 이렇게 하면 성공한다(Tested Advertising Methods)》에서 성공적인 광고를 만드는 세 가지 법칙을 제시한다. 첫째, 꼼짝 못할 헤드라인을 쓰라. 매력적인 헤드라인은 '보지 않는다'는 첫 번째 구매 장벽을 돌파한다. 둘째, 그것을 카피에서 사실로 뒷받침해 주어라. 보디카피는 고객 후기, 포트폴리오, 실험 데이터 등의 증거를 통해 '믿지 않는다'는 두 번째 구매 장벽을 돌파한다. 셋째, 쿠폰으로 뿌리치지 못할 선물을 제시하라. 클로징카피는 특별선물이나 제한장치를 통해 '사지 않는다'는 세 번째 구매 장벽을 돌파한다. 존 케이플즈는 이 세 가지 법칙으로 한 번의 광고로 수백만 달러어치를 팔아치웠다.

타깃 분석

타깃 분석은 성공적인 광고의 세 가지 법칙 이전에 필요하다. 타깃 분석이란 고객이 누구이고 무엇을 원하는지 알아내는 것이다. 즉 낚고자 하는 물고기의 종류와 그것이 원하는 미끼를 찾는 것을 말한다. 헤드라인에 미끼를 걸고(꼼짝 못할 헤드라인을 쓰라), 단단한 낚싯대로 잡아당기며(그것을 사실로 뒷받침해 주어라), 마지막에 도망가지 못하게 뜰채에 담는 것이다(쿠폰으로 뿌리치지 못할 선물을 제시하라). 모든 카피는 인사이트에서 나오고 인사이트는 타깃 분석에서 나온다.

가격과 가치

거래가 성립하려면 상품이 제공하는 가치가 고객이 지불하는 가격보다 높아야 한다. 카피라이팅은 가격보다 더 큰 가치를 상품이 제공할 수 있음을 제안하고, 입증하고, 촉구하는 상업적 글쓰기다. 그러기 위해서는 ①핵심 가치를 찾고, ②헤드라인에서 가치를 제안하고, ③보디카피에서 가치를 입증하고, ④클로징카피에서 행동을 촉구해야 한다. 한 사람이 결제한다는 것은 이 모든 구매 장벽을 돌파하는, 실로 엄청난 일이다.

구매 패턴을 점검하라

우리가 최근 결제한 상품 목록을 점검해 보자. 어떤 제목을 보고 클릭했는가? 그 제목은 당신의 욕구를 반영하고 있다. 본문의 어떤 부분에 신뢰가 갔는가? 진술한 고객 후기 또는 많은 주문 건수였을 수 있다. 마지막에 왜 그 자리에서 결제했는가? 기간 제한이나 수량 제한이 걸려있었을 확률이 높다. 이렇게 자신의 구매 패턴을 자각하는 순간, 우리는 더 이상 물고기가 아니다. 낡은 대나무 낚싯대 하나로도 얼마든지 물고기를 낚을 수 있는 훌륭한 낚시꾼이다.

《모든 것을 결정하는 한 문장》의 구성

E.S 루이스는 소비자의 구매 심리 과정을 AIDA로 제시했다. AIDA는 Attention(주목), Interest(흥미), Desire(욕망), Action(구매 행동)의 4단계로 구성된다. 이러한 인사이트는 오늘날에도 유효하다. 본서는 크게 '핵심 가치-가치 제안-가치 입증-행동 촉구'의 4단계로 구성된다. 이 중 핵심 가치는 'Attention(주목)'에, 가치 제안은 'Interest(흥미)'에, 가치 입증은 'Desire(욕망)'에, 행동 촉구는 Action(구매 행동)에 해당한다.

핵심 가치

1장이 카피라이팅의 개념을 다루었다면, 2장은 핵심 가치를 찾는 방법을 다룬다. 2장을 통해 우리는 '드러난 카피라이팅'과 '숨겨진 카피라이팅'의 차이점, 인구통계학적인 분류에서 벗어나 유의미한 타깃을 설정하는 방법, 핵심 가치를 찾고 세분화하는 방법, 핵심 메시지를 만드는 방법에 대해서 알게 된다. 본서의 나머지 부분이 '어떻게 말하느냐'에 관한 것이라면 핵심 가치는 '무엇을 말하느냐'에 관한 것이다. 어떻게 말하느냐보다 무엇을 말하느냐가 더 중요하다.

가치 제안

3장은 고객의 시선을 확 잡아끄는 헤드라인을 쓰는 방법을 다룬다. 헤드라인은 고객이 원하는 혜택, 즉 가치를 제공할수 있다고 약속해야 한다. 이것이야말로 낚시의 성공 여부를 결정짓는 미끼와도 같다. 3장에서는 고객이 즉시 반응하는 헤드라인의 여섯 가지 유형(이득, 신정보, 비밀, 한정, 공감, 부정)을 바탕으로 총 32개의 헤드라인 템플릿을 제시한다. 이미 검증된 템플릿을 활용하면 누구나 매번 머리를 쥐어짤 필요 없이 확 꽂히는 헤드라인을 쓸 수 있다.

● 가치 입증

4장은 헤드라인에서 제안한 가치를 보디카피에서 입증하는 방법을 다룬다. 필자는 본서를 집필하면서 수 백 개의 쇼핑몰 상세 페이지를 분석했다. 그 결과 8단계로 보디카피를 구성하는 공식을 추출했다. 보디카피를 시작하는 법, 놀라운 뉴스로 충격을 주는 법, 스토리텔링으로 공감대를 형성하는 법, 문제와 해결책을 제시하는 법, 차별점을 제시하는 법, 묻고 답하는 법, 증거를 제시하는 법, 이상적인 상태를 보여주는 법 등 8단계 템플릿을 채워 넣기만 하면 누구나 설득력 있는 보디카피를 쓸 수 있다.

● 행동 촉구

5장은 헤드라인과 보디카피에서 설득된 고객이 즉시 결제를 할 수 있도록 행동을 촉구하는 일곱 가지 기법을 다룬다. 선물 제공, 혜택 제한, 선택 비교, 가치 강화, 결제 정보, 고객 한정, 환불 보증이 그것이다. '좀 더 생각해 볼게요'는 '안 사겠습니다'라는 말과 같다. 위의 일곱 가지 기법을 완전히 익혀서 적용하면 어떤 상품이라도 그 자리에서 결제시킬 수 있다.

● 설득 테크닉 및 예문

6장은 카피라이팅의 근본을 이루는 열두 가지 설득 테크닉을 다룬다. 자동차의 작동 원리를 알면 운전을 더 잘할 수 있듯이, 인간의 심리가 작동하는 방식을 알면 카피를 더 잘 쓸 수 있다. 7장은 종신보험 세일즈 카피라이팅 실제 예문을 통해 지금까지 배운 공식들을 적용하고 총정리한다. 어떤 요소도 누락되지 않은 완전한 카피라이팅 샘플은 여러분이 혼자 카피라이팅을 할 때 든든한 길라잡이가 되어 줄 것이다.

● **카피라이팅 레시피**

위에서 제시한 순서는 그대로 카피라이팅 레시피가 된다. 즉, 핵심 가치를 찾아서, 헤드라인으로 가치를 제안하고, 보디카피에서 가치를 입증한 후, 클로징카피에서 행동을 촉구한다. 본서는 위에서 제시한 테두리에서 한 걸음도 벗어나지 않을 것이다. 새로운 실험을 하지 말고 이미 검증된 공식을 따르라. 굳이 전구를 재발명할 필요는 없다. 어둠을 밝히고 싶다면 그냥 스위치를 켜면 된다.

"나는 단 한 번도 독창적인 곡을 작곡하려고 노력한 적이 없다."

– 모차르트

정리

- 카피라이팅이란 낚시와 같다. 고객이 원하는 것을 제공하면 입금이 된다.

- 카피라이팅은 같은 의미를 다르게 말함으로써 마음을 바꾸고, 행동을 바꾸고, 세상을 바꾼다.

- 고객은 광고를 보지 않고, 믿지 않고, 사지 않는다. 카피라이터는 카피를 통해 고객을 보게 하고, 믿게 하고, 사게 해야 한다.

- 본서는 핵심 가치를 찾고, 헤드라인으로 가치를 제안하고, 보디카피로 가치를 입증하고, 클로징카피로 즉시 결제시키는 4단계로 구성된다.

전설의 카피라이터

존 케이플즈(John Caples)

존 케이플즈는 미국의 전설적인 천재 카피라이터다. 데이비드 오길비는 그를 '역사상 가장 효과적인 광고를 만든 사람'이라고 평가했다. 나 역시 헤드라인을 쓰는 기법의 대부분을 그의 저서 《Tested Advertising Methods》를 통해서 배웠다 (국내번역서 제목:《광고, 이렇게 하면 성공한다》, 절판). 특히 "제가 피아노 앞에 앉았을 때 모두 웃었습니다. 그러나 제가 연주를 시작하자…"라는 음악 통신학교 카피로 유명하다. 그러나 그 뒤에 이어지는 보디카피는 국내에 전혀 알려진 바가 없다. 다음은 내가 원문을 찾아 번역한 전체 카피다.

"제가 피아노 앞에 앉자 모두 웃었습니다. 그러나 제가 연주를 시작하자…"

방금 아서가 'The Rosary' 연주를 마쳤습니다

방 안에 박수 소리가 울려 퍼졌습니다. 다음은 제 차례였습니다. 저는 극적으로 데뷔하고 싶었습니다. 저는 자신있게 피아노 앞으로 걸어가 앉았습니다. "저 녀석은 속임수를 쓰려는 거야." 누군가 키득거리자 모두 웃음을 터뜨렸습니다. 그들은 제가 전혀 피아노를 칠 수 없다고 믿고 있었습니다. "정말로 연주를 할 수 있을까요?" 한 소녀가 아서에게 속삭였습니다. "절대 못 하지!" 아서가 말했습니다. "쟨 평생 피아노라곤 만져 본 적도 없어. 하지만 일단 지켜보자고."

저는 상황을 최대한 활용하기로 했습니다. 품위있게 보이고 싶어서 비단 손수건을 꺼내서 피아노 건반의 먼지를 가볍게 털어냈죠. 그리고 보드빌 스케치 무대에서 피데레트스키(Pederewski, 폴란드 피아니스트)가 한 것처럼 피아노 의자를

4분의 1 정도 돌렸습니다. "쟤가 하는 행동 어떻게 생각하세요?" 뒤쪽에서 소리가 났다. "저희는 찬성입니다!" 누군가 대답하자 모두 들썩거리며 웃었습니다.

그리고 저는 연주하기 시작했습니다

순간, 관객들은 굳어버렸습니다. 마치 마법에 걸린 것처럼 입술에서 웃음기가 사라졌습니다. 저는 처음 몇 마디 동안 베토벤의 월광 소나타를 연주했습니다. 누군가 놀라서 탄식을 내뱉었습니다. 친구들도 모두 숨을 죽이고 듣고 있었습니다. 저는 주변 사람들을 잊고 계속 연주했습니다. 시간도, 장소도, 관객도 모두 잊었습니다. 그동안 내가 살았던 작은 세상은 희미하게 사라졌습니다. 저를 둘러싼 모든 것이 비현실적으로 느껴졌습니다. 오직 음악만이 현실이었습니다. 옛날 위대한 작곡가에게 영감을 주었던, 바람에 날리는 구름이나 표류하는 달빛처럼 아름다운 이미지가 떠올랐습니다. 마치 그 위대한 작곡가가 저에게 음악을 통해서 말하고 있는 것 같았습니다. 문장이 아닌 절묘한 멜로디로.

완벽한 승리

월광 소나타의 마지막 음이 끝나자, 방 안은 엄청난 박수소리로 가득 찼습니다. 저는 잔뜩 흥분한 얼굴들에 둘러싸였습니다. 친구들은 저를 축하하며 등을 두드려 주었습니다. 모두들 놀라서 저에게 물었습니다. "잭! 이렇게 피아노를 잘 치면서 그동안 왜 말하지 않았어?", "어디서 배운 거야?", "얼마나 오래 배웠니?", "선생님은 누구셔?"

"선생님은 본 적도 없어." 저는 대답했습니다. "그리고 얼마 전까지만 해도 하나도 연주하지 못했는걸." "농담하지 마! 내 생각에 넌 몇 년간은 연습한 게 분명해." 뛰어난 피아니스트인 아서가 말했습니다. "잠깐 공부했을 뿐이야." 저는 대답했습니다. "그저 너희들을 놀라게 하려고 그동안 비밀로 한 거지." 그런 다음 전체 이야기를 들려주었습니다. "너희들 혹시 U. S. 음악학교에 대해 들어본 적 있니?" 내 질문에 친구 몇 명이 고개를 끄덕였습니다. "거긴 통신학교잖아?" 제가 대답했습니다. "맞아. 그곳은 단 몇 달 만에 어떤 악기라도 연주할 수 있게 해주는 새롭고 간단한 방법을 메일을 통해 가르쳐줘."

어떻게 나는 선생님 없이 피아노를 배웠는가?

"몇 달 전에 U. S. 음악학교에 관해 재미있는 광고를 봤어. 악기 연주를 배우는 새로운 방법이 하루에 몇 센트밖에 되지 않더군. 한 여자는 집에서 남는 시간에 선생님 없이 피아노를 마스터했대. 가장 좋았던 것은 그녀가 사용한 새롭고 놀라운 방법은 지루한 연습이 필요하지 않다는 점이었어! 나는 혹시나 해서 샘플 레슨을 요청하는 쿠폰을 작성했지."

"무료 책이 즉시 도착했고 나는 바로 그날 밤 샘플 레슨을 시작했어. 이 새로운 방식으로 연주하는 것이 얼마나 쉬웠던지! 그런 다음 난 정식 코스에 등록했어. 광고가 말한 대로 수업은 ABC를 배우는 것만큼 쉬웠어. 수업이 계속되면서 더 쉬워졌지. 어느새 나는 내가 가장 좋아했던 곡들을 연주할 수 있게 되었어. 아무도 날 막지 못했지. 발라드, 클래식, 재즈도 쉽게 연주할 수 있었어. 내가 음악에 별로 재능이 없었는데도 말이야."

어떤 악기라도 연주 가능

이제 여러분도 일반적인 방식의 절반의 시간에, 집에서 뛰어난 음악가가 될 수 있습니다. 이 새로운 방식은 이미 35만 명의 사람들에게 악기를 연주하는 방법을 가르쳐주었습니다. 이 방식대로만 하면 절대로 실패하지 않습니다. 연주에는 특별한 재능이 필요하다는 고정관념을 버리세요! 악기 목록을 보고 어떤 악기로 할지 결정만 하시면 나머지는 학교에서 알아서 해 드립니다. 어떤 악기를 선택하시든 비용은 하루에 단돈 몇 센트로 같습니다. 당신이 초보자든 이미 좋은 연주자든 상관없이 새롭고 멋진 방법을 배우는 데 관심이 있을 것입니다.

무료 소책자 및 샘플 레슨 신청

수천 명의 성공적인 학생들도 자신에게 음악적 재능이 있으리라곤 상상도 하지 못했습니다. 소책자와 함께 무료로 보내드리는 '음악 능력 테스트'를 받기 전까지는 말이죠. 좋아하는 악기를 연주하고 싶다면, 정말로 행복을 느끼고 인기를 얻고 싶다면, 무료 소책자 및 샘플 레슨 신청 쿠폰을 보내세요. 완전 무료이고, 강제성도 없습니다. 지금 우리는 소수정예 학생들을 위해 특별 혜택을 드리고 있습니다. 특별 혜택이 마감되기 전에 지금 바로 쿠폰을 보내주세요.

이상 존 케이플즈의 전설적인 카피의 전문을 살펴보았다. 헤드라인에서 호기심을 유발하고, 보디카피에서 극적인 반전으로 상품의 효과를 입증하는 구조로 작성되었다. 제일 마지막에 '무료 소책자 및 샘플 레슨 신청'은 100년이 지난 오늘날에도 여전히 활용되고 있다. 이 광고는 1925년 12월 Physical Culture 잡지에서 테스트 되었고 기록적인 수의 쿠폰을 회수했다. 이후 여러 광고 카피에서 수없이 패러디되었다.

핵심 가치:
'누구'에게 '무엇'을
줄 것인가?

66

우리가 타깃 분석을 하는 이유는 고객의 정체가 궁금해서가 아니다. 고객이 무엇을 원하는지 알아내기 위해서다. 우리가 고객에게 줄 수 있는 것이 바로 핵심 가치다. 카피는 핵심 가치를 담고 있어야 한다. 핵심 가치가 빠진 카피는 아무리 세련된 수사법을 써도 고객의 마음을 움직이지 못한다. 카피를 쓰기 전에 잠시 펜을 내려놓고 전략을 짜 보자. 전략이 좋다면 카피는 틀릴 수가 없다.

99

숨겨진 카피 vs 드러난 카피

카피라이팅에는 '숨겨진 카피'와 '드러난 카피'가 있다. 숨겨진 카피란 '무엇을 말할 것인가(What to say)'에 관한 것이다. 즉 고객이 원하는 것을 분석하는 것이다. 드러난 카피란 '어떻게 말할 것인가(How to say)'에 관한 것으로 숨겨진 카피를 문장으로 표현한 것이다. 우리가 흔히 보는 슬로건을 비롯하여 헤드라인, 보디카피, 캡션 등이 이에 해당한다. 무엇을 말하느냐는 어떻게 말하느냐보다 중요하다. 숨겨진 카피는 드러난 카피보다 중요하다.

● 숨겨진 카피라이팅 비법서

여기 엄청난 책이 있다. 이 책은 지난 100년간 초특급 카피라이터들 사이에서 비밀리에 필사본으로만 전해지던 책이다. 1920년대 미국의 다이렉트 메일 마케팅 시절부터 검증된 '반드시 매출이 300~500% 오르는 황금 카피'들만 모아놓은 책인데, 아쉽게도 약 15년 전에 최종본이 박물관 화재로 소실되었다. 그 후로 경매 시장에 나타나기만 하면 수억 원이라도 기꺼이 내겠다는 사람이 줄을 섰지만, 최근까지 발견되지 않았다. 운이 좋게도, 바로 그 책의 복사본을 내가 최근에 입수했다. 그 책의 이름은 한 글자다. 바로 『뺑』이다.

● 욕구로 낚아채라

(눈치챈 사람도 있겠지만) 위 단락을 읽으면서 많은 독자가 흥미를 느꼈을 것이다. 그 이유는 본서를 읽고 있는 여러분들이 카피라이팅에 관심이 있기 때문이다. 당연히 내면에 '카피라이팅을 잘 쓰는 비법'을 알고 싶다는 욕구가 있다. 그래서 딱 봐도 수상쩍어 보이는 위 단락에 꽤 많은 독자들이(짐작건대 50% 이상) 관심을 보였을 것이다. 만약 위 단락이 '음식 조리법'이나 '주식투자 하는 법'에 관한 것이었다면? 여러분들은 읽지도 않고 지나쳤을 것이 분명하다.

● 포지셔닝

'누구에게 무엇을 줄 것인가'를 정하는 것이 곧 포지셔닝이다. 같은 제품이라고 하더라도 포지셔닝을 어떻게 하느냐에 따라 결과가 달라진다. 똑같은 비누를 공장 노동자를 위해 더

러운 손을 씻을 수 있는 비누로 포지셔닝 할 수도 있고 피부가 건조한 여성을 위한 화장비누로 포지셔닝 할 수도 있다. 이미 포지셔닝 된 제품도 '누구(타깃)'나 '무엇(혜택)'을 바꾸면 리포지셔닝이 된다. 외국에서는 한국의 만두 찜기가 캠핑용 장작불 화로로 판매된다. '누구에게 무엇을 줄 것인가'를 정하는 것은 예술적인 카피를 쓰는 것에 앞서 근본적인 마케팅 전략을 수립하는 일이다.

● 고정관념 부정하기

핵심 가치란 상품이 제공하는 혜택에 대한 약속이다. 핵심 가치를 정할 때는 상품을 판매한다는 고정관념을 부정해 보자. "우리는 (상품)을 팔지 않고 (핵심 가치)를 팝니다." 위 템플릿을 채우면 누구나 수월하게 핵심 가치를 발견할 수 있다. 스타벅스는 커피를 팔지 않고, 제 3의 공간을 판다. 미국의 자동차 보험회사 프로그레시브는 보험을 팔지 않는다. 스피드를 판다. 아이디어셀러는 강의를 팔지 않는다. 탁월함을 판다. '침대는 가구가 아닙니다'처럼 일단 고정관념을 부정하라. 그러면 '침대는 과학입니다'와 같이 핵심 가치가 따라 나온다.

● 숨겨진 카피는 힘이 세다

빙산이 바다에 떠 있을 수 있는 것은 전체의 90%가 물속에 잠겨있기 때문이다. 인간의 행위는 겉으로 드러난 의식보다 숨겨진 무의식의 지배를 받는다. 성경에서는 "천국은 마치 밭에 감추인 보화와 같으니 사람이 이를 발견한 후 숨겨 두고 기뻐하며 돌아가서 자기의 소유를 다 팔아 그 밭을 사느니라(마태복음 13:44)"고 말하고 있다. 숨겨진 것이 있어야 드러난 것이 빛을 발한다. 당신의 상품은 누구에게 무엇을 줄 수 있는가?

타깃 분석하기

타깃(Target)이란 우리가 상품을 팔고자 하는 잠재고객을 말한다. 흔히 '타깃 분석'이라고 하면 '30대 직장인 남성', '20대 서울 여성'과 같이 인구통계학적인 분류를 떠올린다. 그러나 이런 인구통계학적인 분류는 큰 의미가 없다. 유의미한 타깃 분석은 'OO을 OO하려는 사람'처럼 동사로 표현되어야 한다. 예를 들어 옥수수빵을 사려는 사람을 단번에 성별, 나이, 지역을 특정하기는 어렵다. 50대 여성도 옥수수빵을 먹을 수 있고, 10대 남성도 옥수수빵을 먹을 수 있다. 여기서 중요한 것은 타깃이 '왜? 어떤 목적으로?' 옥수수빵을 먹으려고 하는가이다.

타깃과 차별점

옥수수빵을 아침 식사 대용으로 먹으려는 사람은 어떨까? 맛이나 양, 포장보다는 '간편함'을 차별점으로 내세워야 한다. 옥수수빵을 선물로 사려는 사람은 어떨까? 간편함보다 '맛'이나 '고급스러운 포장'을 차별점으로 내세워야 한다. 옥수수빵을 다이어트 식품으로 먹으려는 사람은 어떨까? 맛이나 양이나 포장보다 '낮은 칼로리'를 차별점으로 내세워야 한다. 이처럼 타깃이 달라지면 상품의 차별점도 달라진다. 이는 물고기의 종류에 따라 사용해야 하는 미끼가 달라지는 것과 같다.

감을 버리고 데이터를 잡아라

타깃 분석은 감으로 하는 것이 아니다. 고객 후기나 주문 정보 등 데이터에 근거해야 한다. 예를 들어 고객 후기에 "부모님 선물용으로 샀는데 포장도 깔끔하고 너무 달지 않아서 좋았어요"와 같은 후기가 많다면 선물용으로 사는 사람이 많다고 해석할 수 있다. 또 주문 정보를 확인하면 대략적인 지역, 연령대, 주거 형태를 확인할 수 있다. 자사몰에 그치지 말고 '옥수수빵'으로 인터넷 검색을 해 보면 리뷰를 올린 블로거를 볼 수 있다. 그들이 남긴 게시물을 보면 나이, 연령, 생활 패턴 등을 추리할 수 있다. 인구통계학적 분류는 타깃 분석의 과정혹은 결과이지 그 자체가 아니다.

Persona, Person A

이런 타깃 분석 방식이 인구통계학적인 분류와 아예 상관이 없는 것은 아니다. 타깃을 '욕구'와 '행위'로 분석해 나가면 자연스럽게 한 사람의 이미지가 머릿속에 떠오른다. 예를 들어 '옥수수빵을 아침 식사 대용으로 먹으려는 사람'의 이미지는 고객 후기와 주문 정보를 통해 점점 구체화 된다. 이론적으로는 최종적으로 딱 한 명의 이미지가 남는데 이를 '페르소나(Persona)'라고 한다. 나는 Persona를 중간에 한 칸 띄어서 'Person A'라고 읽는다. 구체적인 한 명의 사람(Person) A라는 뜻이다.

상상하지 마라, 관찰하라

다음소프트 부사장 송길영은 《상상하지 말라》에서 '상상하지 말고 관찰하라'고 조언한다. 싱글족이 늘어나자 한 유명 가전 회사가 그들을 위해 작은 세탁기를 기획했다. 싱글족은 혼자 사니까 빨랫감이 적을 거라는 나름 합리적인 이유에서였다. 그러나 막상 데이터를 확인했더니 전혀 다른 결과가 나왔다. 조사 결과 싱글족은 빨랫감을 모아두었다가 1주일이나 2주일에 한 번씩 몰아서 세탁했다. 게다가 이들은 붙박이 세탁기가 있는 오피스텔이나 원룸에 살기 때문에 따로 작은 세탁기를 살 이유가 없었다. 상상력 의문의 1패.

사람이 어떤 행위를 할 때는 반드시 목적이 있다. 상품을 사는 목적을 안다는 것은 그 사람의 욕구를 안다는 뜻이다. 남은 것은 상품으로 욕구를 채워주는 것뿐이다. 인터넷에 남겨진 방대한 데이터들은 각자 욕구의 조각을 품고 있다. 욕망은 검색어로 표현된다. 구글 키워드 도구나 블랙 키위, 키워드 마스터 등을 적극적으로 활용하라. 사람들의 욕망이 집결된 키워드의 동향을 한눈에 살필 수 있다. 관찰을 반복하면 통찰에 이르고 통찰을 반복하면 현찰에 이른다.

타깃 좁히기

대한민국 양궁은 명실상부 세계 최강이다. 양궁의 과녁은 다섯 가지 색깔로 이루어진 10개의 동심원으로 되어 있다. 그중 가장 안쪽에 있는 지름 12.2cm의 노란색 부분을 '골드'라고 한다. 1996년 애틀랜타 올림픽에서 김경욱 선수는 골드 중앙지점에 장치된 카메라 렌즈를 두 차례나 명중시켜서 깨뜨렸다. 이때 '퍼펙트 골드'라는 신조어가 만들어졌다. 야외 70m 떨어진 거리에서 지름 1cm에 불과한 이 지점을 명중시킬 확률은

1만분의 1 이하다. 그야말로 신궁의 경지가 아니면 불가능하다.

● 대중은 한 사람이다

타깃이란 말 그대로 과녁(Taret)을 의미한다. 대한민국의 신궁들이 10점을 맞출 수 있는 이유는 애초에 퍼펙트 골드를 노리고 화살을 날리기 때문이다. 퍼펙트 골드를 노리면 약간 빗나가도 골드가 된다. 그러나 7점이나 8점을 목표로 화살을 날리면 아예 과녁을 벗어나기도 한다. 타깃도 마찬가지다. '30대 직장인 남성' 따위의 추상적인 집단은 존재하지 않는다. 존재하는 것은 'OO 그룹에 근무하는 37세 황태웅 과장'이라는 구체적인 개인이다. 길거리에서 아무나 붙잡고 사랑을 고백하면 고소장을 받지만, 연인에 귀에 대고 사랑을 속삭이면 청첩장을 뿌릴 수 있다.

● 1차 분석

단계적 질문은 타깃을 좁히는 데 유용한 방법이다. 우선 OO이라는 상품을 판매한다면 타깃은 'OO을 사려는 사람'이 된다. 이를 1차 분석이라고 한다. 예들 들어 폼롤러를 판매한다고 가정해보자. 1차 분석 결과 타깃은 '폼롤러를 사려는 사람'이 된다. 기계적인 동어 반복이어도 좋다. 모든 타깃 분석은 1차 분석에서부터 시작한다. 그렇지 않으면 막연한 상상을 하게 되고 아무도 쓰지 않을 '싱글족을 위한 작은 세탁기'를 기획하게 된다. 물론 1차 분석에서 멈추면 안 된다. 여기서 다시 한 번 물어야 한다. "왜? 무엇을 하려고?"

● N차 분석

그에 대한 대답이 2차 분석이다. 폼롤러는 사는 이유는 집 안에서 스트레칭을 하기 위해서다. 그렇다면 왜 스트레칭을 하려는 것일까? 그에 대한 답이 3차 분석이다. 건강한 몸매를 가꾸기 위해서. 그럼 왜 건강한 몸매를 가꾸고 싶어 할까? 그에 대한 답이 4차 분석이다. 인스타그램에 자신의 매력적인 모습을 과시하고 싶어서. 이렇게 N차 분석으로 행위의 목적(욕구)을 추적하면 점차 타깃의 이미지가 또렷해진다. 굳이 인위적인 감정 이입을 하지 않아도 타깃이 된 것처럼 느끼고 생각할 수 있다.

● 타깃의 욕구

N차 분석을 무한정 반복할 수는 없다. 구체적인 이미지가 떠오르면 적당한 선에서 멈추어야 한다. 위와 같이 단계적 질문으로 타깃을 좁히면 '건강과 SNS에 관심이 많은 젊은 여성'이 떠오른다. 결과적으로 인구통계학적인 타깃과 비슷하다. 하지만 이는 인구통계학적으로 접근한 것이 아니라 욕구분석으로 도달한 결과다. 카피는 타깃의 구체적인 욕구를 반영해야 한다. 헬스클럽에서 이러한 타깃에게 광고를 한다면 어떤 카피를 쓰면 좋을까? '올여름엔 나도 ☆스타그램에 여신 몸매를!'

타깃 좁히기에는 이 외에도 다양한 방법이 있다. 아예 화살을 먼저 쏘고 그 주변에 과녁을 그리듯이, 딱 한 명의 구체적인 실제 인물을 타깃으로 정하고 카피를 쓸 수도 있다. 이렇게 하면 과녁이 빗나갈 걱정 없이 자연스러운 구어체 카피를 쓸 수 있다. 또는 공감지도(Empathy Map)를 작성해서 타깃의 생활여정을 가상으로 추적하며 무엇을 보고, 무엇을 듣고, 무엇을 말하고, 무엇을 느끼고, 무엇을 생각하는지 기록할 수도 있다. 어찌 되었든 결론은 하나다. 기왕 화살을 날리려면 퍼펙트 골드를 노려야 한다는 점이다.

욕구의 위계질서

욕구에는 다양한 종류와 층위가 있다. 미국의 심리학자 매슬로우(Maslow)는 욕구를 5단계로 나눴다. 생명을 유지하려는 생리적 욕구, 위험으로부터 자신을 보호하려는 안전의 욕구, 주변 사람들과 관계를 맺으려는 사회적인 욕구, 남들에 인정을 받고 싶은 존중의 욕구, 자신의 잠재력을 최대한 발휘하려는 자아실현의 욕구가 그것이다. 매슬로우에 의하면 생리적 욕구, 안전의 욕구, 사회적 욕구, 존중의 욕구는 결핍 욕구로서 한 번 충족되면 동기로 작용하지 않는다. 반면 자아실현의 욕구는 성장 욕구로서 충족될수록 더욱 증대된다.

● 여덟 가지 선천적 욕구

《캐시버타이징》의 저자 드류 에릭 휘트먼은 인간의 선천적인 욕구를 여덟 가지로 나눈다. 첫째, 생명연장의 욕구, 둘째, 먹고 마시는 즐거움, 셋째, 공포와 고통과 위험으로부터의 자유롭고 싶은 욕구, 넷째, 성적 만족의 욕구, 다섯째, 안락한 생활을 누리고 싶은 욕구, 여섯째, 남보다 우월해지고 싶은 욕구, 일곱째, 사랑하는 사람을 보호하고 싶은 욕구, 여덟째, 사회적 인정의 욕구다. 그는 이와 별개로 지식 획득의 욕구 등 후천적 욕구도 제시한다. 하지만 후천적 욕구는 선천적 욕구에 비하면 약하다. 카피를 쓸 때는 선천적인 여덟 가지 욕구에 기반을 두어야 한다.

● 세 가지 욕구

타깃 분석이란 곧 타깃의 욕구를 분석하는 것이다. 나는 마케팅 심리학을 공부하면서 학자마다 다른 욕구의 종류와 층위를 딱 세 가지로 정리했다. 첫째는 생존의 욕구이고, 둘째는 관계의 욕구이고, 셋째는 성장의 욕구다. 진화 생물학적으로 봤을 때 생존의 욕구는 개체 존속과 관련되고, 관계의 욕구는 집단 존속과 관련된다. 성장의 욕구는 개체 존속과 집단 존속에 모두 해당한다. 수많은 심리학자, 마케팅 전문가들이 말하는 욕구들은 이 세 가지 카테고리 안에 대부분 포함된다. 이제 각각의 욕구에 대해서 자세히 알아보자.

● **생존의 욕구**

생존의 욕구는 생명을 유지하고자 하는 욕구를 말한다. 생존에 가장 중요한 자원은 돈이다. 돈이 있으면 생존에 필요한 식량, 도구, 노동력 등을 구할 수 있다. 두 번째 자원은 노동력이다. 건강한 신체는 그 자체로 생명이며 다른 자원을 생산할 수 있다. 세 번째 자원은 시간이다. 생명은 시간으로 이루어져 있다. 돈이 없어도 시간을 들이면 생존에 필요한 요소를 마련할 수 있다. 네 번째 자원은 정보다. 돈과 시간이 없어도 유용한 정보가 있으면 생존에 필요한 요소를 획득할 수 있다. 많은 광고 카피에 '쉽고 빠르게 돈을 벌 수 있는'과 같은 표현이 들어간다. 이는 인간의 원초적인 생존의 욕구를 자극하기 때문이다.

● **관계의 욕구**

관계의 욕구는 성적 만족을 얻고, 가족을 보호하고, 사람들에게 인정받고, 존경받고, 호감을 사고자 하는 욕구를 말한다. 고대 그리스 철학자 아리스토텔레스(Aristoteles)의 말처럼 인간은 사회적인 동물이다. 이성의 성적인 관심을 끌 수 있으면 자손을 남기고 집단을 존속시킬 수 있다. 또한 집단 구성원들과 원만한 관계를 유지하면 개체의 존속에 유리하다. 그뿐만 아니라 한 집단 내에서 구성원들의 인정과 존경을 받으면 (즉 권력을 획득하면) 생존에 필요한 돈, 노동력, 시간, 정보 등을 더 풍족하게 얻을 수 있다. "할리 데이비슨에 오르라, 아이들에게는 영웅이 필요하다"라는 카피는 아버지들의 인정 욕구를 자극한다.

● 성장의 욕구

성장의 욕구는 자신이 원하는 모습으로 인생을 살아가고자 하는 욕구를 말한다. 자아실현이란 교과서에 나오는 두루뭉술한 개념이 아니다. 자신의 타고난 자질, 능력, 소망대로 살아가는 것이 자아실현이다. 은행나무 씨앗의 자아실현은 은행나무가 되는 것이고, 독수리의 자아실현은 독수리가 되는 것이다. 그러나 현실에서는 은행나무 씨앗이 싹이 트기도 전에 햇볕에 말라죽기도 하고, 독수리가 성장하기도 전에 타조 마을에 입양되어 평생 달리기만 연습하다가 죽기도 한다. 인간이라면 누구나 현실의 한계를 극복하고 진정한 자기 자신을 찾고자 하는 성장의 욕구가 있다. 자기계발 시장은 이러한 욕구를 채워준다.

세 가지 욕구 중 가장 강력한 것은 생존의 욕구다. 일단 살아남아야 다른 사람과 관계를 맺는 것도, 성장을 하는 것도 가능하다. 그다음이 관계의 욕구다. 관계를 잘 맺으면 개체와 집단의 존속에 유리하다. 마지막이 성장의 욕구다. 성장의 욕구는 개체나 집단의 존속과 직접적인 관련은 없다. 하지만 개체나 집단의 존속에 도움이 되는 발명, 사상, 제도의 혁신은 성장의 욕구에서 비롯되었다. 현실적으로 위 세 가지 욕구를 칼로 두부를 자르듯이 딱 구분할 수는 없다. 직장에서 승진하고 싶은 욕구는 기본적으로 관계의 욕구이면서 생존의 욕구 및 성장의 욕구와도 관련된다.

5절

혜택과 가치

본서에는 혜택, 상품, 가치라는 개념이 자주 등장한다. 기준을 정해서 분명한 개념을 잡지 않으면 다 비슷하게 느껴진다. 나중에 헷갈리지 않도록 여기서 개념을 정리하겠다.

혜택의 개념

혜택이란 타깃의 욕구를 충족시키는 것이다. 생존의 욕구 중 돈을 바라는 사람에게 '돈을 벌 방법'을 알려주었다면 혜택을 제공한 것이다. 관계의 욕구 중 이성의 관심을 원하는 사람에게 '이성에게 호감을 살 수 있는 데이트 기술'을 알려주었다면 혜택을 제공한 것이다. 성장의 욕구 중 비전을 찾고 싶은 사람에게 '자신이 진짜 원하는 것을 찾는 방법'을 알려주었다면 혜택을 제공한 것이다. 혜택이란 한마디로 '좋은 것'이다. 다른 말로 '이익, 이득, 베네핏'이라고도 한다.

상품의 개념

상품이란 '혜택을 전달하는 도구'다. 예를 들어 돈을 벌 방법으로서 인터넷 제휴 마케팅을 알려주었다면 그것이 바로 상품이다. 상대에게 호감을 살 수 있는 데이트 기술로서 세련된 패션과 유머러스한 화술을 알려주었다면 그것이 바로 상품이다. 자신이 진짜로 원하는 것을 찾는 방법으로서 보물지도 그리기를 알려주었다면 그것이 바로 상품이다. 뒤집어 말하면 혜택이란 상품을 사용한 결과로 얻게 되는 능력, 가치, 만족감이라고 할 수 있다.

가치의 개념

가치란 '혜택을 제공할 수 있다는 약속'이다. 어떤 상품이 혜택을 제공할 수 있다고 믿을 수 있을 때 우리는 가치가 있다고 말한다. 아이폰은 120만 원의 가치가 있다. 왜? 다양한 정보를 탐색할 수 있고(생존의 욕구 충족), 사람들과 소통할 수 있기 때문이다(관계의 욕구 충족). TGI는 한 끼 식사에 6만 원을 쓸 가치가 있다. 왜? 맛있는 스테이크로 배를 채울 수 있고(생존의 욕구 충족), 연인과 즐거운 저녁 시간을 보낼 수 있기 때문이다(관계의 욕구 충족). 가치는 혜택이나 특징의 의미로 사용되기도 하므로 맥락에 따라 융통성있는 해석이 필요하다.

● 욕구와 가치

혜택은 타깃의 욕구에 따라 달라진다. 햄버거를 왜 먹는가? 배부름을 위해 먹는 사람에게는 싸고 양이 많은 햄버거가 가치가 있다. 맛을 위해 먹는 사람에게는 비싸도 맛있는 햄버거가 가치가 있다. 건강을 위해 먹는 사람에게는 영양소가 풍부하고 칼로리가 낮은 햄버거가 가치가 있다. 가치는 절대적인 것이 아니다. 타깃의 욕구에 따라 달라진다. 다이아몬드가 보석가게에서는 아주 높은 가치가 있지만, 사막 한복판에서는 물 한 모금의 가치보다 덜할 수도 있다. 따라서 판매자는 어떤 혜택을 줄 수 있는지에 앞서 타깃이 원하는 것이 무엇인지 정확히 분석해야 한다.

마케팅 전략

마케팅 전략이란 '타깃이 원하는 것이 무엇이며, 우리는 무엇을 줄 수 있는가?'를 찾는 것이다. 수학이 3등급인 학생(타깃)이 원하는 것은 수도권의 명문대에 입학하는 것이다(욕구). 이러한 욕구를 충족시키기 위해 우리 학원이 제공할 수 있는 것은 수학 1등급 향상이다(혜택). 이러한 혜택을 제공하기 위해 학원은 고3 여름방학 수학 1등급 특강을 판매한다(상품). 이 강의는 우수한 강사진, 체계적인 커리큘럼, 우수한 입시 결과(상품의 특징)로 수학 1등급 향상이라는 혜택을 제공할 수 있다. 따라서 가치가 있고 많은 학부모가 등록할 것이다.

영어 유치원 사례

자녀 영어 교육에 관심이 있는 학부모(타깃)가 원하는 것은 자녀가 원어민처럼 자유롭게 영어회화를 하는 것이다(욕구). 이러한 욕구를 충족시키기 위해 영어 유치원이 제공할 수 있는 것은 영어 프리토킹이다(혜택). 이러한 혜택을 충족시키기 위해 '미국영어교과서 읽고 토론하기 8주 과정'이라는 커리큘럼을 신설했다(상품). 이 과정에서 미국영어교과서에 자주 쓰이는 800개의 문장을 추출해서 상황에 맞게 반복 연습시키기 때문에(상품의 특징) 영어 프리토킹이라는 혜택을 제공할 수 있다. 따라서 가치가 있고 많은 학부모가 등록할 것이다.

통밀빵 사례

고객은 '다이어트 간식으로 통밀빵을 먹으려는 사람'이다 (타깃). 이러한 타깃이 원하는 것은 마음껏 먹으면서 날씬하고 건강한 몸매를 유지하는 것이다(욕구). 이러한 욕구를 충족시키기 위해 회사는 '낮은 칼로리, 높은 포만감, 풍부한 영양소'를 제공할 수 있다(혜택). 그것이 바로 OOO 유기농 통밀빵이다(상품). OOO 유기농 통밀빵은 통밀 60% 이상 함유로 GI 지수가 낮으며, 식이섬유가 풍부해서 포만감을 느끼게 하고, 국내산 통밀 사용으로 영양소가 풍부하다(상품의 특징). 따라서 가치가 있고 많은 고객이 구매할 것이다.

상품과 혜택

혜택은 타깃의 욕구를 충족시키는 것이다. 상품이란 혜택을 전달하는 도구다. 가치는 혜택을 틀림없이 전달한다는 약속이다. 마케팅이란 타깃이 누구이며 무엇을 원하는지를 파악하고, 그것을 충족시킬 수 있는 상품을 판매하는 것이다. 이때 가치는 타깃이 원하는 혜택을 제공할 수 있다는 약속이므로 상품의 구체적인 기능, 구성요소, 특징으로 입증되어야 한다. 고객이 사는 것은 상품이지만 원하는 것은 혜택이다.

핵심 가치 찾기

하나의 상품이 제안할 수 있는 가치는 다양하다. 예를 들어 MP3 플레이어는 용량이 크고, 가볍고, 저렴하고, 배터리가 오래가고, 디자인이 멋있고 등 다양한 가치를 제안할 수 있다. 그러나 모든 가치를 한꺼번에 제안하면 아무것도 기억에 남지 않는다. 애플이 아이팟을 세상에 내놓았을 때 카피는 단 한 줄이었다. '아이팟, 당신 주머니 속의 1,000곡' 이처럼 상품을 설명할 수 있는 단 하나의 가치를 '핵심 가치'라고 한다.

● 더하기

핵심 가치를 찾는 방법에는 크게 네 가지가 있다. 첫째, 더하기(+)다. 다른 제품에 없는 가치를 우리 제품에 더하는 것이다. 이는 카피 차원의 차별성이 아니라 제품 차원의 차별성에 해당한다. 예를 들어 프리미엄 독서실 프랜차이즈 작심 독서실은 회원들에게 학습 공간 외에 1인당 수백만 원에 달하는 주요 인터넷 강의 콘텐츠를 무료로 제공한다. 그뿐만 아니라 영국의 옥스퍼드 대학교의 보들리안 도서관을 본뜬 클래식한 인테리어로 다른 프리미엄 독서실과 차별화했다.

둘째, 빼기(-)다. 다른 제품에는 있는 것을 우리 제품에서는 빼는 것이다. 이케아는 가구에서 조립을 뺐다. 반제품만 판매하고 조립은 고객이 직접 해야 한다. 그 결과 전국 어디나 배송할 수 있고 가격도 크게 낮출 수 있었다. 사브(SAAB)는 원래 노르웨이의 개성 없는 자동차였다. 그러나 '겨울을 위한 자동차'로 포지셔닝한 결과 3년 후에는 노르웨이의 추운 겨울을 견딜 수 있는 최고의 차로 손꼽혔다. 4계절 중 3계절을 버리고 하나의 계절에 집중한 것이다.

셋째, 곱하기(×)다. 제품에 고객을 곱하는 것이다. 진짜 핵심 가치는 고객 후기에 숨어 있다. 우선 고객의 후기를 전부 읽는다. 그리고 어떤 카테고리에 관한 평가인지 표로 정리한다. 예를 들어 "재질은 좋지만 배송이 느립니다"라는 후기가 있다면 재질에는 +점수를, 배송에는 -점수를 매긴다. 이런 식으로 가격, 재질, 무게, 배송, 색상, AS 등 카테고리별로 평가한 후 가장 많은 점수를 얻은 상위 10%를 핵심 가치로 선정한다. 번거로운 방식이지만 고객의 목소리에 기반을 뒀기 때문에 가장 신뢰할 수 있다.

나누기

넷째, 나누기(÷)다. 위의 세 방식을 통해서 몇 개의 핵심 가치 후보를 추출했다면 A/B 테스트를 통해서 검증해야 한다. A/B 테스트란 광고를 두 버전으로 집행해서 어느 쪽이 더 반응이 좋은지 측정하는 방법이다. 카피 문구는 물론, 이미지, 단어의 위치, 크기, 색상에 이르기까지 철저하게 비교하고 검증해야 한다. 예전에는 막대한 시간과 노력이 들어갔던 A/B 테스트를 지금은 디지털 마케팅 도구로 간단히 할 수 있다.

하나만 남기고 다 버려라

한 사람에게 한꺼번에 여러 개의 공을 던지면 어떻게 될까? 하나도 제대로 받지 못한다. 카피라이팅도 마찬가지다. 자신의 상품을 자랑하고 싶은 마음에 이것저것 나열하면 고객의 머릿속에 하나도 남지 않는다. 상위 10%에 집중해야 한다. 100와트 전구는 방을 밝히지만 100와트 레이저는 철판을 뚫는다. 진정한 용기는 가장 소중한 것을 위해 두 번째로 소중한 것을 포기하는 것이다.

핵심 메시지 만들기

지금까지 타깃이 누구인지, 타깃의 욕구가 무엇인지, 줄 수 있는 핵심 가치가 무엇인지 알아봤다. 이제 이것들을 하나로 묶어서 핵심 메시지로 만들어야 한다. 핵심 메시지는 '(타깃)을 위한 (혜택)을 주는 (상품)'의 형식이 된다. 이것을 다듬으면 헤드라인이 된다. 즉 핵심 메시지란 아직 표면으로 드러나지 않은 심층적 헤드라인이다.

● **원 빅 메시지**

모든 글에는 단 하나의 커다란 메시지가 있어야 한다. 이것을 주제문(중심 문장)이라고 한다. 정규 교육을 받은 사람이라면 중심 문장과 뒷받침 문장에 대해 누구나 알고 있다. 그러나 정작 카피를 쓸 때는 '한 번에 단 하나의 메시지'라는 원칙을 무시하고 이것도 자랑하고 저것도 자랑한다. 이론적으로는 핵심 가치를 하나만 내세워야 한다는 것을 알지만, 막상 실행에 옮기려고 하면 이런저런 좋은 점들을 고객이 몰라줄까 봐 불안한 것이다.

상위가치로 묶기

그럴 때는 모든 가치를 하나의 상위가치로 묶어서 전달하라. 예를 들어 '레이'라는 경차가 다섯 명이 탈 수 있고, 캠핑장에 가서 차박도 할 수 있고, 간단한 이삿짐도 나를 수 있다면 이런 장점들을 내부가 넓다라는 상위가치로 묶을 수 있다. 여기서 벗어나는 가치들, 예를 들어 높은 연비, 공영 주차장 할인, 취·등록세 감면 등은 제외한다. 이것들은 따로 유지비가 적게 든다는 상위가치로 묶을 수 있다. 이와 마찬가지로 주차가 편하고, 좁은 골목길을 갈 수 있으며, 한 번에 유턴할 수 있는 것은 크기가 작다는 상위가치로 묶을 수 있다.

상위가치 세분화

상위가치는 보디카피에서 여러 가지 혜택으로 세분된다. 위에서 상위가치로 묶을 때와 정반대다. 예를 들어 유지비가 저렴하다를 핵심 가치로 선택했다면 보디카피에서는 이를 높은 연비, 공영 주차장 할인, 취·등록세 감면으로 세분화해서 하나씩 객관적 증거로 입증한다. 보통 하나의 가치는 3~5개 정도의 혜택으로 세분된다. 이렇게 하면 카피 전체가 일관성 있게 하나의 핵심 가치를 제안하고 입증하는 논리적 구조가 된다. 바꾸어 말하면 보디카피에서 다루는 내용은 헤드라인에서 제안한 가치의 범위를 벗어나지 않아야 한다.

● 핵심 메시지 만들기

상위가치로 묶으면 이런저런 장점을 고객이 알아주지 않을까 봐 걱정할 필요가 없다. 보디카피에서 구체적으로 언급되기 때문이다. 그렇다고 모든 가치를 하나의 상위가치로 묶어도 안 된다. 지나치게 일반화하면 차별성이 사라진다. 어느 정도 묶다 보면 '이것 아니면 저것' 선택의 순간이 온다. 그럴 때는 딱 하나의 핵심 가치만 남기고 나머지는 버린다. 그리고 핵심 가치를 'OO를 위해, OO를 제공하는, OO'이라는 핵심 메시지로 만든다.

● 핵심 메시지 사례

- 캠핑족을 위한, 편리한 주방용품 수납을 제공하는, 척박스
- 바쁜 직장인을 위한, 간편한 아침을 제공하는, 잔기지떡
- 소상공인을 위한, 간편한 홍보이미지 제작을 제공하는, 프로그램
- 영상편집자를 위한, 빠른 속도를 제공하는, 컴퓨터 그래픽카드
- 취업준비생을 위한, 합격하는 자기소개서 쓰는 비법을 알려주는, 책
- 여행자를 위한, 막 다루어도 절대 파손되지 않는, 캐리어 가방

반복과 변형

　한 편의 카피라이팅은 핵심 메시지의 반복으로 구성된다. 헤드라인, 스토리텔링, 고객 후기, 실험 데이터, 구성요소 등 모든 부분에 핵심 메시지를 등장시켜라. 반복을 지겨워하지 말라. 고객에게 한 번만 메시지를 말하고 기억하기를 바라는 것은 전화번호를 한 번만 불러주고 기억하기를 바라는 것과 같다. 단 똑같은 방식으로 반복하면 지루하다. 약간씩 변형을 해야 한다. 이렇게 핵심 메시지를 반복하고, 반복하고, 반복하면 고객이 기억한다.

정리

- 무엇을 말할 것인지가 어떻게 말할 것인지 보다 중요하다.

- 타깃이란 어떤 목적을 위해 어떤 행동을 하려는 욕구를 가진 사람이다.

- 타깃은 과녁이다. 단계적 질문으로 타깃을 좁혀라. 대중은 단 한 사람이다.

- 욕구에는 생존의 욕구, 관계의 욕구, 성장의 욕구가 있다. 가장 강력한 것은 생존의 욕구다.

- 혜택은 타깃의 욕구를 충족시키는 것이다. 상품은 혜택을 전달하는 도구다. 가치는 혜택을 제공할 수 있다는 약속이다.

- 더하고, 빼고, 곱하고, 나누어서 핵심 가치를 찾아라. 가장 소중한 것을 위해 두 번째로 소중한 것을 버려라.

- 여러 가치를 상위가치로 묶어서 핵심 메시지로 만들고 반복해서 전달하라.

세일즈 레터의 달인

로버트 콜리어(Robert Collier)

　　로버트 콜리어는 1885년 미국 세인트루이스에서 태어났다. 원래 목사가 되기 위해 신학교를 졸업했지만, 성공의 길을 찾아 웨스트버지니아에서 8년간 광산 기술자로 일한다. 그곳에서 다양한 인생 경험을 쌓은 그는 뉴욕으로 건너가 삼촌이 운영하는 출판사에서 광고 카피라이터로 근무했다. 이때의 경험을 바탕으로 잘 팔리는 세일즈 레터의 법칙을 정리한 것이 《The Robert Collier Letter Book》이다. 이 책은 외국에서는 존 케이플즈의 《Tested Advertising Methods》와 더불어 카피라이팅의 바이블로 손꼽힌다.

세일즈 레터의 여섯 가지 필수요소

국내에 번역 출간된 것이 없어서 직접 원서를 구해서 읽었다. 수많은 사례들로 구성된 책의 내용은 매우 구체적이었다. 저자가 세일즈 레터를 작성하는 과정을 바로 옆에서 보는 것처럼 생생하게 관찰할 수 있었다. 거의 100년 전 세일즈 레터지만 오늘날에도 적용할 수 있는 기법들이 많다. 이번 칼럼에서는 《The Robert Collier Letter Book》의 핵심이라고 할 수 있는 '세일즈 레터의 여섯 가지 필수요소'에 대해서 알아보겠다.

1. 서론

서론의 역할은 고객의 호기심을 끌어서 계속 읽게 만드는 것이다. 고객과 공감대를 형성하려면 고객의 관심사로부터 출발해야지 회사의 입장에서 출발하면 안 된다. 타깃은 누구이며, 무엇이 고민이며, 무엇을 원하는가?

2. 묘사나 설명

제안하는 가치를 생생하게 묘사하라. 먼저 큰 틀에서 대략적인 설명을 한 후 세부적인 묘사로 들어간다. 글의 첫머리는 신기한 내용으로 고객의 주의를 끌어야 한다. 어려운 단어를 사용하지 말고 독자의 머릿속에 있는 쉬운 단어를 사용해서 생생한 이미지를 그리게 하라.

3. 동기나 이유

고객이 이 상품을 사야 하는 이유를 설명하라. 우리가 팔고 있는 것을 상대가 원하도록 만들어야 한다. 상품으로부터 얻을 수 있는 편안함, 만족감, 이익을 보여주어라. 이때 상품의 기능에 머물지 말고 "그것으로 무엇을 할 수 있는가?"를 끊임없이 보여주어야 한다.

4. 보증이나 증명

구체적인 증거로 상품의 가치를 증명하라. 고객의 생생한 후기를 인용하라. 실험 데이터를 공개하라. 얼마나 많이 팔리고 있는지 보여주어라. 품질에 만족하지 않을 시 전액 환불해주겠다고 약속하라. 이 상품을 구매함으로써 고객은 전혀 손해 볼 것이 없다고 안심시켜라.

5. 결정적인 한마디나 불이익

망설이는 고객의 등을 살짝 떠밀어서 즉시 행동하게 하라. 지금 당장 사지 않으면 영영 고민을 해소할 기회가 사라진다고 재촉하라. 할인의 기간을 제한하라. 상품의 수량을 제한하라. 상품을 사는 것보다 사지 않은 것을 더 불안하게 만들어라.

6. 클로징

"지금 당장 클릭하세요", "아래 3단계에 따라 신청해 주세요", "쿠폰을 부쳐주세요" 등 지금 당장 행동할 수 있도록 할 일을 분명히 알려주어라. 서론과 달리 이때는 강한 어조로 말해도 괜찮다.

예문

1. 서론: 여러분께 한 가지 부탁이 있습니다만….

2. 묘사나 설명: 제가 이번에 새로운 책을 썼습니다.《더 카피라이팅》이라는 책인데요, 헤드라인을 쓰는 여섯 가지 유형, 보디카피를 쓰는 여덟 가지 단계, 클로징카피를 쓰는 일곱 가지 기법을 알려드립니다.

3. 동기나 이유: 이 글을 보고 계신 여러분이 소상공인이라면 카피를 바꾸는 것만으로 매출이 두 배 이상 오를 수 있습니다. 강사라면 강의 제안서를 써서 기업이나 기관 강의를 할 수 있습니다. 만약 회사원이라면 기획서, 제안서를 설득력있게 작성할 수 있습니다.

4. 보증이나 증명: 이 책의 최종 원고를 검토한 고객들의 생생한 후기를 아래에 첨부합니다. 만약 만족하지 못하신다면 3일 이내 100% 환불해 드립니다.

5. 결정적인 한마디나 불이익: 지금 예약하시는 분들께는 '클로징카피를 쓰는 일곱 가지 기법' 소책자를 무료로 보내드립니

다. 책자를 먼저 받아보시고 결정하세요.

6. 클로징: 소책자는 선착순 50분까지만 드립니다. 지금 바로 신청해 주세요.

자기계발서의 원조

우리나라에서 로버트 콜리어는 카피라이터보다 자기계발서 저자로 더 유명하다. 국내에 번역 출간된《성취의 법칙(원제: The Secret of the Ages)》은 전 세계적으로 1천만 부가 넘게 팔린 책으로 '상상하면 이루어진다' 류의 원조격이다. 국내에서 유명한 론다 번의《시크릿(Secret)》에 영향을 준 이 책은 지금도 성공학의 바이블로 인정받는다.

가치 제안:
확 꽂히는 헤드라인을 쓰는
6가지 유형

> 헤드라인은 '보지 않는다'는 첫 번째 구매 장벽을 돌파한다. 우리 동네에는 길고양이가 많이 살고 있다. 고양이를 보자마자 쓰다듬으려고 하면 조심성이 많은 녀석들은 뒤도 돌아보지 않고 달아난다. 그래서 나는 항상 주머니에 고양이 간식을 넣고 다닌다. 처음에는 바닥에 간식을 놓고 멀리서 지켜본다. 매일 거리를 점점 좁혀나가다가 일주일쯤 지나면 등에 손을 댈 수 있다. 나중에는 내가 간식을 꺼내기만 해도 고양이들이 몰려든다.

헤드라인이란?

헤드라인은 잠재고객의 눈길을 사로잡는 제목을 말한다. 다른 말로 헤드카피, 캐치카피, 메인카피라고도 한다. 헤드라인의 역할은 고객의 시선을 사로잡고 호기심을 유발해서 보디카피를 읽게 하는 것이다. 헤드라인은 고양이에게 간식을 내밀듯이, 고객에게 가치를 제안해야 한다.

● **헤드라인이 전부다**

독자의 시선이 헤드라인에 머무르는 시간은 평균 0.3초라고 한다. 전체 카피에서 헤드라인이 차지하는 분량은 5% 미만이지만 중요성은 80% 이상이다. 축구에 비유하자면 헤드라인은 예선, 보디카피는 본선, 클로징카피는 결승전이다. 일단 예선을 통과해야 본선과 결승전에 진출할 기회가 주어진다. 존 케이플즈는 이렇게 말한다. "나는 헤드라인을 쓰는데 몇 시간을 소비하며 필요하다면 며칠도 생각한다. 좋은 헤드라인이 나오면 일이 거의 끝나가고 있음을 안다."

● **서브 헤드라인**

독자에게 충분한 혜택을 약속할 수 있다면 긴 헤드라인을 쓰는 것을 두려워하지 말라. 그러나 헤드라인이 너무 길어지면 가독성이 떨어진다. 그럴 때는 서브 헤드라인을 활용해서 정보를 분산시킬 수 있다. 일단 짧고 강력한 헤드라인으로 시선을 끈 다음, 서브 헤드라인에서 더 많은 정보를 제공하라. 헤드라인에는 가장 강력한 혜택을 하나만 넣어라. 나머지는 서브 헤드라인에서 전달하면 된다. 헤드라인에서 질문을 던지고 서브 헤드라인에서 답변을 할 수도 있다.

● **헤드라인과 이미지**

헤드라인과 이미지는 함께 하나의 메시지를 전달한다. 헤드라인이나 이미지를 따로 봐서는 메시지가 100% 전달되지 않는다. 예를 들어 이미지에 총알 한 알과 담배 한 개비가 있고, 그 아래에 'Quick. Slow'라는 헤드라인이 있다고 가정하자. 무슨 내용인지 이미지만 봐서도 이해가 안 가고, 헤드라인만 봐서도 이해가 안 간다. '도대체 총알과 담배가 무슨 의미지?' 둘을 번갈아서 모두 봐야 '아, 총알은 사람을 빨리 죽이고, 담배는 사람을 천천히 죽이는구나!'라는 전체 메시지를 이해할 수 있다. 이미지가 없는 헤드라인은 영상이 안 나오는 영화와 같고, 헤드라인이 없는 이미지는 소리가 안 나오는 영화와 같다.

● 좋은 놈, 나쁜 놈, 이상한 놈

좋은 헤드라인이 갖추어야 할 요건은 무엇일까? 나는 그 힌트를 영화 『좋은 놈, 나쁜 놈, 이상한 놈』에서 찾았다. '좋은 놈' 유형의 카피는 고객에게 혜택을 약속한다. 사람들이 가장 관심있어 하는 것은 본인의 이익이다(예: 꽃등심 오늘만 50% 세일). '나쁜 놈' 유형의 카피는 고객을 위협해서 행동하게 한다. 사람들은 무언가를 잃을 위험이 있을 때 민감하게 반응한다(예: 꽃등심 오늘 안 드시면 2만 원 손해). '이상한 놈' 유형의 카피는 통념을 깨는 낯선 문장으로 고객의 호기심을 자극한다. 사람들은 자신을 보호하기 위해 낯선 것에 민감하게 반응하도록 진화해 왔다(예: 삼겹살보다 싼 꽃등심). 혜택, 위협, 호기심 이 세 가지가 좋은 헤드라인을 만드는 3요소다.

● 헤드라인과 고양이 간식

헤드라인에서 가치를 제안하고, 보디카피에서 가치를 입증하고, 클로징카피에서 행동을 촉구하라. 고객 설득 작전은 이 3단계로 끝난다. 가치를 제안하려면 우선 고객이 광고를 봐야 한다. 광고를 '보지 않는다'는 첫 번째 구매 장벽을 돌파하려면 매력적인 헤드라인을 써야 한다. 그러기 위해서는 혜택을 약속하거나, 위협을 하거나, 호기심을 끌어야 한다. 이러한 헤드라인은 마치 고양이 간식처럼 확! 고객의 시선을 사로잡을 수 있다.

헤드라인의 3단 구조

"100만 명이 클릭하는 유튜브 제목을 짓는 일곱 가지 방법"

확 꽂히는 헤드라인은 '수식어 + 키워드 + 서술어'로 구성된다. 위 카피에서 '100만 명이 클릭하는'은 수식어에, '유튜브 제목을 짓는'은 키워드에, '일곱 가지 방법'은 서술어에 해당한다. 제목은 한마디로 말해서 '타깃에게 어떤 혜택을 주겠다'라는 약속이다. 즉 핵심 메시지의 세련된 변형이 헤드라인이다.

● **수식어**

수식어에는 상품이 제공할 수 있는 혜택이 드러난다. 혜택은 돈, 시간, 노력의 획득 혹은 절감으로 표현된다. 예를 들어 '연봉이 두 배 오르는'은 돈을 벌 수 있는 혜택을, '30% 파격 세일'은 돈을 아낄 수 있다는 혜택을 제안한다. '10분 만에 마스터하는'은 시간적인 혜택을, '한 달에 1,000만 원 버는'은 시간적인 혜택과 금전적인 혜택을 동시에 제안한다. '누구나 집에서 쉽게 ○○하는'은 노력을 절약하는 혜택을 제안한다. 때로는 '○○○의 글쓰기 특강'처럼 유명인의 이름이 들어가기도 한다. 이는 저자의 인지도 자체가 신뢰감을 주기 때문이다.

● **키워드**

키워드에는 혜택을 제공하는 상품의 종류 또는 이름이 들어간다. 키워드에는 검색용 키워드와 브랜드 키워드가 있다. 검색용 키워드는 고객들이 검색을 통해 접근할 수 있는 일반적인 키워드다. 브랜드 키워드는 그 상품만의 독특한 이름을 말한다. 예를 들어 '백건필 카피라이팅'에서 '백건필'은 브랜드 키워드에, '카피라이팅'은 검색용 키워드에 해당한다. 브랜드 키워드가 아직 널리 알려지지 않았다면 검색용 키워드와 짝지어야 한다. 검색용 키워드를 선정할 때는 키워드 검색 도구를 활용하여 실제 고객들이 많이 사용하는 키워드를 선택해야 한다.

● **서술어**

서술어에는 혜택을 제공하는 방법, 숫자, 유형이 들어간다. "잘 팔리는 카피를 쓰는 법을 남김없이 알려드립니다"에서 '잘 팔리는'은 수식어에, '카피를 쓰는 법'은 키워드에, '남김없이 알려드립니다'는 서술어 중 방법에 해당한다. '매출을 다섯 배 높인 건강식품 마케팅의 일곱 가지 비밀'에서 '매출을 다섯 배 높인'은 수식어에, '건강식품 마케팅'은 키워드에, '일곱 가지 비밀'은 서술어 중 숫자와 유형에 해당한다. 유형에는 방법, 비밀, 비법, 노하우, 단계, FAQ, 총정리, A to Z, 가이드북, 매뉴얼, 리포트, 꿀팁, 리스트, 오해와 진실, 모음집 등 다양한 용어가 들어갈 수 있다.

● 카피의 톤

헤드라인에서 타깃은 직접 노출되지 않고 생략되는 경우가 많다. 타깃 분석은 숨겨진 카피라이팅에 해당한다. 타깃은 카피의 톤을 결정한다. 톤이란 타깃이 사용하는 말투를 말한다. 특정 집단은 다른 집단과 차별되는 단어와 어미를 사용한다. 효과적인 카피는 타깃이 쓰는 말투로 메시지를 전달한다. 타깃이 자주 사용하는 커뮤니티, SNS, 잡지, 유튜브 채널에 가입하라. 타깃의 연령대와 관심사로 SNS에 회원가입을 하면 해당 타깃에 노출되는 광고나 피드를 관찰할 수 있다. 스스로 타깃이 됨으로써 타깃의 언어를 익히는 것이다.

● 같은 상품 다른 혜택

같은 상품도 타깃이 달라지면 혜택의 종류가 달라진다. 헬스클럽을 운영한다고 가정해보자. 남성들이 타깃이라면 우람

하고 강인한 몸을 만들 수 있다고 홍보해야 한다. 하지만 여자가 타깃이라면 날씬하고 탄력있는 몸매를 가꿀 수 있다고 홍보해야 한다. 남자와 여자가 섞여 있다고 하더라도 광고를 집행할 때는 타깃에 따라 각각 다르게 카피를 써야 한다. 요즘은 쇼핑몰의 AI 알고리즘이 타깃의 과거 구매 내역, 구매 상품에 대한 반응, 장바구니 내역 등의 데이터를 분석해서 맞춤형 상품을 추천한다. 타깃이 혜택을 결정한다.

● **요약 및 정리**

헤드라인은 수식어, 키워드, 서술어로 구성된다. 수식어에는 상품이 제공할 수 있는 혜택이, 키워드에는 혜택을 제공하는 상품이 들어간다. 서술어에는 혜택을 제공하는 방법, 숫자, 유형이 들어간다. 헤드라인에서 타깃은 대개 노출되지 않지만, 카피의 톤과 혜택의 종류를 결정한다. 타깃의 톤을 흉내 내려면 직접 타깃이 되어 타깃이 가입하는 SNS나 커뮤니티에 가입해서 모니터링해야 한다.

제목, 이 신비한 공부

소구점(Appeal Point)이란 타깃이 매력을 느끼는 구매 포인트를 말한다. 존 케이플즈는 수많은 테스트를 한 결과 네 가지 소구점의 반응이 특히 좋다는 사실을 발견했다. 그것은 '이득', '신정보', '비밀' 그리고 '쉽고 빠르게'이다. 이 중 가장 강력한 것은 '이득'이다. 두 번째로 강력한 것은 '신정보'다. 세 번째가 '비밀'인데 이득이나 뉴스와 함께 쓰이면 강력한 효과를 발휘한다. '쉽고 빠르게'는 촉매와 같아서 단독으로 사용되기보다 이득, 뉴스, 호기심과 함께 사용될 때 반응을 증폭시킨다. 여기에 '저렴하게(또는 무료)'를 추가하면 '쉽고 빠르고 저렴하게'가 설득 촉매가 된다.

● **4대 소구점**

예를 들어 '기억력 천재가 되는 법'은 이득에 호소하는 카피다. '공시생을 위한 NEW 기억법 특강'은 신정보를 활용한 카피다. '놀라운 기억력의 비밀은?'은 호기심을 자극하는 카피다. '어떻게 나는 기억력 천재가 되었나?'는 이득과 호기심을 함께 제시한 카피다. 이득과 호기심이 결합하면 호기심만 자극하는 카피보다 훨씬 구매 욕구를 자극한다. 여기에 신정보를 의미하는 '주목!'과 '쉽고 빠르고 저렴하게'를 넣어보자. "주목! 어떻게 나는 하루아침에 기억력 천재가 되었을까?" 굉장히 강력해졌다!

● 헤드라인의 여섯 가지 유형

올바른 소구점이 없는 광고는 글자가 없는 간판과 같다. 위의 네 가지 소구점은 헤드라인이 어떤 가치를 제안해야 하는지 알려준다. 본서는 여기에 현대 사회에서 잘 통하는 소구점 세 가지를 추가해서 헤드라인을 총 여섯 가지 유형으로 분류했다. 그것은 '이득, 신정보, 비밀, 한정, 공감, 부정'이다. 이 중 '이득, 신정보, 비밀'은 존 케이플즈가 말한 3대 소구점에 해당하고, '한정, 공감, 부정'은 현대 사회에 잘 통하는 3대 소구점이다. '쉽고 빠르고 저렴하게'는 설득 촉매로 모든 유형에 사용될 수 있다.

● 이득, 신정보, 비밀

'이득'은 타깃에게 어떤 혜택을 줄 것을 약속한다. '디자이너가 알아야 할 일곱 가지 심리적 트릭'은 타깃(디자이너)에게 일곱 가지 심리적 트릭을 알려준다는 이득을 제안한다. '신정보'는 타깃에게 새로운 정보를 알려줄 것을 약속한다. '7월 11일, 역사상 가장 거대한 세일이 온다'는 새로운 할인 정보를 알려준다. '비밀'은 중요한 정보를 감춤으로써 호기심을 유발한다. "'이것'만 했더니 피부가 하얗게?"와 같이 놀라운 결과를 제시하고 그 원인은 감추는 방식이 주로 사용된다.

● 한정, 공감, 부정

'한정'은 혜택에 시간적, 수량적, 자격적 제한을 두어서 조바심이 나게 한다. '브랜드 정장을 70% 할인가에 구매할 수 있는 마지막 기회! 선착순 100명'과 같이 선착순 한정 판매나 가격 인상 예고 전략이 이에 해당한다. '공감'은 타깃이 공감할 수 있는 내용으로 주의를 집중시킨다. '눈물샘 터지는 인터넷 감동 사연 TOP 7'과 같은 제목이 이에 해당한다. 마지막으로 '부정'은 부정이나 금지 표현을 사용하여 고정관념을 깨뜨린다. 예를 들어 《영어 공부 절대로 하지 마라》라는 책 제목은 금지 표현으로 오히려 호기심을 자극한다.

● 이 신비한 공부

지금까지 설명한 이득, 신정보, 비밀, 한정, 공감, 부정의 앞 글자를 따면 '이 신비한 공부'가 된다. '이 신비한 공부' 여섯 글자만 마음속에 간직하면 언제 어디서나 확 꽂히는 헤드라인을 쓸 수 있다. 앞서 올바른 소구점이 없는 카피는 글자가 없는 간판과 같다고 말했다. 마찬가지로 올바른 헤드라인이 없이 카피를 쓰는 것은 간판도 없이 가게를 여는 것과 같다.

이득을 약속하라

이득은 고객이 상품을 사용함으로써 얻게 되는 기능, 혜택, 변화 등을 의미한다. '좋은 놈, 나쁜 놈, 이상한 놈' 중에 '좋은 놈'에 해당한다. 또는 돈 낭비, 시간 낭비, 노력 낭비라는 '나쁜 놈'으로부터 고객을 보호해 줄 수 있는 것도 이득이 된다. 고객의 손에는 보이지 않는 리모컨이 달려있다. 헤드라인이 "그래서 그게 나한테 뭐가 좋은데(What's in it for me)?"라는 질문에 1초 안에 답하지 않으면, 즉시 고객은 리모콘을 눌러서 다른 상품을 보게 될 것이다.

● **상황 + 이득**

"뭐라고? 1주일에 4일만?"

분석 : 1주일에(상황) + 4일(이득)

해설 : 에듀윌 신규 직원 채용 카피다. 짧고 굵게 이득만 제시했다.

응용 : "네? 하루에 100만 원이요?"

"달콤한 파이엔 진한 커피가 딱!"

분석 : 달콤한 파이엔(상황) 진한 커피(이득)

해설 : 특정 상황과 이득(상품)을 연결하여, 특정 상황이 되면 조건 반사적으로 상품을 떠올리게 한다.

응용 : "스트레스 받는 날엔 시원한 얼음·생맥주"

"2학기가 되면 주변에서 보는 눈이 달라집니다."

분석 : 2학기가 되면(상황) + 주변에서 보는 눈이 달라집니다(이득)

해설 : 일본의 학원 카피다. 성적이 오르면 어떤 일이 벌어질까? 주변에서 보는 눈이 달라진다. 이득을 직접 말하지 말고 그 결과로 돌려서 말했다.

응용 : "성적이 안 오르면 잘리는 강사진이 가르칩니다."

"한번 사면 5개월 사용 가능! 대용량으로 편리하게!"

분석 : 한번 사면(상황) + 5개월 사용 가능(이득) + 대용량(이득)

해설 : 브리올옴므 폼클렌징 카피다. '대용량'을 핵심 가치로 삼았다. 은근히 빨리 없어지는 폼클렌징. 한 번 사서 오래 쓰면 편하다.

응용 : "한번 등록하면 평생 무료! 올인원 패키지로 한 번에!"

"언제 어디서든 소중한 소지품을 다양하게 걸 수 있습니다."

분석 : 언제 어디서든(상황) + 다양하게 걸 수 있습니다(이득)

해설 : 링콘 휴대용 행거 카피다. 소중한 물건을 쉽고 다양하게 걸 수 있다는 이득을 제시한다.

응용 : "언제 어디서든 클릭 한 번으로 주문하실 수 있습니다."

● 타깃 + 이득/키워드

"선영아 사랑해."

분석 : 선영아(타깃) + 사랑해(이득)

해설 : 마이클럽닷컴 여성 커뮤니티 카피다. 2000년 당시 언론에
여러 차례 보도될 정도로 엄청난 화젯거리였다.

응용 : "엄마, 아프지 마. 나 속상해."-본죽

"직장인이 꼭 알아야 할 슬기로운 금융 생활"

분석 : 직장인(타깃) + 슬기로운(이득) + 금융 생활(키워드)

해설 : '누구에게 무엇을 줄 것인가?'라는 핵심 가치에 충실한 카
피다.

응용 : "스타트업이 꼭 알아야 할 정부지원사업 계획서 작성법"

"왕초보를 위한 요가 스트레칭 클래스"

분석 : 왕초보를 위한(타깃) + 요가 스트레칭 클래스(키워드)

해설 : 교육시장에서 가장 돈이 되는 집단은 왕초보 집단이다. 중
급이나 고급으로 올라갈수록 어려워지거나 경제적으로 부
담되기 때문이다.

응용 : "왕초보 탈출 시원스쿨"

"상위 0.1% 자녀를 둔 부모의 대화법은 다릅니다."

분석 : 상위 0.1% 자녀를 둔 부모(타깃) + 대화법(키워드)

해설 : 0.1%는 '최고'와 거의 동의어로 사용된다. 사람들은 상위 0.1%의 선택받은 사람들의 라이프 스타일을 궁금해한다. 심지어 자신이 상위 0.1%인 사람도 그렇다.

응용 : "상위 0.1% 명문대 무용수가 뒷골목 스트릿 댄스를 배우면 벌어지는 일"-영화 『하이스트렁』

"사수 없어 서러운 회사 막내를 찾습니다."

분석 : 사수 없어 서러운 회사 막내(타깃) + 찾습니다(이득)

해설 : 콘텐츠 사이트 퍼블리의 카피다. 사수 없이도 일 잘하는 방법을 알려주겠다는 이득이 암시되어 있다.

응용 : "부장님 때문에 열 받는 대리님을 찾습니다."

● **이득/증거 + 키워드**

"1초 등산스틱"

분석 : 1초(이득) + 등산스틱(키워드)

해설 : 가장 심플한 카피는 이런 것이 아닐까? 단 여섯 글자로 이득과 키워드를 강력하게 전달한다.

응용 : "1시간 빠른 뉴스"-SBS 8시 뉴스

"다리가 길어 보이는 학생복"

분석 : 다리가 길어 보이는(이득) + 학생복(키워드)

해설 : 교복 브랜드 아이비클럽의 카피다. 조금이라도 더 예쁘고 멋있어 보이려는 학생들의 욕망을 자극한다.

응용 : "흔들리지 않는 편안함"-시몬스 침대

"의자가 성적을 바꾼다."

분석 : 의자(키워드) + 성적을 바꾼다(이득)

해설 : 시디즈 학생용 의자 카피다. 의자가 편하면? 공부에 집중할 수 있다. 공부에 집중하면? 성적이 오른다!

응용 : "매너가 사람을 만든다."-영화 『킹스맨』

"벌써 200만! 우리카드"

분석 : 200만(사회적 증거) + 우리카드(키워드)

해설 : 가입자 200만이라는 숫자는 강력한 사회적 증거가 된다.

응용 : "대한민국 국민 다섯 명 중 한 명은 이미 옥션을 경험했습니다."

"재구매율 1위! 7,000명이 선택한 발이 편한 구두"

분석 : 재구매율 1위(증거) + 7,000명이 선택한(증거) + 발이 편한(이득) + 구두(키워드)

해설 : 사회적 증거를 제시할 때는 구체적인 숫자와 함께 제시해

야 효과적이다.

응용 : "합격자 수 1위! 에듀윌, 10명 중 9명이 합격"

"중고인 듯 새것 같은 리퍼 스마트폰 반값에 드려요."

분석 : 중고인 듯 새것 같은(이득) + 리퍼 스마트폰(키워드) + 반값(이득)

해설 : '썸(소유&정기고)'의 노래 가사(내꺼인 듯 내꺼 아닌 내꺼 같은)를 패러
디해서 이득을 재치있게 표현했다.

응용 : "인생을 바꾸는 인문학, 반값습니다!"

이득 + 키워드 + 서술어

"죽은 척한 생태 팝니다."

분석 : 죽은 척한(이득) + 생태(키워드) + 팝니다(서술어)

해설 : 인터넷에서 본 생선가게 아주머니의 카피다. '죽은 척한'은
'싱싱한'이라는 이득을 의미한다. '갓 잡은 생태' 보다 얼마
나 신선한가?

응용 : "자꾸 바구니 뛰쳐나가는 생태 팝니다."

"92g 초경량 3단 우산 세일"

분석 : 92g 초경량(이득) + 3단 우산(키워드) + 세일(서술어)

해설 : 편샵에서 판매하는 초경량 우산 카피다. 서브 카피는 '작
은 종이컵 속, 물 한 잔보다 더 가벼운 우산'이다.

응용 : "스판 원단으로 만들어 구김이 안 가는 드레스 셔츠"

"두 발 자유화 니트 운동화 오늘만 이 가격!"

분석 : 두 발 자유화(이득) + 니트 운동화(키워드) + 오늘만 이 가격

(서술어)

해설 : '머리'와 '양쪽 발'을 중의적으로 뜻하는 '두 발 자유화'의
언어유희가 돋보인다.

응용 : "두 발 자유화, 니트 운동화, 어서 드루와!"

"돈 쓰면서 돈 버는 재테크 비법? 한 번에 다 알려줄게!"

분석 : 돈 쓰면서 돈 버는(이득) + 재테크 비법(키워드) + 한 번에 다
알려줄게(서술어)

해설 : '돈 쓰면서 돈 버는' 모순어법으로 살짝 멋을 냈다. 카피를
꼭 한 문장으로만 쓰라는 법은 없다. 위 카피처럼 묻고 답
하기로 짝을 이루면 리듬감이 살아난다.

응용 : "먹으면서 살 빼는 다이어트 비법? 쉿! 너한테만 알려줄게!"

이득/키워드 + 쉽고 빠르게

"하룻밤에 읽는 세계사"

분석 : 하룻밤에 읽는(쉽고 빠르게) + 세계사(키워드)

해설 : 미야자키 마사카츠의 책 제목이다. 세계사는 오랜 시간 지

루하게 공부해야 한다는 고정관념을 깬다.

응용 : "하루 여섯 문장 뇌새김 영어"

"1년 만에 기억력 천재가 된 남자"

분석 : 1년 만에(쉽고 빠르게) + 기억력(키워드) + 천재(이득)

해설 : 조슈아 포어의 책 제목이다. 건망증이 있는 평범한 20대 청
년이 전미 기억력 챔피언이 되기까지의 과정을 담고 있다.

응용 : "건강하게 하루 견과"

"일 열심히 안 하고 블로그로 네이버 연금 매달 받기"

분석 : 일 열심히 안 하고(쉽고 빠르게) + 네이버(키워드) + 연금(이득)

해설 : 오디오 클립 강의 제목이다. '열심히 안 하고' 부분이 불손
하면서도 호기심을 자아낸다.

응용 : "속옷 차림으로 부엌 식탁에 앉아 글쓰기로 하루에 100만
원 벌기"

"하루 15분 브런치로 베스트셀러 작가 되기"

분석 : 하루 15분(쉽고 빠르게) + 브런치로(키워드) + 베스트셀러 작가
되기(이득)

해설 : 브런치는 카카오에서 운영하는 텍스트 기반 콘텐츠 플랫
폼이다. 브런치북 프로젝트에 선정되면 출간의 기회가 주
어진다.

응용 : "하루 10분 놀면서 원어민 되는 중국어 스쿨"

"2분만 주세요. 풋 크림으로 발바닥의 각질을 싹 없애 드립니다."

분석 : 2분만(쉽고 빠르게) + 풋 크림(키워드) + 각질을 싹 없애 드립니다(이득)

해설 : '저에게 (시간)만 주세요. (혜택)을 드릴게요'는 예로부터 검증된 헤드라인 템플릿이다.

응용 : "저에게 30분만 주세요. 파리 날리는 카페를 팔리는 카페로 바꿔드릴게요."

이득/협박 + 키워드 + 숫자 + 유형

"합법적으로 세금을 안 내는 110가지 방법"

분석 : 합법적으로 세금을 안 내는(이득 + 키워드) + 110가지 방법(숫자 + 유형)

해설 : 세무사 신방수의 책 제목이다. 이렇게 정보를 모아놓은 형태를 '큐레이션' 또는 '리스티클(리스트+아티클)'이라고 한다.

응용 : "눈치 보지 않고 칼퇴근하는 슬기로운 회사 생활 5가지"

"끝까지 보게 하는 유튜브 영상 제작 7단계"

분석 : 끝까지 보게 만드는(이득) + 유튜브 영상 제작(키워드) + 7단계(숫자 + 유형)

해설 : 복잡해 보이는 영상 제작을 7단계로 줄여주었다. 70단계라면 고민하겠지만 7단계라면 부담이 없다.

응용 : "청중을 끝까지 집중하게 만드는 강의 스킬 7가지"

"매일 2번씩 2주만 사용하면 2단계 밝아지는 치아"

분석 : 매일 2번씩 2주만 사용하면(숫자 + 방법) + 2단계 밝아지는(이득) + 치아(키워드)

해설 : 블랙 다이아 치아 미백제 카피다. 숫자 '2'를 다른 치아 미백제와 차별점으로 내세워서 보다 '쉽고 빠르게' 치아가 밝아질 수 있음을 약속한다.

응용 : "하루 1번 식후 1알 OOO 비타민으로 건강을 챙기세요!"

"의사에게 살해당하지 않는 47가지 방법"

분석 : 의사에게 살해당하지 않는(협박) + 47가지 방법(숫자 + 유형)

해설 : 곤도 마코토의 책 제목이다. 인간은 손해를 피하기 위해서도 행동하는데 이를 '손실 회피 심리'라고 한다.

응용 : "아내에게 이혼당하지 않는 29가지 방법"

"모르면 손해 보는 만 65세 이상 노인 혜택 33가지 총정리"

분석 : 모르면 손해 보는(협박) + 만 65세 이상(타깃) + 노인 혜택(키워드) + 33가지 총정리(숫자 + 유형)

해설 : 유튜브나 블로그 포스팅에 자주 쓰이는 제목 템플릿이다.

단순히 위 템플릿에 단어만 바꿔 넣어도 얼마든지 클릭을 부르는 제목을 만들 수 있다.

응용 : "알면 대박 나는 청년 창업 정부지원 프로그램 9가지 총정리"

키워드/이득 vs 키워드/이득

"설 이후 집값 더 오를 것 vs 지금 집 살 때 아니다."

분석 : 설 이후 집값 더 오를 것(키워드) + 지금 집 살 때 아니다(키워드)

해설 : 부동산 시장이 요동칠 때마다 유튜브나 블로그에 자주 등장하는 제목이다.

응용 : "가상화폐, 버틸 것인가? vs 손절할 것인가?"

"일본 챔피언 vs 한국 챔피언, 팔씨름 대결의 승자는?"

분석 : 일본 챔피언(키워드) + 한국 챔피언(키워드) + 팔씨름(키워드)

해설 : 팔씨름은 상대를 다치게 하지 않고도 강자와 약자를 가릴 수 있는 원초적이면서 신사적인 스포츠다. 누가 셀지 참 궁금하다.

응용 : "천사견 vs 악마견 / 어떤 강아지를 키우고 계신가요?"

"역삼각형 큰 근육 vs 노가다 잔근육, 미녀들의 선택은?"

분석 : 역삼각형 큰 근육(키워드) + 노가다 잔근육(키워드) + 미녀(키워드)

해설 : 헬스 유튜버들 사이에서 유행했던 콘텐츠다. 사실 근육보다는 미녀가 궁금해서 보게 된다.

응용 : "보디빌딩 vs 필라테스, 어느 쪽이 더 힘들까?"

"자율주행 대결-테슬라 vs 벤츠 S클래스, 승자는?"

분석 : 자율주행(키워드) + 테슬라(키워드) + 벤츠 S클래스(키워드)

해설 : 싸움 구경만큼 재미있는 것이 없다. 사람들은 대결구도를 좋아한다.

응용 : "수소차 vs 전기차, 현대 자동차의 선택은?"

"쳐다볼 것인가, 쳐다보게 만들 것인가?"

분석 : 쳐다볼 것인가(협박) + 쳐다보게 만들 것인가(이득)

해설 : 여러 상품에 두루 쓰일 수 있는 카피다. (남의 자동차를) 쳐다볼 것인가? (내 자동차를) 쳐다보게 만들 것인가? (남의 몸매를) 쳐다볼 것인가? (내 몸매를) 쳐다보게 만들 것인가?

응용 : "물어볼 것인가, 물어보게 만들 것인가?"-OO 수학학원

신정보를 알려라

신정보는 이득과 더불어 고객들이 선호하는 유형이다. 그러나 똑같은 상품을 팔면서 매번 신정보를 알리기는 어렵다. 그럴 때는 최신 뉴스를 찾아서 상품과 연관시켜라. 최근 이슈, 연예인, 날씨 어떤 것도 좋다. 최근 코로나가 기승을 부리면서 사회적 거리 두기가 이슈가 되었다. 검색 포털 다음(Daum)은 글자 간격을 넓혀서 'D a u m'이라고 썼다. 숙박 예약 앱 야놀자는 ya와 nolja 사이에 '다음에'라는 문구를 넣었다. 카피로 뉴스를 쓰려고 하지 말고 뉴스에서 카피를 찾아라.

● **뉴스 + (이득) + 키워드**

"완전히 새로운 공룡의 역사"

분석 : 완전히 새로운(신정보) + 공룡의 역사(키워드)

해설 : 사람들은 신정보에 민감하다. 신정보는 새로운 이득을 가지고 오기 때문이다.

응용 : "완전히 새로운 카피라이팅 바이블"

"소개합니다. 과학이 찾은 인삼의 진짜 이름, 컴파운드 케이"

분석 : 소개합니다(신정보) + 과학이 찾은 인삼의 진짜 이름(신정보)
  + 컴파운드 케이(키워드)

해설 : 내가 예전에 참여했던 인삼 브랜드 카피다. 인삼 사포닌의
  핵심 성분인 컴파운드 케이를 '과학이 찾은 인삼의 진짜
  이름'이라고 표현했다.

응용 : "소개합니다. 고스트 바둑왕으로 소문난 기사, OOO 9단
  입니다."

"드디어 나타난 기아의 새로운 준대형 세단 K8"

분석 : 드디어 나타난(신정보) + 새로운(신정보) + 준대형 세단 K8(키
  워드)

해설 : 신정보는 '드디어, 마침내, 결국, 이제야' 등의 표현과 함께
  제시되는 경우가 많다. 신차 광고에 많이 사용된다.

응용 : "드디어 위장막 벗은 현대의 신형 SUV, 도로 주행 사진
  유출"

"세상에 없던 교통 서비스의 시작!"

분석 : 세상에 없던(신정보) + 교통 서비스(키워드) + 시작(신정보)

해설 : 경기도 공공버스 대폭 확대 기사 제목이다. '세상에 없던'
  은 'NEW'나 '신(新)'의 다른 표현에 해당한다.

응용 : "세상에 없던 PEN을 만나다, 삼성 노트북 펜 S"

"세계 최초로 한국 시장에 보상 정책을 선보인 애플"

분석 : 세계 최초로(신정보) + 한국 시장에 보상 정책을 선보인(이득)

　　　+ 애플(키워드)

해설 : 세계 최초는 가장 강력한 수준의 신정보다. 뉴스를 알리려

　　　면 작은 종을 울려선 안 된다. 큰 종을 울려야 한다.

응용 : "오드리 헵번을 세계 최초로 카페에 담다."-오드리 헵번 카페

이득/협박 + 반전

"휴대폰을 보면서 운전하세요."

분석 : 반어법 + 협박

해설 : 미국 장례업체 카피다. 자칫 무거워질 수 있는 장례업체 광

　　　고를 반어법으로 유머러스하게 표현했다. 실제 메시지와

　　　표현된 메시지가 반대되는 것을 '반어법'이라고 한다.

응용 : "이 아이를 기억하지 마세요."-초록우산 어린이재단

"학년 꼴찌가 1년 만에 서울대에 합격한 사연"

분석 : 극적인 반전

해설 : 반전 스토리는 처음과 끝의 갭이 크고 기간이 짧을수록

　　　효과적이다.

응용 : "몸꽝이 100일 만에 몸짱 된 사연"

"장미꽃을 사세요. 집은 공짜로 드립니다."

분석 : 장미꽃(부수적인 것) + 집(주된 것)

해설 : 주된 것과 부수적인 것을 서로 바꾸면 유머러스한 반전 효과를 줄 수 있다.

응용 : "서비스를 사시면 안주를 공짜로 드려요."

"그동안 뚱뚱하고 못생기셨나요? 이제 못 생기기만 하세요."

분석 : 반전 + 유머

해설 : 헬스클럽에서 자주 볼 수 있는 카피다. 영국에서 처음 시작된 카피로 현지에서도 호불호 논란이 있었던 광고다.

응용 : "넌 살 빼면 로또야. 당첨이라고는 하지 않았다."

"제가 피아노 앞에 앉았을 때 모두 웃었습니다. 그러나 연주를 시작하자…"

분석 : 반전 + 생략법

해설 : 세계에서 가장 유명한 카피 중 하나다. 주제, 호기심 유발, 스토리텔링 모든 게 들어있다.

응용 : "웨이터가 제가 프랑스어로 말을 걸자 모두 히죽거리며 저를 쳐다봤습니다. 하지만 제가 대답을 했더니…"

"BTS도 못 넘은 '철옹성' 뚫어버린 아기상어"

분석 : BTS도 못 넘은(스타) + 아기상어(키워드)

해설 : 사람들은 스타가 먹는 것, 입는 것, 있는 곳, 못 가본, 추천하는 모든 것에 관심이 있다. 스타를 엮어서 쓴 헤드라인은 항상 주목을 받는다.

응용 : "영어만 잘하면 BTS도 누를 수 있다던 일본의 충격적인 영어 근황"

"하버드 100년 전통 말하기 수업"

분석 : 하버드 100년 전통(권위자) + 말하기 수업(키워드)

해설 : 류리나 저자의 책 제목이다. 권위자나 유명인사가 꼭 사람에만 국한되는 것은 아니다. '하버드', '서울대', 'FBI' 등 공신력을 가진 기관도 엮어서 쓸 수 있다.

응용 : "150년 하버드 글쓰기 비법"

"박진영에게 배우는 생산성을 높이는 다섯 가지 방법"

분석 : 박진영(유명인사) + 생산성(키워드) + 다섯 가지 방법(숫자 + 유형)

해설 : 인터넷에서 이슈가 되었던 블로그 포스팅 제목이다. 유명인사의 이름은 곧 브랜드다.

응용 : "빌 게이츠가 추천하는 여름휴가 필독서 일곱 권"

"BBC가 선정한 21세기 최고의 영화 1위~100위"

분석 : BBC가 선정한(권위자) + 21세기 최고의 영화(키워드) + 1위 ~100위(숫자 + 유형)

해설 : 영향력있는 방송사나 언론사도 권위를 가진다. 여기에 순위를 가미하면 더 많은 관심을 받을 수 있다. 사람들은 본능적으로 서열 정하기를 좋아한다.

응용 : "타임지가 선정한 세계 불가사의 1위~5위"

"컴퓨터 일주일만 하면 전유성만큼 한다."

분석 : 컴퓨터(키워드) + 일주일만 하면(쉽고 빠르게) + 전유성만큼 한다(유명인/이득)

해설 : 아주 옛날에 출간된 왕초보용 컴퓨터 책 제목이다. 어수룩해 보이는 개그맨의 이미지로 컴퓨터 학습에 대한 허들을 낮췄다. '쉽고 빠르게' 촉매까지 첨가됐다.

응용 : "나물이네의 2,000원으로 밥상 차리기"

● **날짜/날씨/계절/기념일/특정일 + 이득/키워드**

"설 연휴 찐 3킬로 빼는 다이어트 꿀팁 세 가지"

분석 : 설 연휴(기념일) + 다이어트(키워드) + 꿀팁 세 가지(숫자 + 유형)

해설 : 명절과 다이어트는 떼려야 뗄 수 없는 관계에 있다. 다이어트 상품은 특정 날짜와 연결하라.

응용 : "연말 선물 사는데 쓰던 카드 그냥 썼어?"-삼성페이

"여름대비 6만 원으로 끝! 자외선 차단, 쿨스킨 점퍼"

분석 : 여름대비(계절) + 6만 원으로 끝(이득) + 자외선 차단(이득) +
쿨스킨 점퍼(키워드)

해설 : 와디즈 펀딩 의류 카피다. 계절과 이득과 키워드가 있으면
카피가 할 말은 다 한 셈이다.

응용 : "여름 바디엔, 눈속임이 필요하다."-라네즈 스타일리쉬 바디 스무더

"집중력이 높아지는 그림. 모레 아침 수험생의 손에 쥐여 주세요."

분석 : 집중력인 높아지는 그림(이득) + 모레 아침(특정일)

해설 : SK텔레콤은 대학수학능력시험 이틀 전에 이 광고를 신문
에 실었다. 실제로 신문의 그림을 오려서 당일 날 수험장
에 들고 가는 학생들도 꽤 있었다고 한다.

응용 : "크리스마스니까 욕심내자."-베스킨라빈스 31

"올여름, 당신의 마지막 다이어트"

분석 : 올여름(계절) + 다이어트(키워드)

해설 : 여름과 다이어트는 명절과 다이어트보다 밀접한 연관검색
어다. 계절과 연관된 키워드는 꼭 계절과 연관시키자.

응용 : "여름을 전기가 시원하게 합니다. 여름이 전기를 힘들게 합
니다."-일본전기사업연합회

"쌀쌀한 연말 하이모와 함께 따뜻하게"

분석 : 쌀쌀한 연말(계절) + 하이모(키워드) + 따뜻하게(이득)

해설 : 쌀쌀함과 따뜻함이 대비되면서 가발 브랜드 하이모의 장

      점이 더욱 드러난다.

응용 : "논산의 겨울은 춥다가 아니라 달다!"-논산 딸기

●   **키워드 + 매직 워드**

매직 워드란 헤드라인에 뿌리면 즉각적으로 반응을 높여
주는 촉매 단어를 말한다. 해당 예문은 인터넷에 수없이 많으
므로 각자 네이버나 유튜브에서 검색해보기 바란다.

- 꿀팁/정보/노하우

- 주의/요주의/필독/긴급

- 절대로/함부로/무심코/의외로

- 최초/최고/최악/가장/최대/0.1%/BEST/TOP

- 무료/할인/가성비/핵가성비/가성비갑/공짜

- 감동주의/소름주의/충격주의/눈물주의/분노주의

- 뒤집어진/난리난/충격/경악/헉/멘붕/레알/뜨악/정말?

- ○○은 모르는/○○만 아는/○○만 모르는/○○○도 ○○하는

- 진상, 무개념, 민폐, 꼴불견, 꼴값, 같이 일하기 싫은, 갑질

- 인생을 바꾸는/따라 하기만 하면 되는/머리가 좋아지는/마법

    의/기적의/궁극의

비밀로 유혹하라

헤드라인의 임무는 모든 정보를 한 번에 전달하는 것이 아니다. 호기심을 유발하여 고객이 다음 문장, 즉 보디카피를 읽게 하는 것이다. 호기심을 유발하려면 중요한 정보를 감춰서 독자가 스스로 '왜? 어떻게? 무엇을?'이라고 묻게 해야 한다. 예를 들어 "아버지가 되면 사진은 훌륭해진다"라는 캐논 카피는 독자에게 '왜?'라고 묻게 한다. 그에 대한 답을 확인하려면 보디카피를 읽을 수밖에 없다.

●   **OOO/··· + 이득**

"OOO만 바꿨을 뿐인데... 배달 주문 10배!"

분석 : OOO만 바꿨을 뿐인데(비밀) + 배달 주문 10배(이득)

해설 : 'OOO'은 말 그대로 '땡땡땡'이라고 읽는다. 핵심이 되는 중요 단어가 들어갈 자리에 대신 넣으면 된다. 클릭이 보장되는 비밀무기다.

응용 : "OOO 하나 바꿨더니 업무 효율 두 배 증가?"

"딱 한 가지, OOO 했더니 한 달에 10kg 빠졌어요."

분석 : OOO 했더니(비밀) + 한 달에 10kg 빠졌어요(이득)

해설 : 위 예문을 "딱 한 가지, 디톡스했더니 한 달에 10kg 빠졌
어요"라고 해 보자. 클릭률이 확 떨어진다. 확실히 OOO에
는 클릭을 부르는 힘이 있다.

응용 : "OOO 했더니 오십견이 완전히 사라졌어요."

"일반인도 억대 수입 내는 OO, 이제는 구독해서 씁니다."

분석 : 일반인도 억대 수입 내는(이득) + OO(비밀)

해설 : 이렇게 중요한 정보를 한 번에 공개하지 않고 단계적으로
공개하는 것을 '티싱(teasing)'이라고 한다. '놀리다, 간지럽히
다'는 의미다.

응용 : "개미도 주식으로 재테크 가능? OOO 하면 완전 가능!"

"모라이스 감독, 호날두에게 팬들의 아쉬움 전했더니…"

분석 : 아쉬움 전했더니…(비밀)

해설 : 스포츠 경향 기사 제목이다. '아쉬움을 전했다'는 말만 하
고 결과를 말해주지 않는다. 궁금하다. 클릭해서 확인하고
싶다.

응용 : "내 스마트폰 데이터 통화, 귀신이 썼나 했더니…"

"꿈에서는 …해도 되죠?"

분석 : …해도 되죠?(비밀)

해설 : 영화 『몽정기』의 홍보 카피다. 야릇한 상상을 불러일으키며 과연 내가 생각한 그것이 그것이 맞을까 확인하고 싶어진다.

응용 : "이별했을 땐 …해도 되죠?"

'이것' + 이득

"'이것'만 하면 4등급도 인서울 대학교 갑니다."

분석 : '이것'만 하면(비밀) + 인서울 대학교 갑니다(이득)

해설 : 'OOO'과 더불어 '이것'도 호기심을 끌어내는 강력한 무기가 된다.

응용 : "이것만 하면 영어 왕초보도 회화가 됩니다."

"집에서 편하게 용돈 벌이하는 '이것'은?"

분석 : 집에서 편하게 용돈 벌이 하는(이득) + '이것'(비밀)

해설 : 가장 중요한 정보가 들어갈 자리에 '이것'을 넣어보자. 클릭이 폭발한다.

응용 : "근무시간에서 꿀 빨면서 월급루팡 하는 '이것'은?"

"팔리는 카피, '이것'이 핵심이라고?"

분석 : 팔리는 카피(이득) + '이것'(비밀)

해설 : 좋은 성과를 낸 것의 비법이 들어갈 자리에 '이것'을 넣어
보자. '이것'이 무엇인지는 보디카피에서 밝혀주면 된다.

응용 : "요즘 난리 난 과자, 비결은 '이것'?"

"혈관 속 찌꺼기를 쏙 빼준다는 '이것'의 정체는?"

분석 : 혈관 속 찌꺼기를 쏙 빼준다는(이득) + '이것'(비밀)

해설 : 앞쪽에 효과를 놓고, 뒤쪽에 '이것'을 놓아라. 자연스럽게
'이것'의 정체가 궁금해진다.

응용 : "내장 속 숙변을 쏙 빼준다는 '이것'의 비밀은?"

"급체했을 때 '여기'를 누르면 뻥! 딱 10초면 됩니다."

분석 : '여기'를 누르면(비밀) + 뻥! (이득) + 딱 10초(쉽고 빠르게)

해설 : '이것'과 비슷한 말로 '여기'가 있다. 핵심적인 위치를 특정
할 때 사용한다.

응용 : "빌려준 돈 못 받았을 때 '여기'로 연락해주세요. 합법적으
로 받아드립니다."

"왜 퍼스트클래스 승객은 펜을 빌리지 않는가?"

분석 : 왜(비밀) + 퍼스트클래스 승객은 펜을 빌리지 않는가(현상)

해설 : 존 케이플즈의 '헤드라인을 쓰는 29가지 공식' 중 17번째 항목 '왜(Why)라는 말로 헤드라인을 시작하라'에 해당한다.

응용 : "왜 전교 1등은 밤을 새우지 않는가?"

"30대 스타강사가 아직도 반지하 단칸방에 사는 이유"

분석 : 30대 스타강사가 아직도 반지하 단칸방에 사는(현상) + 이유(비밀)

해설 : 현상이 통념을 깨고 신기할수록 이유가 더 궁금해진다.

응용 : "20대 미녀 헬스 트레이너가 야식을 먹어도 살이 안 찌는 이유"

"요즘 10대가 페이스북 안 쓰고 틱톡 쓰는 이유"

분석 : 요즘 10대가 페이스북 안 쓰고 틱톡 쓰는(현상) + 이유(비밀)

해설 : 요즘 틱톡이라는 SNS가 유행이다. 특히 10대들 사이에서 선풍적인 인기를 끌고 있다. 그 이유는 무엇일까?

응용 : "요즘 10대가 포털보다 유튜브에서 먼저 검색하는 이유"

"넷플릭스는 왜 별점이 아니라 '좋아요'일까요?"

분석 : 왜(비밀) + 별점이 아니라 '좋아요'(현상)

해설 : 그냥 지나치기 쉬운 일상적인 현상에 의문을 제기해 보자. 그동안 몰랐던 고정관념을 인지하면서 관심을 가지게 된다.

응용 : "OK 버튼은 왜 왼쪽이 아니라 오른쪽에 있을까요?"

"전원주택이 강남 아파트보다 좋은 10가지 이유"

분석 : 전원주택이 강남 아파트보다 좋은(현상) + 10가지 이유(숫자 + 비밀)

해설 : 'OO이 OO보다 좋은 O가지 이유'는 두 대상을 비교하고 어느 한쪽을 편들 때 사용되는 템플릿이다.

응용 : "맥주가 애인보다 좋은 7가지 이유"

성과 + 어떻게/방법

"21살 대학생, 연 수입 1억 원 어떻게 가능했을까요?"

분석 : 연 수입 1억 원(성과) + 어떻게(비밀)

해설 : 존 케이플즈의 '헤드라인을 쓰는 29가지 공식' 중 16번째 항목인 '어떻게(How)라는 말로 헤드라인을 시작하라'에 해당한다.

응용 : "21살 미영 씨, 어떻게 이모티콘으로 돈을 벌었을까요?"

"어떻게 상현이는 중학영어를 5학년 때 끝냈을까요?"

분석 : 어떻게(비밀) + 상현이는 중학영어를 5학년 때 끝냈을까

요?(성과)

해설 : 윤 선생 영어교실 카피다. '어떻게'는 카피가 막힐 때마다

뚫어주는 마스터키와 같다.

응용 : "어떻게 기훈이는 고등학교 3년 과정을 6개월에 끝낼 수

있었을까요?"

"상현이가 중학영어를 5학년 때 끝낸 방법"

분석 : 상현이가 중학영어를 5학년 때 끝낸(성과) + 방법(비밀)

해설 : 어순을 약간 수정하면 '어떻게'를 'OO하는 방법'으로 바꿀

수 있다. 내용은 같아도 '어떻게'와 뉘앙스 차이가 있다.

응용 : 기훈이가 고등학교 3년 과정을 6개월에 끝낸 방법

"부가세 신고 세무사 없이 스스로 하는 방법"

분석 : 부가세 신고 세무사 없이 스스로 하는(성과) + 방법(비밀)

해설 : 자영업자들에게 1년에 두 번 있는 부가세 신고는 상당히

부담스러운 일이다. 혼자 쉽게 할 방법이 있다면 알고 싶다.

응용 : "마케팅 자동화로 놀면서 돈 버는 나만의 방법"

"1시간에 책 1권 읽고 1페이지로 정리하는 방법"

분석 : 1시간에 책 1권 읽고 1페이지로 정리하는(성과) + 방법(비밀)

해설 : 제목에 특정한 숫자가 반복되면 독특한 콘셉트가 만들어
진다.

응용 : "1시간에 500kcal 불태우는 유산소 방법"

성과/권위 + 비법/비밀/비결/기적

"주병진 속옷 사업 연 매출 1,600억 비결은?"

분석 : 속옷 사업 연 매출 1,600억(성과) + 비결(비밀)

해설 : '주병진'이라는 유명인과 '1,600억'이라는 놀라운 성과가
시선을 끈다.

응용 : "자본금 240만 원으로 스터디 카페 왕국을 건설한 비결
은?"

"시험 전날 일찍 잤다면서 맨날 1등 하는 아이의 비밀"

분석 : 시험 전날 일찍 잤다면서 맨날 1등 하는(성과) + 아이의 비
밀(비밀)

해설 : 적은 노력으로 좋은 성과가 나왔다면 그 비밀이 궁금해진
다. 노력과 성과의 격차를 크게 하라.

응용 : "맨날 돈 없어 죽겠다면서 유럽 여행 가는 친구의 비밀"

"어디서도 알려주지 않은 골프 드라이버 장타의 비결"

분석 : 어디서도 알려주지 않은(비밀) + 골프 드라이버 장타(성과)

해설 : '어디서도 알려주지 않은'은 인터넷에서 자주 사용되는 문구로 '비밀'을 의미한다.

응용 : "어디서도 알려주지 않는 상대의 마음을 읽는 비법"

"하버드 상위 1퍼센트의 비밀"

분석 : 하버드 상위 1퍼센트(권위) + 비밀(비밀)

해설 : 정주영 저자의 책 제목이다. '하버드'는 권위의 상징이다. 수많은 책 제목에 '하버드'가 들어간다.

응용 : "사장의 수첩에는 뭔가 비밀이 있다."

"홍보대행사도 모르는 기적의 온라인 마케팅"

분석 : 홍보대행사도 모르는(권위) + 기적의(비밀) + 온라인 마케팅(키워드)

해설 : 권위의 정도가 높을수록 비밀에 대한 궁금증도 커진다. 홍보대행사도 모르는 마케팅 기법이라면 얼마나 대단한 것일까?

응용 : "의사들도 모르는 기적의 간 청소"

한정으로 독촉하라

사람은 제한이 없으면 행동하지 않는다. 제한은 희소성을 만들어 내고 희소성은 가치를 만들어 낸다. 구체적인 한정 기법은 본서의 5장 '즉시 결제하게 하는 7가지 CLOSING 기법' 중 두 번째 기법인 'Limit'에서 좀 더 구체적으로 다룬다. 여기서는 다양한 예문을 통해 한정의 효과를 알아보자.

● **이득 + 키워드 + 할인 + 수량 제한**

"국어 1등급 무조건 올려주는 OO선생님 방학특강 50% 할인, 선착순 50명"

분석 : 국어 1등급 무조건 올려주는(이득) + OO선생님 방학특강(키워드) + 50% 할인(할인) + 선착순 50명(수량 제한)

해설 : 분야에 따라 단어만 바꿔 넣으면 얼마든지 카피를 찍어낼 수 있는 만능 템플릿이다.

응용 : "연비가 좋아지는 OOO 엔진 첨가제, 구매 시 세차 무료! 이번 주까지만"

이득 + 키워드 + 이벤트 + 수량 제한

"생으로 먹어도 맛있는 강원도 찰옥수수 1+1행사, 한정 수량 100개"

분석 : 생으로 먹어도 맛있는(이득) + 강원도 찰옥수수(키워드) + 1+1
행사(이벤트) + 한정 수량 100개(수량 제한)

해설 : 한정 수량은 언제나 잘 먹힌다. 수요는 공급을 만들어 내
고, 공급도 수요를 만들어 낸다.

응용 : "수험생 간식으로 딱 좋은 통밀 과자, 고3 수험생에게만
2+1행사"

이득 + 키워드 + 할인/자격 제한 + 기간 제한

**"스트레스 확 풀리는 OO랜드, 어린이 특별 할인. 2XXX년 11월
14일(목)~12월 15일(일)까지"**

분석 : 스트레스 확 풀리는(이득) + OO랜드(키워드) + 어린이 특별
할인(할인/자격 제한) + 2XXX년 11월 14일(목)~12월 15일(일)
까지(기간 제한)

해설 : 자격 제한에 기간 제한을 더 하면 고객의 지갑은 타오른
다. 거기에 수량 제한을 첨가하면? 폭발한다!

응용 : "피로가 확 풀리는 정통 태국 마사지, 오늘 멤버십 가입하
면 70% 할인"

● **이득 + 키워드 + 기간 제한 + 특별선물**

"스마트기기 한꺼번에 충전하는 4 in 1 무선충전 거치대, 오늘까지 고급 케이블 무료 증정"

분석 : 스마트기기 한꺼번에 충전하는(이득) + 4 in 1 무선충전 거치대(키워드) + 오늘까지(기간 제한) + 고급 케이블(특별선물)

해설 : 인터넷 쇼핑몰이나 SNS 광고에서 자주 볼 수 있는 문구다. 템플릿을 익히면 매번 고민할 필요가 없다.

응용 : "노트북? OK! 태블릿? OK! 컨버터블 OO 노트북, 얼리버드에게 특별 사은품 증정!"

● **이득 + 키워드 + 자격 제한 + 특별선물**

"게임처럼 재미있게 살 빼는 야핏 사이클, 패밀리 패키지 구매자에 한해 사이클 앱 2년 이용권 증정"

분석 : 게임처럼 재미있게 살 빼는(이득) + 야핏 사이클(키워드) + 패밀리 패키지 구매자(자격 제한) + 사이클 앱 2년 이용권(특별선물)

해설 : 레이싱 게임을 하듯이 가상현실 사이클링을 할 수 있는 제품이다.

응용 : "게임처럼 재미있게 익히는 전자드럼, 오늘 신청하시는 분에 한해 무료 레슨 1회권 증정"

8절

공감으로 소통하라

공감은 상대방과 같은 것을 느끼는 것이다. 사람은 생물학적 구조가 비슷하므로 같은 상황에서 같은 정서를 느낀다. 누구나 사랑을 하면 기쁘고 이별을 하면 슬프다. 즉 고객과 공통적인 상황을 제시하면 고객은 '아, 저 사람이 나랑 같은 것을 느꼈겠구나!' 하고 공감하게 된다. 같은 개념, 같은 행위, 같은 상황, 같은 생각, 같은 감각, 같은 깨달음. 이 모든 것이 공감대를 형성하는 요소들이다.

● **비유 + 키워드**

"사막의 롤스로이스"

분석 : 롤스로이스(비유)

해설 : 고급 SUV 자동차 레인지로버의 카피다. 키워드인 '레인지로버'가 원관념에, 비유 대상인 '롤스로이스'가 보조관념에 해당한다.

응용 : "우주판 조스"-영화 『에일리언』

"타이어는 5만km마다 바꾸시면서 신발은 왜 5년째 그대로이신 가요?"

분석 : 타이어(비유) + 신발(키워드)

해설 : 타이어와 신발은 쓰면 쓸수록 닳는다는 공통점이 있다. 따라서 때가 되면 바꾸어야 한다는 말이 설득력 있다.

응용 : "왜 자동차에는 고급 휘발유를 넣으면서 물은 아무거나 마시나요?"

"사과보다 가볍다."

분석 : 사과(비유) + 가볍다(키워드의 속성)

해설 : 270g짜리 네파 점퍼 카피다. 270g이라는 숫자만으로는 와 닿지 않는다. 사과에 비유하면 실감할 수 있다.

응용 : "시속 60마일로 달리는 롤스로이스 안에서 들리는 제일 큰 소음은 전자시계 소리입니다."

"산소 같은 여자"

분석 : 산소 같은(비유) + 여자(키워드)

해설 : 마몽드의 카피다. 청순한 여자라고 말하지 않고 그것을 연상시키는 산소에 비유했다.

응용 : "길들여지지 않는 남자"

"러닝머신은 예전으로 돌아갈 수 있는 타임머신이다."

분석 : 러닝머신(키워드) + 타임머신(비유)

해설 : 일본의 헬스클럽의 카피다. 왜 러닝머신을 타임머신에 비유했을까? 살을 빼면 날씬하고 건강했던 젊은 날로 돌아갈 수 있으니까.

응용 : "마스크는 아프지 않은 예방접종이다."

● **반사적 행위/신체반응 + 키워드**

"사나이 울리는 신라면"

분석 : 사나이 울리는(신체반응) + 신라면(키워드)

해설 : 라면이 매우면 어떤 신체반응이 나타날까? 눈물이 난다. '안습', '동공지진' 등도 반사적인 신체반응을 나타낸 표현이다.

응용 : "광대승천 소고기 맛집"

"추석 때 입은 옷 설날에 또 입고 온 삼촌에게"

분석 : 추석 때 입은 곳 설날에 또 입고 온(반사적 행위) + 삼촌에게 (타깃)

해설 : 쿠팡 옷 광고 카피다. 특정한 행위는 타깃의 또 다른 이름이 된다.

응용 : "요리하기 싫어서 3일째 삼각김밥 먹고 있는 당신에게"

"외국인이 도움을 청했다. 나도 도움을 청했다."

분석 : 외국인(키워드) + 나도 도움을 청했다(반사적 행위)

해설 : 일본의 영어 학원 카피다. 길에서 외국인이 물어오면 나도
　　　도움이 필요하다. 왜? 영어를 못하니까. 그럼? 영어 학원
　　　다녀야지!

응용 : "그녀가 고백했다. 나도 고백했다. I can't speak English."

"10만 명 울린 노숙자 감동 실험 카메라"

분석 : 10만 명 울린(신체반응) + 감동 실험 카메라(키워드)

해설 : 감동적인 이야기에 자주 쓰이는 단어가 있다. '감동, 실화,
　　　울린, 울어버린, 눈물바다, 눈물 참기, 눈물 없이 볼 수 없
　　　는, 세계를 감동시킨, 뭉클한, 기적 같은' 등이다.

응용 : "세계 천만 명을 울린 태국의 동영상 한 편"

"편집자 잇몸 마르게 한 탁재훈 드립 모음"

분석 : 편집자 잇몸 마르게 한(신체반응) + 탁재훈 드립 모음(키워드)

해설 : 너무 재미있어서 계속 웃으면 어떤 일이 발생할까? 잇몸이
　　　드러난 채로 입을 다물지를 못한다. 결국 잇몸이 마른다.

응용 : "신부 검은 눈물 흘리게 한 감동 축가 모음"

구체적인 상황 + 이득 + 키워드 + 숫자 + 유형

"서울 강남 혼술하기 좋은 와인바 BEST 4"

분석 : 서울 강남(구체적인 상황) + 혼술하기 좋은(이득) + 와인바(키워드)

+ BEST 4(유형 + 숫자)

해설 : 특정한 지역과 행동을 지정하는 것은 구체적인 상황을 설정할 때 도움이 된다.

응용 : "연인끼리 걷기 좋은 서울 인근 공원 리스트 5"

"비 오는 날에 들으면 감성 터지는 취향 저격 노래 모음"

분석 : 비 오는 날에 들으면(구체적인 상황) + 감성 터지는(이득) + 취향 저격 노래 모음(키워드)

해설 : 날씨 등 구체적인 상황과 키워드와 연결하라. 발렌타인데이엔 초콜릿, 11월 11일엔 빼빼로, 이사한 날엔 짜장면, 막노동한 날은 삼겹살, 비 오는 날이면 막걸리가 떠오르듯이.

응용 : "봄날에 걷기 좋은 서울 돌담길 3군데"

"부장님한테 혼날 때, 할 말 없게 만드는 변명의 기술 3가지"

분석 : 부장님한테 혼날 때(구체적인 상황) + 할 말 없게 만드는(이득) + 변명의 기술(키워드) + 3가지(숫자 + 유형)

해설 : 부정적인 상황이 주어졌을 때는 그것을 극복할 수 있는 효과가 있는 키워드를 제시하라. 똑같은 상황을 겪는 누군가

는 반응할 것이다.

응용 : "생각할수록 화가 날 때 하면 좋은 분노 해소 운동법"

"공부할 때 듣기 좋은 피아노 BGM"

분석 : 공부할 때(구체적인 상황) + 듣기 좋은(이득) + 피아노 BGM(키워드)

해설 : 키워드가 음악이라면 그 음악이 필요한 순간을 구체적으로 떠올려보자. 그냥 '소화제'보다 '체할 때 먹는 소화제'가 더 잘 팔린다.

응용 : "독서할 때 듣는 빗소리, 장작 타는 소리"

"마음이 우울할 때 꺼내 보는 성장 문답 모음집"

분석 : 마음이 우울할 때 꺼내 보는(구체적인 상황) + 성장 문답 모음집(키워드)

해설 : 구체적인 상황은 특정한 심리 상태일 수도 있다. 키워드는 그러한 심리 상태를 해결해 줄 수 있는 일종의 솔루션이 된다.

응용 : "자존감이 바닥일 때 나를 위로해주는 드라마 속 명대사들"

"등록금이 얼만대?!"

분석 : 졸업생 마음의 소리

해설 : 경기도의 모 대학교 홍보 카피다. 비싼 등록금을 냈으니
　　　높은 취업률로 확실히 보상해준다는 메시지를 담았다.

응용 : "차값이 얼만데!"−엔진오일 지크 XQ

"누가 저 대신 프레젠테이션 좀 해 주세요."

분석 : 프레젠터 마음의 소리

해설 : 박서윤, 최홍석 저자의 책 제목이다. 누구나 하고 싶지만
　　　차마 못 하는 말을 용감하게 끄집어내면 카피가 된다.

응용 : "누가 저 대신 이별 좀 해 주세요."

"김 서방, 내가 꼭 온수 매트 사달라는 건 아니고…."

분석 : 장모님 마음의 소리

해설 : 쿠팡의 추석 선물 온수 매트 카피다. 온수 매트가 가지고
　　　싶은데 차마 사위에게 말하지 못하고 망설이는 장모의 모
　　　습이 그려진다.

응용 : "어머니는 동남아는 싫다고 하셨어, 하지만 크루즈는 좋다
　　　고 하셨지."−쿠팡 크루즈 여행 상품

"너무 크지도 무겁지도 않은 서류가방이 있었으면 좋겠다."

분석 : 가방 마니아 마음의 소리

해설 : 내가 가방을 사러 자주 가는 온라인 쇼핑몰 편샵의 카피
다. 내 마음의 소리를 그대로 옮겨다 놓은 것 같다.

응용 : "시중에 없어서 내가 만들려고 했던 가방이 여기 있었네!"

"지금부터 난, 아무것도 하지 않겠다!"

분석 : 관광객 마음의 소리

해설 : 제주 신라 호텔의 카피다. 휴가의 본질은 아무것도 하지
않음이다. 일하면서 목구멍에 올라오던 그 말을 마음껏 뱉
었을 때 카피가 된다.

응용 : "전 잘못한 게 없는데요."-영화 「한공주」

보이는 상황/깨달음 + 키워드

"그가 웃었다. 세상이 환해진다."

분석 : 남자를 사랑하는 여자의 눈으로 본 풍경

해설 : 영화 『내 마음의 풍금』 카피다. 사랑에 빠지면 어떤 일이
벌어질까? 그 사람이 웃으면 세상이 환해진다.

응용 : "무엇을 읽어도 당신이 등장한다."-카도카와 문고

"어느 날 문득 정신을 차려보니 책상이 난장판인 당신에게"

분석 : 게으른 사람의 눈에 보이는 풍경

해설 : 카와카미 테츠야의 《당신의 글에는 결정적 한 방이 있는
가》에 나오는 문장이다. 게으름으로 유발된 상황이나 결과
를 보여준다.

응용 : "잠을 잘 때마다 침대에 있는 옷을 그대로 바닥으로 옮기
는 당신에게"

"여행지에서 만나는 여자는 어째서 모두 아름다운 것일까?"

분석 : 관광객의 눈에 보이는 풍경

해설 : 일본 라쿠텐 여행사의 카피다. 여행의 설렘으로 인한 시각
의 변화를 훌륭하게 잡아냈다. 좋은 카피는 직접 말하지
않는다. 옆구리를 쿡 찌른다.

응용 : "여행지에서 본 하늘엔 왜 그렇게 별이 많은 걸까?"

"아버지가 되면 사진이 훌륭해진다."

분석 : 자식이 생긴 아버지의 깨달음

해설 : 캐논 카메라의 카피다. 아버지가 되면 왜 사진이 훌륭해질
까? 총각 때와 달리 아기의 성장을 사진으로 기록해야 하
니까.

응용 : "그 사람의 사진을 갖고 싶어서 친구들 모두의 사진을 찍
고 있다."-올림푸스 카메라

"딸의 인생은 깁니다."

분석 : 딸을 가진 부모의 깨달음

해설 : 보험회사 광고다. 귀여운 딸이 살아갈 날은 부모가 살아갈
　　　날보다 훨씬 길다. 그 인생을 든든하게 뒷받침하려면 보험
　　　에 가입해야 한다고 은근히 등을 떠민다.

응용 : "고3의 방학은 짧습니다."-○○ 입시학원

부정으로 뒤집어라

　　일상적인 언어는 90% 이상 긍정문으로 되어 있다. '~이
아니다' 보다 '~이다'가, '~하지 말아라' 보다 '~하라'가 압도적
으로 많다. 또한 협박하는 문장보다 이득을 제시하는 문장이
대부분이다. 통념을 뒤집고 금지문, 부정어법, 모순어법, 협박
하기, 통념 부정 등을 의도적으로 사용하라. '이상한 놈'은 눈
에 띈다.

● 　　　　　　　　　　　　　　　　　　　　　　**금지하기**

　　"수험생이 식탁 위에 절대로 두면 안 될 물건 다섯 가지"

분석 : 금지문 + 절대로

해설 : '절대로'를 금지문에 사용하면 독자의 시선을 잡아끈다.

응용 : "시험 앞두고 절대로 들어서는 안 되는 수능금지송"

"식사 후 무조건 하지 말아야 할 일곱 가지"

분석 : 금지문 + 무조건

해설 : '절대로' 외에 '무조건'이라는 부사를 사용해도 주목도가
　　　　높아진다.

응용 : "결혼을 결심했을 때 무조건 포기하면 안 되는 세 가지"

"무심코 뱉었다가 큰일 나는 말 네 가지"

분석 : 금지문 + 무심코

해설 : 무조건과 더불어 '무심코'도 자주 사용되는 단어다. 의도
　　　　치 않게 위험한 일을 당할 수 있음을 경고한다.

응용 : "무심코 만지면 큰일 나는 독버섯 다섯 가지"

"덥다고 함부로 벗지 마세요. 입는 게 더 시원합니다."

분석 : 금지문 + 함부로

해설 : '함부로'도 절대로, 무조건, 무심코와 함께 금지문에 자주
　　　　사용되는 단어다.

응용 : "함부로 앉지 마세요. 페인트 말리는 중입니다."

"영어공부 절대로 하지 마라."

분석 : 키워드 + 금지문 + 절대로

해설 : 사람들은 하지 말라고 하면 더 하고 싶어 한다. 여기에서
　　　금지는 절대적인 금지가 아니라 조건부 금지다. 즉 지금까
　　　지의 방법으로 할 거라면 하지 말라는 뜻이다.

응용 : "재무제표 모르면 주식투자 절대로 하지 마라."

부정어법

"튀기지 않은 감자칩"

분석 : 튀기지 않은(부정어) + 감자칩(키워드)

해설 : 오리온 감자칩 '예감' 카피다. 기존의 감자칩은 모두 기름
　　　에 튀긴 것이었다. 예감은 감자칩 시장을 튀긴 감자칩과 튀
　　　기지 않은 감자칩으로 양분했다.

응용 : "손에서 녹지 않는 초콜릿"-M&M 초콜릿

"찌꺼기 없는 휘발유 엔크린"

분석 : 찌꺼기 없는(부정어) + 휘발유(키워드) + 엔크린(키워드)

해설 : 부정어를 사용하여 나쁜 성분이 들어가지 않았음을 강조했
　　　다. 깨끗한(Clean) 엔진이 연상되는 네이밍(엔크린)도 어울린다.

응용 : "무항생제 닭가슴살"

"루브르는 박물관이 아니다."

분석 : 루브르는(키워드) + 박물관이 아니다(부정어)

해설 : 루브르 박물관 입구의 유리 피라미드를 설계한 건축가 이
오 밍 페이는 루브르를 박물관으로 보지 않았다. 미라가
잠든 무덤으로 보았다. 미라가 현대에 부활하려면 피라미
드가 필요하다.

응용 : "롤렉스는 시계가 아니다."

"이것은 파이프가 아니다."

분석 : 파이프(키워드) + 아니다(부정어)

해설 : 초현실주의 작가 르네 마그리트의 작품 제목이다. 역설적이
게도 그 작품에는 커다란 파이프가 그려져 있다. 실체로서
의 파이프를 텍스트로서의 파이프가 아니라고 부정함으로
써 관습적인 사고를 파괴한다.

응용 : "이것은 유희가 아니다."–국립현대무용단

"용각산은 소리가 나지 않습니다."

분석 : 용각산(키워드) + 소리가 나지 않습니다(부정어)

해설 : 용각산은 기침, 가래 해소제로써 아주 고운 입자로 구성되
어 소리가 나지 않는다. 그래서 약 성분이 잘 뭉치지 않아
목에서 넘어가는 시간이 길어진다. 이것이 뛰어난 약효의
비밀이다.

응용 : "결혼반지 사이로 통과하지 못하는 수영복은 진짜 비키니 가 아니다."-루이 레아르

"쓸수록 돈 버는 현명한 카드"

분석 : 쓸수록 = 돈 번다

해설 : 쓰면 쓸수록 당연히 돈은 나간다. 그러나 현명하게 소비하 면 적게 나간다. 많이 나갈 것이 적게 나갔으니 돈을 번 것 과 마찬가지다.

응용 : "자신을 높일수록 낮아집니다."

"이겨도 지고 져도 또 집니다."

분석 : 이긴다 = 진다

해설 : 불법 스포츠 도박 예방 공익광고 카피다. 서로 반대되는 뜻인 '이긴다'와 '진다'를 등호(=)로 연결해서 모순어법으로 표현했다.

응용 : "지는 것이 이기는 것이다."

"뽑는 것이 심는 것입니다."

분석 : 뽑는 것 = 심는 것

해설 : 에너지 절약 공익광고 캠페인이다. 플러그를 뽑는 습관은

가구당 연간 50그루의 나무를 심는 것과 같은 에너지 절약 효과가 있다.

응용 : "주는 것이 받는 것이다."

"낸 만큼 돌려받습니다."

분석 : 낸다 = 돌려받는다

해설 : 국세청 성실납세 광고다. 내는 것은 돌려받는 것이다. 왜? 우리가 낸 세금이 공익을 위해 사용되니까. 해당 분야에서 자주 사용되는 단어를 반의어와 짝지어라.

응용 : "추락하는 것은 날개가 있다."– 이문열 소설 제목

"빼는 것이 플러스다."

분석 : 빼는 것 = 플러스

해설 : 홈플러스의 카피다. 불필요한 가격 거품을 빼면 생활에 플러스가 된다. 홈플러스라는 회사명하고도 딱 맞는다.

응용 : "먹는 것이 남는 거다."

협박하기

"그의 옛 여자친구의 옛 남자친구를 알고 있습니까?"

분석 : 협박 + 공포

해설 : 공공광고기구 에이즈 재단 카피다. 연인의 옛 여자친구의

옛 남자친구가 누구인지 알 수 있을까?

응용 : "(예방 마스크와 산소 마스크 중) 어느 마스크를 쓰시겠습니까?"

-코로나 예방 공익광고

"흡연은 체중을 줄여줍니다."

분석 : 협박 + 반전

해설 : 해외 암 환자 지원협회의 금연 캠페인 카피다. 얼핏 들으면 흡연을 하면 살이 빠져서 좋을 것 같다. 그러나 그 밑에 작은 글씨로 다음과 같이 적혀있다. "1개의 폐가 없어지기 때문에"

응용 : "폐암 주세요."-금연 공익광고

"아버지의 날을 축하합니다."

분석 : 협박 + 반전

해설 : 콘돔 브랜드인 Durex의 카피다. Durex는 아버지의 날에 위와 같은 카피를 내보내면서 밑에 이런 말을 덧붙인다. "우리 경쟁사 제품을 사용한 모든 사람에게"

응용 : "매너가 사람을 안 만든다."-울트라씬 콘돔

"외계인이 오면 뚱뚱한 사람을 가장 먼저 잡아먹을 것이다."

분석 : 협박 + 유머

해설 : 다이어트를 안 했을 때 발생할 수 있는 부정적인 결과를

유머러스한 협박으로 표현했다.

응용 : "확찐자는 옷이 작아격리중"

"음식을 먹다가 바퀴벌레 몇 마리가 나왔을 때 가장 기분이 나쁠까요?"

분석 : 협박 + 공포

해설 : 구충 방제회사 세스코 카피다. 정답은 '반 마리'다. 나머지
반 마리는 어디에 있을까?

응용 : "강 건너 불구경, 그런데 우리 집이라면?"-○○ 화재보험

통념 부정

"침대는 가구가 아닙니다. 과학입니다."

분석 : 침대는 가구가 아닙니다(통념 부정) + 과학입니다(개념 재정의)

해설 : 침대는 가구가 아니라고? 그럼 뭘까? 과학이다! 당시 수많
은 초등학생이 가구가 아닌 것을 묻는 시험에서 침대라고
답하고도 정답이라고 확신하게 했던 명카피다.

응용 : "초코파이는 간식이 아닙니다. 정(情)입니다."

"한 장이 아닙니다. 두 장입니다."

분석 : 한 장이 아닙니다(통념 부정) + 두 장입니다(개념 재정의)

해설 : 이면지 활용 공익광고 카피다. 누구나 습관처럼 쓰고 버리

는 A4 용지 한 장을 두 장으로 재정의했다. 2008년 공익 광고 공모전 대상 수상작이다.

응용 : "노병은 죽지 않는다. 사라질 뿐이다."-맥아더

"창의력이란 무에서 유를 만드는 것이 아니라, '유(有)'에서 '뉴(new)'를 만드는 것이다."

분석 : 창의력이란 무에서 유를 만드는 것이 아니라(통념 부정) + '유(有)'에서 '뉴(new)'를 만드는 것이다(개념 재정의).

해설 : 창의력은 기존의 아이디어를 살짝 변형하거나 더하는 것이다. '유'에 'ㄴ' 하나를 더하는 것만으로 좋은 카피는 탁월한 카피가 된다.

응용 : "사람은 숨을 멈추었을 때 죽는 것이 아니라 잊혔을 때 죽는다."-만화 『원피스』

"행복해서 웃는 것이 아니라 웃어서 행복하다."

분석 : 행복해서 웃는 것이 아니라(통념 부정) + 웃어서 행복하다(개념 재정의)

해설 : 행복해서 웃은 것은 당연하다. 통념이다. 이걸 뒤집으면 웃어서(원인) 행복하다(결과)도 성립한다. 일단 웃으면 행복 호르몬인 엔돌핀이 분비된다.

응용 : "힘이 세서 무거운 것을 드는 것이 아니라, 무거운 것을 들다 보면 힘이 세진다."

"사람은 책을 만들고 책은 사람을 만든다."

분석 : 사람은 책을 만들고(순방향) + 책은 사람을 만든다(역방향)

해설 : 사람은 책을 만든다. 그리고 그 책은 읽은 사람을 좀 더 사람답게 만들어준다. A라서 B일 뿐만 아니라 B라서 A다. 이처럼 쌍방향성을 인정하는 것도 역발상이다.

응용 : "처음에는 내가 꿈을 이끌고 나중에는 꿈이 나를 이끈다."

정리

- 헤드라인은 고객에게 혜택을 주거나, 위협하거나, 호기심을 불러일으켜야 한다.

- 헤드라인은 수식어, 키워드, 서술어로 구성된다. 수식어에는 혜택이, 키워드에는 상품이, 서술어에는 혜택을 제공하는 방법, 숫자, 유형이 들어간다.

- 역사적으로 검증받은 6가지 소구점은 '이득, 신정보, 비밀, 한정, 공감, 부정'이다. 앞글자를 따면 '이 신비한 공부'가 된다.

- 이득: 타깃이 얻을 수 있는 이득을 제시하라.

- 신정보: 뉴스, 반전, 유명인, 날짜를 활용하라.

- 비밀: 중요한 내용을 감춰서 호기심을 유발하라.

- 한정: 시간, 공간, 자격, 수량을 한정하라.

- 공감: 고객과 공감대를 형성하라.

- 부정: 통념을 부정하고 개념을 재정의하라.

카피라이터들의 대부

핼 스테빈스(Hal Stebbins)

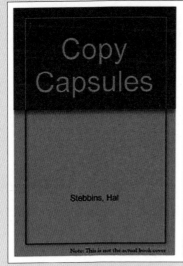

핼 스테빈스는 외과 의사 출신의 전설적인 카피라이터다. 그가 후배들을 위해 썼던 글 1,060개를 모아 출간한 《카피캡슐》은 지금도 카피라이터의 바이블이라고 불린다. 광고뿐만 아니라 인생에 대한 통찰까지 담겨 있다. 《카피캡슐》은 절판되었다가 2018년 《카피공부》라는 제목으로 국내에 재출간되었다. 카피라이팅에 관심이 있는 사람은 꼭 구매해서 보시길 추천한다. 그중 나의 가슴을 뛰게 했던 카피들을 모아서 소개한다.

"위대한 아이디어는 땅에서 솟아난다."

"결승전에서 유일하게 쓸모 있는 점수는 마지막 점수다."

"인간의 가슴을 두근거리게 하는 것이 무엇인지 알았다면, 광고의 핵심을 파악한 것이다."

"초보 카피라이터는 열 개의 광고를 하나로 만든다."

"직관에 의한 진단은 오진의 지름길이다."

"아기와 카피는 예기치 않은 시간에 태어난다."

"최고의 걸작은 그것을 만들 시간이 없는 사람이 만들어 낸다."

"카피가 노래하지 않으면 금전등록기는 울리지 않는다."

"아무도 읽지 않는 광고는 아무것도 팔지 못한다."

"좋은 광고에서 제품과 독자 사이에는 아무 것도 없다."

"올바른 아이디어가 떠오르면 거기에 맞는 말은 저절로 생각난다."

"질문을 계속하는 한 그는 바보가 아니다."

"의심스러우면 버려라."

"짧은 비행을 반복하다 보면 마음은 가장 멀리까지 날아갈 수 있다."

"카피에서 가장 엄청난 속임수는 속임수를 쓰지 않는 것이다."

"적은 말로 많이 알려주면 독자는 쉽게 기억한다."

"당신이 원하는 것을 독자가 원하게 하는 것이 우리가 원하는 전부다."

"혈압과 매출은 공통점이 있다. 감정에 따라 오르내린다."

"사람들은 빌딩을 보길 원하지 철골을 보길 원하지 않는다."

"Dead Line이 Life Line이다."

"성공을 지속하기 위해서는 두뇌 이상의 것이 필요하다. 그것은 인내다."

"광고의 ABC. 적합하라(Apt), 간결하라(Brief), 명확하라(Clear)."

"최고의 광고상은 금전등록기다."

"전략이 옳다면 카피는 틀릴 수가 없다."

"좋은 카피는 자유의 여신상과 같다. 언제나 홀로 서 있지만 무언가 말하고 있다."

"카피라이터가 글을 쓸 때는 머리 뒤에 곡괭이와 삽을 매달아 놓아야 한다."

"글을 쓰지 말고 전보를 쳐라."

"훌륭한 카피는 바닷가의 조약돌과 같다. 비바람을 맞을수록 예뻐진다."

"당신 자신이 뜨겁지 않으면 카피는 차가워진다."

"약 3주 동안 생각하라. 그리고 그것을 30분 안에 써라."

"지루해질 수 있는 가장 확실한 방법은 모든 것을 다 말해버리는 것이다."

"최후에 할 말이 있다면 그것을 맨 처음에 하라."

"간결함이란 쓰지 않고 많은 것을 말하는 기술이다."

"제너럴 타이어의 카피: 아이가 멈추지 않을 때, 멈춥니다."

"일반화된 모든 것은 진실이 아니다. 이 말도 포함해서."

"적은 말이라도 경종을 울릴 수 있다면 빅벤이 된다."

"카피라이터는 처음부터 뜨거워야 한다."

"헤드라인으로 너무 많은 말을 하려다 아무 말도 못 하고 끝날 수가 있다."

"그는 배꼽이 없이 태어났다."

"가장 훌륭한 슬로건은 제품명을 일부분으로 포함한다. 운율을 희생하더라도."

"'보석으로 들읍시다'라고 하니까 여성 독자들이 귀를 기울였다."

"오늘날 유행하는 수영복을 가장 짧게 요약하면 : 이걸 어쩌지?"

"좋은 슬로건은 영웅처럼 전장의 포연 속에서 홀연히 나타난다."

"대중은 한 사람이다."

"반복이 명성을 만든다."

"덤비지 않으면 이룰 수도 없다."

"맨 처음 번뜩 떠오르는 것을 쓰지 말고, 맨 나중에 번뜩 떠오르는 것을 써라."

"'저희에게 기증해 주시지 않겠습니까?'라고 말하지 말라. '얼마나 기증한다고 쓸까요?'라고 말하라."

"모든 사랑은 자기애와 비교하면 빛을 잃는다."

"거의 모든 판매는 최초의 20단어에 의해 이루어진다."

"아이디어는 턱수염과 같다. 멋있는 수염을 가지려면 자랄 때까지 기다려야 한다."

"명궁은 화살이 아니라 과녁을 보아야 알 수 있다."

"언어는 모든 사람이 돌을 하나씩 들고 와서 짓는 도시다."

"학교를 하나 열면, 형무소를 하나 닫는다."

"펜은 마음의 혀다."

"침묵보다 나은 말을 하라. 아니면 침묵하라."

"뇌의 아랫부분(감정을 다루는 부분)에 당신의 월급봉투가 있다."

"좋은 카피는 90%의 Think와 10%의 Ink로 탄생한다."

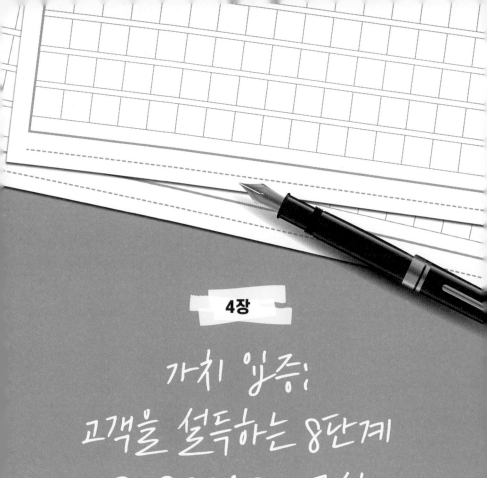

4장

가치 입증:
고객을 설득하는 8단계
PERSUADE 공식

보디카피는 '믿지 않는다'는 두 번째 구매 장벽을 돌파한다. 헤드라인에서 제안한 가치를 객관적인 증거를 통해 입증하는 단계다. 증거는 크게 판매자에 대한 증거와 상품에 대한 증거로 나눌 수 있다. 스토리텔링, 본인 및 가족 정보 공개, 제작 과정 공개 등은 판매자에 대한 신뢰를 높여주는 증거다. 사회적 증거, 후기, 포트폴리오 등은 상품에 대한 신뢰를 높여주는 증거다. 이러한 증거들을 가장 효과적인 구조로 배열한 것이 8단계 PERSUADE 공식이다.

8단계 PERSUADE 공식

8단계 PERSUADE 공식은 일종의 카피라이팅 레시피다. 요리할 줄 모르는 사람도 레시피에 따라 식재료를 다듬고 조리하면 최소한의 맛을 보장한 요리를 만들 수 있다. 카피라이팅도 마찬가지다. 마치 레고를 조립하듯이 8단계 순서에 따라 각 파트를 조립하면 누구나 설득력 있는 카피를 완성할 수 있다.

● **1단계: Prolog**

첫 번째 단계는 'Prolog'다. Prolog는 보디카피를 시작하는 서론에 해당하는 단계다. 이 단계에서는 흥미를 유발하고, 상품이 줄 수 있는 혜택을 약속하여 고객이 다음 단계를 읽게 해야 한다. Prolog는 보디카피 전체의 압축본이라고 할 수 있다.

2단계: Exciting News

두 번째 단계는 'Exciting News'다. Exciting News는 깜짝 놀랄 만한 뉴스를 공개해서 고객에게 충격을 주고 신뢰감을 획득하는 단계다. 이 단계에서는 급격하게 증가한 매출이라든지, 한 고객의 충격적인 반전 스토리, 고객들의 방대한 후기 등이 제시된다.

3단계: Real Storytelling

세 번째 단계는 'Real Storytelling'이다. Real Storytelling은 진솔한 스토리텔링을 통해 판매자에 대한 신뢰를 획득하는 단계다. 이 단계에서는 변화 전 이미지를 제시하여 고객과의 공감대를 형성하고, 고난 극복을 통해 멘토 포지셔닝을 확립하고, 성공스토리로 권위와 전문성을 획득한다.

4단계: Suffering & Solution

네 번째 단계는 'Suffering & Solution'이다. Suffering & Solution은 문제를 제기하고 해결책을 제시해서 상품을 소개하는 단계다. 이 단계에서는 문제를 부정적인 상황과 부정적인 정서로 세분한 후, 해결책으로 각각의 부정적인 상황과 부정적인 정서를 1대 1로 해소해야 한다. 해결책의 구성요소와 작동원리를 최대한 구체적으로 밝혀서 구매를 이성적으로 합리화하는 단계다.

●
5단계: Uniqueness

다섯 번째 단계는 'Uniqueness'다. Uniqueness는 다른 제품과 구별되는 우리 제품만의 차별점을 드러내는 단계다. 이때 고객의 기준이 아닌 판매자의 기준으로 제품을 비교해야 고객이 이탈하지 않고 '지금, 여기서' 결제한다. Uniqueness는 수많은 경쟁 상품 중 꼭 우리 상품을 선택해야 하는 이유를 제공하는 단계다.

●
6단계: Asking & Answer

여섯 번째 단계는 'Asking & Answer'다. Asking & Answer는 '4단계: Suffering & Solution'과 '5단계: Uniqueness'에서 아직 해결되지 못한 고객의 의심을 질문과 답변으로 해결하는 단계다. 텍스트 특유의 단방향 커뮤니케이션의 한계를 극복하고 쌍방향 소통을 하듯이 고객의 의문을 남김없이 해소해야 한다.

●
7단계: Demonstration

일곱 번째 단계는 'Demonstration'이다. Demonstration은 앞서 소개한 상품이 정말로 효과적이라는 것을 객관적인 증거를 통해 입증하는 단계다. 이 단계에서는 고객의 신뢰를 얻기 위해 기존 고객 후기, 성공 사례, 포트폴리오, 구매 현황, 매출, 수상 실적, 각종 자격증 및 인증서 등이 양적으로 풍부하게 제시된다.

● **8단계: Enjoyment**

여덟 번째 단계는 'Enjoyment'다. Enjoyment는 상품을 사용한 결과 고민이 해결된 이상적인 상태를 보여주는 단계다. 이 단계에서는 논리적이고 구체적인 증거보다는 이미지를 활용해서 만족감을 감성적으로 보여주어야 한다. '3단계: Real Storytelling'의 '변화 전 이미지'와 대비되는 '변화 후 이미지'가 시각적으로 생생하게 드러난다.

● **8단계 PERSUADE 공식**

이상 8단계 PERSUADE 공식에 대해 알아보았다. 공식을 배워도 기억이 안 나거나 써먹지 못하면 무용지물이다. 'PERSUADE'는 각 단계의 앞글자를 딴 것이다. 전체적으로 '설득하다(Persuade)'라는 의미가 있으므로 언제 어디서나 쉽게 기억해서 활용할 수 있다.

Prolog
호기심을 자극하라

첫 번째 단계인 Prolog에서는 고객의 호기심을 자극해서 나머지 카피를 읽게 한다. 조셉 슈거맨(Joseph Sugarman)은 그의 저서 《첫 문장에 반하게 하라》에서 첫 번째 문장의 역할은 두 번째 문장을 읽게 하는 것이고, 두 번째 문장의 역할은 세 번째 문장을 읽게 하는 것이고 말했다. 이런 식으로 고객이 멈추지 않고 카피를 끝까지 읽는 것을 '미끄럼틀 효과'라고 한다. Prolog는 미끄럼틀의 입구에 해당한다.

● 낯설게 시작하기

Prolog의 첫 문장은 통념을 깨는 낯선 문장으로 호기심을 유발해야 한다. "글쓰기를 못해도 카피라이팅을 할 수 있습니다." 글쓰기를 잘해야만 카피라이팅을 잘할 수 있다는 통념을 부정한다. 카피의 나머지 부분은 새롭게 정의된 개념을 입증하는 역할을 한다. "포장을 뜯자마자 후회했습니다. 이렇게 좋을 줄 알았으면 두 개를 주문하는 건데….″ 이렇게 반전이 있는 후기를 활용할 수도 있다. 낯선 문장은 재미있거나, 신기하거나, 감동적인 이야기로 고객의 호기심을 자극한다. 이를 줄여서 '재신감'이라고 한다.

질문하기

Prolog을 혜택이나 협박이 포함된 질문으로 시작하라. "월 19,900원에 사설 보디가드를 고용할 수 있다면?" 혜택과 질문을 결합한 문장이다. "체중 100kg의 괴한으로부터 자신을 지킬 자신이 있나요?" 협박과 질문을 결합한 문장이다. 질문 뒤에는 답변이 이어진다. "지금까지 했던 운동이 체중감량 효과가 없었나요? 매일 반복하기가 힘드셨나요? 걱정하지 마세요. 한 달에 5kg 감량할 수 있는 쉽고 새로운 방법을 알려 드립니다."

엘리베이터 피치

Prolog는 일종의 엘리베이터 피치라고 할 수 있다. 엘리베이터 피치란 엘리베이터에서 중요한 사람을 만났을 때 20초~1분 내외로 핵심을 전달하는 것을 의미한다. 엘리베이터 피치는 문제, 해결, 증거로 이루어진다. "문제를 아십니까? 우리는 문제를 해결했습니다. 여기 증거와 방법이 있습니다." 이처럼 Prolog는 카피라이팅의 목차이자 문제와 해결의 압축판이다.

문제/해결/방법

Prolog는 문제를 극복하는 과정을 압축적으로 보여줌으로써, 판매자가 고객보다 먼저 문제를 해결한 멘토임을 입증한다. "아무리 운동을 해도 살이 빠지지 않아서 고민이신가요? 저는 굶지 않고 3달에 12kg을 감량했고 지금도 체중을 유지하고 있습니다. 그 비결이 궁금하신가요?" 위 Prolog는 문제 상태(아무리 운동을 해도 살이 빠지지 않아서 고민이신가요?)와 해결 상태(저는 굶지 않고 3달에 12kg을 감량했고 지금도 체중을 유지하고 있습니다)가 분명히 드러나 있고 문제에서 해결로 이행하는 방법(그 비결이 궁금하신가요?)을 제안한다. 이처럼 Prolog는 '낯선 문장 + 문제 상태 + 해결 상태 + 방법'을 3~5줄 이내로 간략하게 제시한다. 해결책을 제시할 때는 다음과 같은 문구가 사용된다.

- OO을 공개합니다.
- OO의 비밀을 모두 밝힙니다.
- 완전히 새로운 OO을 알려드립니다.
- 기존에 볼 수 없었던 OO을 소개합니다.
- OO의 비법을 모두 전수해 드립니다.

권위 획득

문제를 성공적으로 해결한 사람은 해당 분야의 전문가라

는 권위를 자연스럽게 획득한다. 문제 해결의 노하우를 알고 있는 판매자와 아직 노하우를 모르는 구매자 사이에는 정보 격차가 발생한다. 정보 격차로 인해 판매자는 구매자에 대해 전문가로서의 권위를 가지게 된다. 권위는 Prolog의 '문제 + 해결 + 방법'을 통해서 암시되고 이후 후기, 자격증, 공인 인증, 과거 이력, 수상 실적을 통해서 강화된다. 때로는 다음과 같이 프로필을 통해 자연스럽게 권위를 획득하기도 한다.

"아무리 운동을 해도 살이 빠지지 않아서 고민이신가요? 저는 굶지 않고 3달에 12kg을 감량했고 지금도 체중을 유지하고 있습니다. 그 비결이 궁금하신가요? 현직 피트니스 국가 대표 선수가 다이어트의 모든 것을 알려드립니다."

● **혜택 제시**

고객이 카피를 계속 읽는 이유는 그것이 혜택을 약속하기 때문이다. 제품을 사면 고객에게 무엇이 좋은가? Prolog는 해당 제품이 제공할 수 있는 혜택을 책의 목차처럼 일목요연하게 보여주어야 한다. 고객은 인내심이 없다. 가장 좋은 것을 가장 앞에 배치하라. 그다음 좋은 것은 그다음에 배치하라. 전쟁터에서 전보를 보내듯이 카피를 써야 한다. 문장의 순서가 중요도의 순서다.

다음은 낯선 문장에 의한 호기심 자극, 질문하기, 문제/해결/방법, 권위 획득, 혜택 약속이 차례대로 적용된 예문이다. 전체 카피의 압축판이다. 모든 요소가 들어가서 예문이 살짝 기계적이라고 느껴질 수 있다. 실제 카피에서는 자연스럽게 내용이 가감된다.

낯선 문장 : "먹을수록 살이 빠집니다!"

문제 상태 : 아무리 운동을 해도 살이 빠지지 않아서 고민이신가요?

해결 상태 : 저는 굶지 않고 3달에 12kg을 감량했고 지금도 체중을 유지하고 있습니다.

방법 제안 : 그 비결이 궁금하신가요?

권위 획득 : 현직 피트니스 국가대표 선수가 다이어트의 모든 것을 알려드립니다.

혜택 약속 : 이 글을 다 읽으시면 충분히 먹으면서 체중을 감량하는 방법, 최단 기간에 칼로리를 태우는 운동법, 요요현상을 막는 건강 생활 습관에 관한 정보를 얻을 수 있습니다."

　로그라인이란 '무엇에 관한 영화인가?'에 대한 답변으로 영화 전체 스토리를 한 문장으로 압축한 것이다. '우연히 살인 현장을 목격한 삼류가수가 수녀원으로 도망쳐서 성가대를 지휘한다.' 영화 『시스터액트』의 로그라인이다. Plorog는 '무엇에 관한 카피인가?'라는 질문에 로그라인처럼 짧게 답할 수 있어야 한다. 때론 문제, 해결, 방법이 모두 들어가지 않더라도 한 문장의 로그라인으로 고객의 호기심을 불러일으킬 수 있다. 다음은 로그라인 유형의 Plorog 예문이다.

- "보통 두뇌로 1년 만에 기억력 대회 챔피언이 된 저널리스트가 밝혀낸 인간의 기억에 관한 모든 것"

　　　　　　　　　　　　-《1년 만에 기억력 천재가 된 남자》 책 소개

- "고졸 백수가 어떻게 연간 5억 이상의 정부지원 사업을 따낼 수 있었을까요?" 　　　　　　　　　　　　　　　　　-무자본 창업

- "얼굴 노출 없이 누구나 인스타그램 50만 팔로워를 만들 수 있다고?" 　　　　　　　　　　　　　　　　　-SNS 수익 창출법

- "학급 38등이었던 제가 박사까지 된 비결이 궁금하지 않으세요? 올바른 학습법만 알면 누구나 가능합니다." 　　　　　-구조화 학습법

– "상대방에게 자신의 가치를 어필하고 싶으신가요? 단어의 선택, 이야기의 구조만 바꿔도 여러분의 스토리는 명품으로 바뀝니다."

–브랜드 스토리텔링

Exciting News
깜짝 놀랄 만한 뉴스를 공개하라

두 번째 단계인 Exciting News에서는 고객을 흥분시키는 놀라운 뉴스를 공개한다. 해결책을 도입한 결과 매출이 몇 배 이상 뛰었다든지, 지금 이 순간에도 주문이 폭주하고 있다든지, 기존 고객들이 극찬하는 후기를 많이 남겼다든지 등이 Exciting News다. Exciting News는 마술쇼와 같다. 깜짝 놀랄 만한 결과를 먼저 보여주어야 그 비결이 궁금해진다.

● **첫인상이 끝인상이다**

Exciting News는 고객에게 충격을 줄 수 있어야 한다. 첫 인상이 가장 중요하다. 만약 당신이 주식투자 교육을 한다면? 하늘로 치솟는 주식 수익률 결과를 보여주어라. 만약 당신이 피트니스 코치라면? 120kg 뚱보가 80kg 근육맨이 된 사진을 보여주어라. 만약 당신이 유튜버라면? 가장 재미있는 부분을 편집해서 하이라이트 장면을 보여주어라. 고객의 구매 여부는 Exciting News에서 70%쯤 결정된다.

일관성 편향 세팅

일관성 편향이란 일단 어떤 관점을 취하면, 이후 그 입장을 정당화하는 방향으로 행동하는 경향을 말한다. 예를 들어 길을 가다가 아프리카 난민 돕기 모금 운동의 게시판에 스티커를 붙인 사람은 결국 기부금도 낼 확률이 높다. Exciting News에서는 먼저 놀라운 결과로 고객에게 '구매하고 싶다'는 결정을 무의식적으로 내리게 해야 한다. 초반에 호감의 일관성을 세팅하면 이후의 모든 정보는 호감을 증폭시키고, 정당화시키는 관점에서 인식된다.

수익 인증

가장 많이 사용되는 것은 수익 인증이다. 자신 또는 고객이 해당 상품을 이용함으로써 얼마나 급격히 매출이 증가했는지 보여주는 것이다. 단순히 말로만 주장하는 것은 의미가 없다. 통장 입금 내역 캡처, 주문 내역표, 매출 증가 사례, 누적 구매 건수 등을 원형, 막대, 선 그래프 등 다양한 시각적 장치를 활용해서 입증해야 한다. 수익 인증은 사회적 증거의 효과도 있다. 투명한 수익 인증은 고객들이 눈치 게임을 끝내고 기꺼이 구매행렬에 동참할 수 있도록 안내한다.

● 생생한 후기

고객의 생생한 후기는 수익 인증과 함께 가장 많이 활용되는 Exciting News다. 8단계 중 후기가 들어가는 단계는 2단계인 Exciting News와 7단계인 Demonstration이다. 2단계의 후기는 카피의 첫인상을 결정한다. 후기는 질도 중요하지만, 그에 못지않게 양도 중요하다. 긍정적인 후기가 칭찬의 벽으로 도배되어 있으면 일일이 읽지 않더라도 양에 압도되어 신뢰가 간다. 긴 것은 중요한 것이라는 휴리스틱이 작동하는 것이다. 후기 중 내용이 충실하고 만족도가 높은 것은 눈에 잘 띄는 위치에 따로 전시하라. 중요한 부분은 빨간 네모나 형광펜 효과로 강조하라.

● 반전 스토리

후기의 양과 질이 충분하지 않다면 고객 단 한 명의 극적인 반전 스토리를 활용할 수도 있다. 반전 스토리는 흔히 '3개월 만에 꼴찌에서 1등으로'와 같은 형식으로 나타난다. 이때 전후의 격차가 크고(꼴찌 → 1등), 그 기간이 짧을수록(3개월) 놀라움의 정도는 커진다. 반전 스토리의 경우 단순히 객관적인 사실만 나열하면 안 된다. 실패에서 성공으로 가는 여정에서 어떤 감정을 느꼈는지 고객의 생생한 목소리로 전달해야 한다. 반전 스토리는 3단계 Real Storytelling과 달리 고객 차원의 스토리텔링이다. 주인공이 판매자가 아니라 고객이기 때문에 다른 고객이 쉽게 감정이입을 할 수 있다.

● **서프라이징 뉴스**

아직 누적된 후기도 부족하고, 단 한 명의 반전 스토리도 없다면 관련된 뉴스나 신문기사를 인용할 수도 있다. 물론 그럴 때도 고객을 흥분시킬 수 있는 놀라운 소식이어야 한다. 미리 언론홍보 마케팅을 진행해서 보도자료를 배포한 후, 발표된 기사를 활용해서 카피라이팅을 할 수도 있다. 다음은 온라인 강의 사이트 패스트캠퍼스의 업무 자동화 강의 세일즈 페이지에 인용된 뉴스다.

- '4천 번 캡처 업무' 클릭 한 번에 해결⋯. 대체 누구야? −모닝스브스

- 6개월 치 업무 20분 만에⋯. 그 사람 누구야?' −스브스 뉴스

- [언더그라운드 넷] 심심해서 프로그램 개발한 '카이스트 공익'
  −주간 경향

- [마소콘 2019] '코딩하는 공익'이 '세상을 바꾸는 공익'으로
  −it 조선

– '6개월 치 잡무' 하루 만에 끝…. 사회복무요원의 행정혁명

– DongaA.com

● **초두/후광 효과**

고객들은 Exciting News를 통해 판매자에 대한 1차 감별을 마친다. Exciting News가 아주 놀랍고 믿을 만하다면, 판매자에 대한 신뢰와 호감을 가진 상태에서 이후의 카피를 읽는다. 이처럼 Exciting News는 고객들의 첫인상을 결정하고 이후의 카피를 읽게 하므로 매우 중요한 단계다.

4절

Real Storytelling
스토리텔링으로 공감대를 형성하라

세 번째 단계인 Real Storytelling에서는 판매자의 진솔한 스토리로 고객과 공감대를 형성한다. 고객이 현재 겪고 있는 것과 같은 문제를 겪고, 그것을 극복하는 과정을 보여줌으로써 판매자는 고객을 가이드할 수 있는 자격을 획득한다. 이때 판매자가 자신을 최대한 노출함으로써 고객의 신뢰를 얻는 것이 중요하다. 물론 마구잡이식 노출은 안 된다. 잘 짜인 시나리오

처럼 기승전결을 갖추어서 전달 효과를 극대화해야 한다.

● 와비파커의 스토리텔링

와비파커는 기업 가치가 3조 원대에 이르는 안경 쇼핑몰 브랜드다. 어느 날 한 청년이 비행기에 안경을 두고 내렸다. 청년은 새 안경을 사고 싶었지만 새 안경은 비쌌다. "왜 큰돈을 쓰지 않으면 멋진 안경을 살 수 없는 걸까?" 학교로 돌아간 청년은 친구들에게 말했다. "우리가 직접 회사를 차려서 좋은 안경을 저렴한 가격에 팔면 어떨까?" 한 친구가 제안했다. "안경 쇼핑을 재미난 일로 만들자." 다른 친구가 말했다. "안경이 하나 팔릴 때마다 도움이 필요한 사람에게 안경을 하나씩 기부하자." 또 다른 친구가 말했다. 이것이 와비파커가 탄생 스토리다.

● 브랜드의 신화

스토리텔링은 한 마디로 브랜드의 신화다. 신화에는 탄생신화, 영웅신화, 성공신화가 있다. 프라이탁(Freitag)은 환경을 보호하기 위해 트럭 천을 재활용해서 가방을 만들었다. 이처럼 상품이 왜, 언제, 어디서, 어떻게 만들어졌는지를 알려주는 것이 탄생신화다. 스티브 잡스(Steve Jobs)는 자신이 만든 회사에서 쫓겨났다가 복귀해서 아이폰을 세상에 내놓았다. 이처럼 주인공이 고난을 극복하는 과정을 보여주는 것이 영웅신화다. 스타벅스는 한 개의 소매점에서 출발해서 단 10년 만에 세계적인 커피 브랜드로 성장했다. 이처럼 판매자나 구매자의 놀라운 성과를 보여주는 것이 성공신화다. 스토리텔링이 없는 브랜드는 신화가 없는 신과 같다.

● 스토리텔링의 본질

스토리텔링은 정보와 기억의 결합이다. 판매자가 전달하고자 하는 정보만 나열해서는 스토리텔링이 되지 않는다. 그것은 상품 설명서에 불과하다. 기억만 두서없이 나열해도 에세이가 되어버린다. 상품과 그것으로부터 연상되는 기억이 결합해야 비로소 스토리텔링이 된다. 예를 들어, 고등어라는 상품에 어릴 적 어머니가 구워주시던 고등어 반찬이라는 기억이 결합하면 스토리텔링이 된다. 시계라는 상품에 우주비행사가 달나라 여행에 차고 갔던 시계라는 기억이 결합하면 스토리텔링이 된다. 중고차라는 상품에 가난했던 젊은 시절, 캠핑으로 신혼 여행을 했던 차라는 기억이 결합하면 스토리텔링이 된다.

● 스토리텔링의 4단계

Real Storytelling은 크게 4단계로 구성된다. 각각의 단계는 탄생신화, 영웅신화, 성공신화를 반영한다. 이 4단계는 블레이크 스나이더(Blake Snyder)의 《모든 영화 시나리오에 숨겨진 비밀(Save the Cat)》에 소개된 반드시 흥행하는 시나리오의 14단계를 압축한 것이다.

1단계: 똑같은 일상

스토리는 특별할 것도 없는 보통의, 혹은 그 이하의 일상에서 시작된다. 이렇게 변화하기 전의 이미지를 '변화 전 이미지'라고 한다. 나중에 나오는 '변화 후 이미지'와 대비된다. 변화 전 이미지는 지하 셋방에서 택배 상자를 부치던 시절, 달동네에서 신문 배달 아르바이트하던 시절 등 비참한 모습으로 그려진다. 잘난 척을 하지 않고 최대한 고객과 동질감을 형성하는 것이 중요하다. 변화 전 이미지를 통해 고객은 자신과 판매자를 동일시하고 감정이입을 한다.

2단계: 변화의 계기

원치 않는 문제가 발생해서 이제는 일상에 머물 수 없다. 문제를 해결하기 위해서 어쩔 수 없이 해결책을 찾아 나서야 한다. 브래들리 타임피스는 시각장애인을 위한 손목시계다. 이 시계는 바늘이 없고 대신 전면부와 측면부의 쇠 구슬을 만져서 시간을 확인할 수 있다. 회사의 대표는 미국 대학원 재학 시절 함께 수업을 듣던 시각 장애인 친구가 계속 시간을 묻는 것을 계기로 시각 장애인용 시계에 관심을 가지게 되었다. 변화의 계기는 탄생신화에 해당한다. 상품의 존재 이유(Why)가 드러나며, 주인공은 일상의 세계에서 문제의 세계로 진입한다.

3단계: 고난 극복 과정

변화는 시작되었지만 해결책을 찾기까지는 숱한 고난을 겪어야 한다. 문제 극복은 단번에 이루어지지 않는다. '문제1 발생-문제1 해결 시도-문제1 해결 시도가 문제2 유발-문제2 해결 시도'가 반복된다. 이 과정을 통해 판매자는 자신이 만든 상품의 진정한 가치를 발견하게 된다. 고객도 판매자의 내면에 공감하게 되고 온갖 고생 끝에 탄생한 상품에 높은 가치를 부여하게 된다. 신화로 치면 영웅신화에 해당한다.

4단계: 해결책 발견

온갖 고생을 한 끝에 주인공은 결국 해결책을 발견한다. 영웅은 마침내 용을 물리치고 공주를 구한다. 영웅은 다시 일상의 세계로 복귀하지만, 예전의 일상이 아니다. 사회적 지위도, 경제적 지위도 달라졌다(공주와 결혼하고 왕국을 물려받는다). 또 성공은 한 사람에게 그치는 것이 아니다. 주인공은 자신의 해결책을 주변 사람들에게 전파해서 성공을 확장해나간다. 신화로 치면 성공신화에 해당한다. 스토리의 주체에 따라 성공신화의 주인공은 판매자일 수도 있고, 고객일 수도 있다.

사생활 노출

사람들은 자신의 개인 정보(얼굴, 사진, 가족)를 공개한 사람은 정직할 것이라고 믿는다. 이러한 심리를 악용해서 사기꾼들은 프로필 사진에 아기와 함께 찍은 사진을 걸어두기도 한다. 이처럼 일부만 보고 전체를 어림짐작하는 심리적 경향을 '휴리스틱'이라고 한다. 사생활 노출은 휴리스틱을 긍정적으로 활용하는 것이다. 이름과 사진이 있는가? 공개하라. 과거 이력이 있다면? 공개하라. 자신의 가족을 공개하는 판매자도 있다. 물론 부담스럽다. 그러나 공개하기 부담스러운 사생활을 공개할수록 고객은 판매자를 신뢰한다.

●   **제작 과정 공개**

실물 상품일 경우 제작 과정을 공개하라. 제작 과정은 상품의 사생활이다. 내가 자주 가는 우리 동네 콩나물 국밥집은 콩나물시루의 한쪽을 통유리로 제작했다. 고객들은 식사를 하면서 콩나물이 위생적으로 자라는 모습을 눈으로 직접 확인할 수 있다. 캠핑카를 제작하는 한 업체는 블로그에 제작 과정을 일일이 올려서 얼마나 많은 노력이 들어갔는지 고객들이 알 수 있게 한다. 제작 과정을 노출하는 것은 그 자체로 브랜드의 탄생신화를 고객에게 생중계하는 것과 같다.

●   **실제 예문**

다음은 온라인 강의 플랫폼 클래스101에서 신사임당이 진행하는 스마트스토어 강의 세일즈 페이지에서 인용한 Real Storytelling이다. 변화 전 이미지로 고객과 공감대를 형성하고 멘토로 포지셔닝하는 과정을 살펴보자.

"저 역시 처음이었던 날, 회사를 그만둔 백수 아빠로서 느껴졌던 차가운 겨울바람을 기억하고 있습니다. 처음부터 잘했던 것은 아닙니다. 나 홀로 모든 문제를 안고 씨름해야 했기 때문이죠. 누군가 제가 지금 알고 있는 것들을 미리 알려줬다면, 지금보다는 편하게 홀로서는 행복을 배웠을 것입니다. 그래서 처음 시작하는 분들이 얼마나 막막하고 무엇이 필요한지 알고 있습니다. 아주 멀리 앞서가고 있는 거대 쇼핑몰의 사장은 아니지만, 두어 걸음 먼저 가본 사람으로서 솔직하고 담담하게 준비했습니다. 잘난 사람 신사임당이 아닙니다. 진솔한 사람 신사임당으로서 제가 알고 있는 거의 모든 것을 담았습니다. 위대한 사람들만 갖는 것처럼 보였던, 월수입 천만 원을 넘기던 그 날의 기쁨을 여러분과 공유하고 싶습니다."

Suffering & Solution
문제 및 해결책을 제시하라

네 번째 단계인 Suffering & Solution에서는 고객의 문제를 제기하고 해결책을 제시한다. Problem이 아니라 Suffering이라고 표현한 이유는 문제가 항상 고통을 동반하기 때문이다. 사람들이 행동하는 이유는 크게 두 가지다. 한 가지는 좋은 것을 얻기 위함(쾌락 추구)이고 다른 한 가지는 나쁜 것을 피하기 위함(고통 회피)이다. Suffering은 이 상품을 쓰지 않으면 나쁜 점을 말해주고, Solution은 이 상품을 쓰면 좋은 점을 말해줌으로써 고객이 행동하게 한다.

5-1 문제 제기

문제 해결의 설득구조

예전에 판매자가 겪었던 문제는 지금 고객이 겪고 있는 문제다. 이전 단계에서 형성된 공감대를 바탕으로 Suffering & Solution에서는 드디어 고통을 해결해 줄 수 있는 상품을 소개한다. "찜질방 못 가서 답답하시죠? 우리 집 홈 사우나로 찐-힐링하세요" 짧은 카피 안에도 문제(찜질방 못 가서 답답하시죠?)와 해결책(우리 집 홈 사우나로 찐-힐링하세요)이 모두 드러나 있다. 문제와 해결책은 1대 1로 대응된다. 둘을 따로 떼어놓고 다루기 어려워서 다소 분량이 길어지더라도 한 단계로 묶었다.

● 아기 띠 가드 사례

"설마, 그냥 외출하세요? 환경이 어느 때보다 중요해진 오늘, 갓 태어난 아이에게 마스크를 씌울 수 없다면, 어디보다 안전한 엄마 뱃속에서 다시 키울 수 없다면, 우리 아이들을 위해 안전한 집을 만들 순 없을까요? 언제 어디서나 숨 쉬는 아기 띠 가드 하세요!" 한스펌킨 아기 띠 가드의 Suffering & Solution이다. 마스크를 쓰는 것이 일상화된 현실을 문제로 제기하고, 아이들을 위한 안전한 집을 해결 상태로 제시한 후, 해결 방법으로 상품을 제안한다. 문제, 해결, 방법의 순서다.

● 샌드위치 스토리

3단계인 Real Storytelling이 주로 판매자 차원의 문제 해결 스토리였다면 4단계인 Suffering & Solution은 고객 차원의 문제 해결 스토리다. 하나의 카피에는 스토리텔링이 3번 들어간다. ①고객의 스토리(Exiting News)에서 고객은 성공스토리에 감정 이입한다. ②판매자의 스토리(Real Storytelling)에서 고객은 판매자와 자신의 동질감을 확인하고 신뢰한다. ③ 고객의 스토리(Suffering & Solution)에서 고객은 문제와 해결책을 자기 자신의 것으로 인지하고 받아들인다. 이렇게 고객-판매자-고객으로 구성된 샌드위치 스토리는 고객을 쉴 틈 없이 카피에 몰입시킨다.

문제의 심화

문제의 심화는 세분화, 시각화, 연쇄화로 이루어진다. 예를 들어 얼굴에 심각한 흉터가 나면 어떤 문제가 발생할까? 자존감이 떨어지고, 남들에게 좋은 인상을 주기 힘들며, 사회생활에도 지장을 줄 수 있다(문제의 세분화). 이러한 문제들은 간단히 언급하고 끝나는 것이 아니라 구체적인 상황을 통해 생생하게 보여줄 수 있다. 예를 들면 소개팅에 나갔는데 상대방이 불편하게 쳐다보는 모습을 그릴 수 있다(시각화). 그뿐만 아니라 나중에 흉터를 지우기 위해 추가적인 시술을 해야 하거나, 외모가 중요한 직종에 취업이 제한될 수도 있다(연쇄화). 문제가 별로 심각해 보이지 않은가? 세분화, 시각화, 연쇄화하라.

문제의 세분화

하나의 문제는 여러 장면으로 세분된다. 하나의 장면은 다시 부정적인 상황과 부정적인 정서로 구성된다. 페이크삭스는 목이 아주 짧아서 안 신은 것처럼 보이는 양말이다. 기존의 페이크삭스를 신으면 단순히 '불편하다'로 멈추지 말고 어떤 상황에서 불편하고 그 상황에서 어떤 감정을 느끼는지 구체적으로 보여주어야 한다. 첫째, 뒤꿈치 부분이 잘 벗겨져서(부정적인 상황1) 모처럼의 외출에 짜증이 난다(부정적인 정서1). 둘째, 발등에 자국이 남아서(부정적인 상황2) 발등이 가렵다(부정적인 정서2). 셋째, 한번 빨면 확 줄어들어서(부정적인 상황3) 돈이 아깝다(부정적인 정서3). 이렇게 문제를 세분화하면 그중에 고객이 공감하는 부분이 생기고 그것이 구매 포인트가 된다.

● 문제의 시각화

문제는 구체적인 이미지로 시각화해야 한다. 치약 광고는 충치균을 악마처럼 생긴 캐릭터로 묘사한다. 뿔이 난 난쟁이들이 입속 이곳저곳을 돌아다니며 여린 잇몸을 삼지창으로 찔러댄다. 눈에 보이지 않는 세균을 의인화해서 시각화한 것이다. 단순히 '이를 닦지 않으면 충치가 생깁니다'라고 말하는 것으로는 부족하다. 실제로 충치균이 활동하는 모습을 의인화해서 보여주고, 어떻게 치아가 썩는지 시각화해서 보여주어야 한다. 실물로 보여주기 어려울 때는 컴퓨터 그래픽을 동원하기도 한다. 카피라이팅으로 표현할 때는 시각적인 단어를 활용해서 고객이 그림을 그리듯 상상하게 해야 한다.

● 문제의 연쇄화

'집중력이 떨어진다'는 것이 1차적 문제라면 그로 인해 유발되는 2차적 문제는 무엇일까? '성적이 떨어진다', '업무 효율이 떨어진다', '중요한 미팅에서 실수를 한다' 등이 나올 수 있다. 만약 '성적이 떨어진다'면 어떤 문제가 발생할까? 원하는 대학에 갈 수 없을 것이다. 원하는 대학에 갈 수 없으면 어떤 문제가 발생할까? 꿈을 이루는 길을 좀 더 돌아가야 할 것이다. 이런 것이 문제의 연쇄화다. 만약 우리가 집중력을 높여주는 영양제를 판매한다면 문제 제기를 집중력 저하에 그쳐서는 안 된다. 대입 실패 또는 꿈을 이루기 어려움까지 밀고 나아가야 한다.

● 문제의 세 가지 종류

도널드 밀러(Donald Miller)는 《무기가 되는 스토리》에서 문제를 외적 문제와 내적 문제, 그리고 철학적 문제로 나누었다. 외적 문제는 물리적이고 눈에 자주 보이는 문제다. 시동이 걸리지 않는 차, 물이 새는 파이프, 다락방의 개미떼 등이 그것이다. 외적 문제를 해결해 주는 것이 상품의 기능(Feature)이다. 정찰제로 중고차를 판매하는 중고차 업체는 좋은 중고차를 구하기 힘들다는 외적 문제를 해결해 준다.

내적 문제는 심리적이고 눈에 안 보이는 문제다. 컴퓨터에 대한 위압감, 자신의 집이 허름하다는 부끄러움, 개미떼에 대한 소름 끼침 등이 그것이다. 내적 문제를 해결해 주는 것이 상품의 혜택(Benefit)이다. 정찰제로 중고차를 판매하는 중고차 업체는 개인 간 직거래보다 가격은 다소 높지만 '흥정의 피곤함'과 '사기에 대한 불안감'이라는 내적 문제를 해결해 준다.

철학적 문제는 개인을 넘어선 사회 전체의 행복과 관련된 문제다. 착취당하는 제3세계 노동자, 파괴되는 지구 환경 등이 그것이다. 철학적 문제를 해결해 주는 것이 상품의 사회적 명분, 즉 대의명분이다. 신차를 구매하면 생산과정에서 동반되는 환경오염에 일조하는 것과 같다. 중고차를 구매하면 추가적인 자원의 낭비가 없으므로 철학적 문제를 해결할 수 있다. 외적 문제, 내적 문제, 철학적 문제는 복합적으로 나타난다.

● 기존 제품의 한계

때로는 문제를 명확하게 제기하기 어려울 수도 있다. 예를 들어 다이아몬드 목걸이는 딱히 어떤 문제를 해결하는 데 필요한 것이 아니라 사랑, 과시욕, 소유욕 등의 감정을 느끼는 데 필요하다. 그럴 때는 기존 제품의 한계를 밝혀주면 된다. 기존의 다이아몬드 브랜드의 원석이 기준치 이하라면 문제가 된다. 숙련되지 않은 장인이 세공한다면 문제가 된다. 유통에 거품이 많다면 그것도 문제가 된다. 요컨대 기존 제품의 한계가 곧 문제점이 되는 것이다. 논문이 기존 논문의 한계점에서 논의를 출발하듯이, 새로운 제품도 기존 제품의 한계점에서 탄생한다.

5-2 해결책 제시

1대 1 대응

해결책은 문제의 부정적인 상황과 부정적인 정서를 1대 1로 해결해 주어야 한다. "새로운 페이크삭스를 신으면 무엇이 좋은가?" 첫째, 인체공학적 디자인으로 뒤꿈치 부분이 잘 벗겨지지 않아서(긍정적인 상황1) 구두를 신고도 안심하고 외출을 할 수 있다(긍정적인 정서1). 둘째, 발등을 널찍하게 감싸는 디자인으로 자국이 남지 않아서(긍정적인 상황2) 착용감이 좋다(긍정적인 정서2). 셋째, 좋은 소재를 사용하여 몇 번을 빨아도 줄어들지 않아서(긍정적인 상황3) 오랫동안 만족하면서 신을 수 있다(긍정적인 정서3).

해결책의 세분화

유능한 공인중개사는 "깨끗한 집입니다"라고 두리뭉실하게 소개하지 않는다. "이 도배 벽지 보이세요? 새로 한지 세 달도 채 안 되었어요. 수도관이 낡아서 작년에 아예 새 걸로 싹 교체했고요, 벽에 페인트칠도 새로 했답니다. 구매하시면 최소 3년간은 손보실 곳이 없습니다." 이런 식으로 깨끗한 요소를 세분화해서 구체적으로 말한다. 강의 상품이라면 커리큘럼을 항목별로 제시하라. 패키지 상품이라면 안에 무엇이 포함되어 있는지 구성품을 일일이 꺼내서 보여주어라. 진공청소기라면 핵심부

속을 일일이 언급하면서 각각 어떤 기능을 하는지 밝혀주어라.

● **해결책의 시각화**

문제를 시각화했듯이 해결책도 시각화해야 한다. "우리는 커다란 가죽의자에 기대어 앉아 책상 위에 발을 올려놓은 채 빚쟁이들에게 저돌적으로 수표를 내던지면서 웃을 것이고, 빚이 없고 은행잔고가 산더미 같은 생활을 즐길 것이다."드류 에릭 휘트먼의《당신이 지갑을 열어야 하는 101가지 이유 (Cashvertising)》에서 경제적 자유를 시각화한 구절이다. 마치 커다란 스크린에 영상을 투사하듯이, 마음이라는 스크린에 빚을 전부 갚는 장면을 시각적인 단어를 써서 선명하게 묘사한다.

● **해결책의 연쇄화**

해결책 제시에서는 상품의 기능 소개에 그치지 않고 기대효과까지 알려주어야 한다. 다음은 스트레칭 클래스의 기대효과다.

- 하체에 지방이 쌓이는 것을 예방한다.
- 하체의 유연성이 길러지며 부상을 예방한다.
- OX 다리를 개선하고 예쁜 다리를 만들어준다.
- 몸의 골격이 교정되고 척추도 바르게 펴진다.

기대효과는 연쇄적으로 '무엇을 할 수 있는가'와 '어떤 존재가 될 수 있는가'로 표현된다. 이를 리스트로 나열한 것을 '캔 두 리스트'와 '투 비 리스트'다.

● 캔 두 리스트

캔 두 리스트(Can Do List)는 기대효과로 인해 '무엇을 할 수 있는가'를 리스트로 나열한 것이다. 보통 '본 OOO를 구매해야 하는 세 가지 이유'와 같은 식으로 제시되기도 한다. 다음은 '선택장애 극복을 위한 의사결정 비법'의 캔 두 리스트다.

- 합리적인 의사결정을 할 수 있는 기본기를 갖추게 됩니다.
- 내 의사결정에 있어 자기 확신을 가질 수 있습니다.
- 후회하지 않을 최선의 의사결정을 할 수 있게 됩니다.

상품을 어떤 상황에 쓸 수 있는지 보여주는 것도 일종의 캔 두 리스트가 된다. 캔 두 리스트는 단순히 얻게 되는 것이나 알게 되는 것의 리스트가 아니다. '할 수 있게 되는 것들'의 리스트다. 다음은 T-Rex 초강력 테이프의 캔 두 리스트다.

- 찢어진 의자에 붙이기
- 캠핑장에서 망가진 장비 응급 수리
- 파손된 전자기기 디스플레이 보호

● 투 비 리스트

투 비 리스트(To Be List)는 고객이 어떤 존재가 될 수 있는지 보여준다. 브랜드는 고객을 영웅으로 변신시킨다. 놀이공원은 일만 아는 아버지를 가정적인 아버지로 변신시킨다. 의류 브랜드는 패션 테러리스트를 패셔니스타로 변신시킨다. 요리 브랜드는 초보 주부를 능숙한 요리사로 변신시킨다. 똑똑한 브랜드는 상품을 팔지 않고 정체성을 판다. 다음은 책쓰기 강좌의 투 비 리스트다. 투 비 리스트는 일반적으로 캔 두 리스트와 함께 제시된다.

- 베스트셀러 작가가 되어(To be) 방송에 출연할 수 있다(Can do).
- 전문적인 강사가 되어(To be) 강연 수익을 올릴 수 있다(Can do).
- 메신저가 되어(To be) 세상에 긍정적인 영향력을 끼칠 수 있다(Can do).

● 이성적 근거

해결책을 제시할 때는 구성요소와 작동원리를 이미지와 함께 구체적으로 알려주어야 한다. 여기서는 '기능 대신 혜택을 제시하라'는 마케팅 금언을 무시하고 얼마든지 상세 스펙을 소개해도 된다. 분량이 다소 길어져도 괜찮다. 세부 사항에 관심이 있는 고객이라면 꼼꼼하게 읽을 것이고, 그렇지 않은 고객이라도 양에 압도되어 신뢰감이 생길 것이다. 해결책 제시는 세일즈 페이지에서 이성적인 근거를 제시하는 단계다. 충분한 분량을 할애하여 객관적인 근거로 납득시켜야 한다.

● **표와 리스트 활용**

해결책을 표나 리스트로 정리하면 일목요연하게 제시할 수 있다. 이 상품을 구매하면 얻어갈 수 있는 것을 리스트로 모두 보여주어라. 다음은 내가 강의하고 있는 1인 창업 교육의 구성요소 중 일부를 리스트로 정리한 것이다.

- 1인 기업가가 갖추어야 할 성장 마인드 세트
- 1년에 두 배 이상 성장하는 초디테일 전략
- 모르면 손해 보는 법무, 세무, 노무 필수상식
- 광팬을 만들어 내는 10배 가치 세일즈 공식

● **심리적 소유 효과**

다음은 조셉 슈거맨의 《방아쇠 법칙》에 나온 유능한 텔레비전 세일즈맨의 사례다. 고객들을 유심히 관찰하던 그는 누군가 텔레비전 앞으로 다가와서 채널을 돌리면 그 사람은 텔레비전을 구매할 확률이 50%나 된다는 사실을 알아냈다. 즉 제품을 고객과 관련시키고 그것을 소유하고 있다는 느낌이 들게 하면 구매할 확률이 높아진다. 다음은 삼성 의류 청정기 에어드레서의 신문기사형 광고의 일부분이다. 심리적 소유 효과를 느껴보자.

"에어드레서를 열고 '스페셜 정장' 코스를 가동했다. 약 40분 동안 청정, 드라이, 탈취를 진행하는 관리 기능이다. 종료음이 나자마자 옷을 코에 갖다 댔는데, 깜짝 놀랐다. 기계 특유의 말로 표현하기 힘든 향은 났지만 고기 냄새는 씻은 듯이 없어졌다. 다음 날 아침에 입고 가도 괜찮을 정도였다. 그다음부턴 청국장, 마라탕 등 향이 독특한 음식을 먹으러 갈 때도 마음이 편안해졌다."

5-3 문제 해결 과정

● **4단계 문제 해결 과정**

문제와 해결책을 결합하면 문제 해결 과정이 된다. 문제는 '문제 상황 + 문제 원인'으로 구성된다. 해결책은 '해결 원리 + 해결책 제시'로 구성된다. 따라서 문제 해결 과정은 문제 상황 → 문제 원인 → 해결 원리 → 해결책 제시의 4단계로 이루어진다. 문제 상황에서는 지금 문제가 되는 상황을 세분화, 시각화, 연쇄화 해서 보여준다. 문제 원인은 그러한 문제의 근본적인 원인을 밝혀준다. 해결 원리는 문제를 해결할 수 있는 원리를 진단하고 해결책 제시는 그러한 원리를 실제로 구현한 상품을 세분화, 시각화, 연쇄화 해서 제시한다.

● **스트레칭 조이 사례**
다음은 클래스101 스트레칭 조이의 Suffering & Solution 예문이다.

문제 상황 : 내 몸인데 왜 마음대로 움직이지 못할까요? 요가, 필라테스, 헬스 등 운동을 할 때 몸이 마음대로 움직이지 않아 답답하셨나요? 어깨, 목, 허리, 통증을 달고 사신다고요? 매번 병원을 찾아갔지만 해결이 되지 않으셨다고요?

문제 원인 : 내 몸인데 자유자재로 움직일 수 없는 이유. 바로 유연성이 부족하기 때문입니다.

해결 원리 : 오랜 시간 한 자세로 앉아 있는 현대인들에게 굳어 있는 내 몸을 풀어주는 스트레칭은 필수입니다. 굳은 몸을 스트레칭으로 부드럽게 풀어주기만 해도 붓기가 빠지고 통증에서 벗어날 수 있습니다.

해결책 제시 : '나 혼자 산다'에 나왔던 바로 그 스트레칭! 단 4주 안에 다리 찢기가 가능한 그 비법을 모두 공개합니다.

다음은 '비니하니 체인지 주니어 사계절 독서마당'의 Suffering & Solution 사례다.

문제 상황 : 오늘날 독서 수업은 아무리 훌륭한 방식으로 진행되었다 하더라도 본질적으로 한계를 가질 수밖에 없습니다.

문제 원인 : 저자와 독자의 커뮤니케이션 과정에 교사(부모)의 관점이 개입할 수밖에 없습니다. 그 개입이 아무리 올바르다고 하더라도 때로는 그 개입 행위가 일종의 강제된 학습 과정이기에 불편함을 가질 수밖에 없습니다.

해결 원리 : 때문에 바람직한 교사(부모)의 역할은 아이들 스스로 독서를 즐기게 되는 단계에 이르기까지 최소한의 개입을 하는 것입니다.

해결책 제시 : 그래서 비니하니에서 제안했습니다. 공동체 속에서 함께하는 아이들과 정말 마음껏 독서하며 주도적 역량을 키워주는 독서 모임 프로젝트를 기획해 보면 좋지 않을까?

Uniqueness
다른 제품과의 차별점을 강조하라

다섯 번째 단계인 Uniqueness에서는 경쟁 상품 중에서 우리 상품을 선택해야 하는 이유를 제시한다. 다른 제품과 차별화되는 특성을 USP(Unique Selling Proposition)라고 한다. 차별점은 너무 복잡하면 안 된다. 심플하게 1~3가지로 압축해서 제시해야 고객이 쉽게 선택할 수 있다.

● **청년떡집의 사례**

청년떡집의 사례를 보자. '자극적인 양념에 묻혀 맛과 색을 잃어버린 가래떡을 되찾기 위한 프로젝트', '그냥 먹어도 맛있는 무염 현미 가래떡', '지역 농가에서 직접 재배한 햅쌀 100%', '누구나 맛있게 NO 소금, NO 설탕', '물 맑고 공기 좋은 충남 논산 농가에서 직접 수확한 싱싱한 벼(벼마다 실제로 농사지은 분의 이름이 적혀있어요)', '가장 맛있는 쌀로 만든 가래떡이니까, 맛이 없을 수가 없겠죠?' 가래떡 재료인 쌀을 매우 구체적으로 차별화하고 있다. 또한 무언가를 첨가한 것이 아니라 빼서 가래떡 본연의 맛을 살린 점을 차별화 포인트로 내세운다.

● 빈체레의 사례

빈체레는 캠핑을 사랑하는 목수가 직접 제작하는 우드캠핑 주방용품 브랜드다. '캠핑을 사랑하는 목수들이 만드는 브랜드 빈체레', '빈체레 캠핑은 타업체와 다르게 중국 OEM이나 위탁 공장 생산이 아닌 자체 베테랑 목수들이 수작업으로 만듭니다', '빈체레 목재는 3차에 걸쳐 엄선된 나무만을 사용합니다. 1차: 등급 높은 나무 입고, 2차: 엄격한 관리, 3차: 엄선된 나무로 제작', '목수 겸 10년 이상 캠핑 다니는 캠퍼가 직접 만드는 제품이라 실제로 만들어서 제품을 써보고 느껴 더욱 섬세하고 편리한 디자인과 스타일 표현이 됩니다' 캠퍼들이 무엇을 원하지를 정확히 파악했다는 것을 차별점으로 내세우고 있다.

● 리서치

"굿 럭 마가린 광고를 맡기 전까지 나는 마가린을 석탄으로 만드는 줄 알았다. 그러나 열흘간 마가린에 관한 글을 읽은 후 사실에 바탕을 둔 기사식 광고를 만들 수 있었다." —데이비드 오길비

카피라이팅을 할 때 제품에 대한 리서치는 필수다. 특히 차별점을 파악하는 것은 제품에 대한 치열한 조사가 없이는 불가능하다. 고3 수험생이 공부를 하듯이 열심히 연구해야 한다. 다이렉트 메일 마케팅 시절의 카피라이터는 의뢰를 받으면

실제로 방문판매를 하며 고객의 반응을 수집했다고 한다. 나 역시 카피라이팅에 1주일의 시간이 주어지면 5일은 자료 조사에 투자한다.

● **브랜딩의 정의**

궁극의 차별화 전략은 브랜딩이다. 브랜딩은 자사의 상품을 하나의 키워드와 연결하는 것이다. 예를 들어 나이키의 핵심 가치는 'Achievement'이고 애플의 핵심 가치는 'Innovation'이며 벤츠의 핵심 가치는 'Success'이다. 욕심을 부리지 않고 단 하나의 핵심 가치에 집중했기에 '나이키 = 성취', '애플 = 혁신', '벤츠 = 성공'으로 고객의 마음속에 자리 잡았다. 이렇게 브랜딩이 되면 성취하면 나이키가, 혁신하면 애플이, 성공하면 벤츠가 자동적으로 연상된다. 이처럼 핵심 가치(키워드)의 대명사가 되는 것이 브랜딩이다.

● **차별화 사례**

엘지 그램 노트북은 차별화가 잘된 제품이다. 다른 모든 장점을 제쳐놓고 가볍다는 단 한 가지 차별점에 집중했다. 도미노 피자는 30분 배달이라는 차별점으로 배달 피자 업계의 대표주자가 되었다. 쿠팡은 당일 배송이라는 속도를 차별점으로 내세우고 있다. 이 밖에도 고어텍스는 땀은 배출하고 비는 막아준다는 기능성을, 배불리 먹는 집은 양을, 최저가 보상은 가격을 차별점으로 내세운다.

● **비교의 기준**

모든 가치는 상대적이다. 비교 대상이 있어야 차별화할 수 있다. 이때 고객의 기준이 아니라 판매자의 기준으로 비교해야 한다. 엘지 그램은 가벼움에 자신이 있어서 타사 노트북과 비교할 때 무게를 기준으로 내세운다. 만약 가격이나 내구성을 기준으로 내세운다면 승산이 없을 것이다. 판매자에게 유리한 기준으로 '불공정한 비교'를 해야 고객은 사이트를 이탈하거나 다른 상품과 비교하지 않고 '지금 여기서' 구매를 결정한다. 판매자에게 유리한 비교 기준을 제시하라. 자신있는 영역에서 승부를 걸어야 한다.

Asking & Answer
질문과 답변으로 의심을 제거하라

여섯 번째 단계인 Asking & Answer에서는 고객과 질의 응답을 한다. 실제 대면 상황에서는 상대의 표정이나 태도로 피드백을 받을 수 있다. 상대가 하품하거나 창밖을 쳐다본다면 화제나 화술에 변화를 주어야 한다. 그러나 카피라이팅은 텍스트 특성상 실시간 피드백이 불가능하다. 따라서 고객이 품을 수 있는 모든 의심을 가상의 질문과 답변으로 해결해 주어야 한다. 언제 터질지 모르는 지뢰를 미리 제거하는 것이다.

● 가상 질의 응답

최신 세탁기에 대해 뉴스, 스토리, 문제, 해결책, 차별점을 모조리 설명했음에도 불구하고 정작 고객은 배송 날짜 때문에 구매를 망설일 수 있다. 일단 고객의 입장이 되어 가능한 모든 질문을 쏟아내라. 실시간 피드백이 없으므로 150%를 준비해야 한다. Asking & Answer는 일반적으로 FAQ나 Q&A의 형태로 나타난다. 고객 후기를 참고하여 대표적인 질문을 골라서 활용하라. 답변은 짧고 분명한 말투로 확신을 심어주어야 한다.

● 악마의 변호인

중세 시대에 성인으로 추대된 사람은 확고한 신앙을 가졌음을 사람들 앞에서 증명해야 했다. 이를 위해 교황청은 찬성하는 쪽은 신의 대변자, 반대하는 쪽은 악마의 대변자가 되어 논쟁을 벌이게 했다. 악마의 대변자는 자신의 진심과 무관하게 오로지 반대 의견만을 펼쳤다. 이렇게 선의의 비판자 역할을 하는 사람을 데블스 애드버킷(devil's advocate), 즉 악마의 변호인이라고 한다. Asking & Answer는 고객의 관점에서 악마의 변호인 역할을 한다. 온갖 의문을 제기하고 해소해서 제품이 훌륭한 품질을 갖추고 있음을 완벽히 증명해야 한다.

● **단점 공개**

단점을 미리 공개하면 오히려 고객의 신뢰를 받을 수 있다. 예를 들어 품질은 우수하지만, 가격이 높은 가구는 가격이 단점으로 작용한다. 이럴 때 "가격은 약간 높은 편입니다만 대신 좋은 나무를 사용해서 오래 사용할 수 있습니다"와 같이 단점을 미리 공개하면 높은 가격이 오히려 매력적으로 보인다. 그러나 막상 단점을 공개하려고 하면 어느 부분에 넣을지 맥락이 마땅치 않다. 그럴 때는 Asking & Answer를 활용하라. 고객이 의문을 가질 만한 단점을 질문으로 제시하고, 그에 대해 답변을 하는 것이다. 이때 답변에는 단점을 상쇄하고 남는 장점이 제시되어야 한다.

Q. 가구 제작 기간이 너무 오래 걸리는 것 아닌가요?

A. 우선 제작 기간이 한 달이나 걸려서 불편을 드리는 점 죄송합니다. 확실히 저희 제품은 다른 회사보다 제작 기간이 긴 편입니다. 이는 품질을 유지하기 위해 하루에 정해진 수량 이상을 작업하지 않기 때문입니다. 또한 출고 전 총 328개에 이르는 체크

리스트로 꼼꼼하게 확인 및 테스트를 거칩니다. 긴 제작 기간을 양해해 주시면 반드시 좋은 품질로 보답해 드리겠습니다.

● 근거와 주장

질문에 대해 답변을 할 때는 근거와 주장이 모두 드러나야 한다. "온라인 수업으로 다리 찢기가 가능할까요?"라는 질문은 가능/불가능 여부를 묻는 게 아니다. 가능하다면 어떻게 가능한지 그 근거가 궁금한 것이다. 따라서 "열심히만 따라오시면 충분히 가능합니다"라는 추상적인 답변으로는 부족하다. 다음과 같이 근거와 주장을 함께 제시해야 한다.

"누구나 무리하지 않고 따라오실 수 있도록 수강생 각각의 수준에 맞은 미션을 드립니다(근거1). 또한 미션을 완수하신 분들에게 50% 페이백을 진행 중입니다(근거2). 따라서 커리큘럼대로 출석만 하셔도 충분히 다리 찢기가 가능합니다(주장)."

● 업무 자동화 예시

다음은 패스트캠퍼스의 업무 자동화 강의 Q&A다.

Q. 강의에서 어떤 프로그램을 활용하나요?

A. 파이썬을 100% 활용하여 엑셀, 디자인, 매크로, 크롤링 등의 업

무를 자동화하는 방법을 가르쳐 드립니다.

Q. 이전에 파이썬을 배워본 적이 없는 코알못인데 수강해도 되나
요?

A. 당연하죠! 업무 자동화에 필요한 만큼의 파이썬 문법과 함수를
강의 초반에 가르쳐 드리니 걱정하지 말고 수강하세요.

Q. 평소 업무에서 파이썬을 사용하지 않는데, 파이썬으로 업무를
자동화한다니 이해가 잘 안 되네요.

A. 파이썬에서 명령을 내리면 단순 반복 업무를 컴퓨터가 대신 처리
해 줍니다. 예를 들어 1,000가지 정보를 엑셀에 일일이 기재해야
하는데, 파이썬으로 명령을 내리면 그 1,000가지 정보가 기재된
엑셀 파일을 바로 생성할 수 있습니다.

● **한스펌킨 아기 띠 가드 사례**

다음은 한스펌킨 아기 띠 가드의 Q&A다.

Q. 믿을 수 있는 필터인가요?

A. 한스펌킨이 찾은 마이크로필터는 대기에 포함된 해로운 성분을

잡아내는 아주 특별한 소재입니다. 마이크로필터를 거미줄처럼 촘촘하게 엮고 3중 구조로 잡아내거든요.

Q. 숨쉬기 편할까요?

A. 아기가 답답하지는 않을까 걱정하지 마세요. 숨 쉬는 아기 띠 가드는 자연통풍이 가능하거든요. 필터 사이에 공간을 만들어 공기 순환을 도울 수 있도록 특수제작했어요.

Q. 안전한 소재를 사용했나요?

A. 한스펌킨 마이크로필터는 포름알데히드 방출량 0.1 미만의 안전한 소재로 아기가 숨을 쉬거나, 피부에 닿아도 안전합니다.

● **기타 사례**

Q. 예쁘지 않아도 인스타그램으로 인플루언서가 될 수 있을까요?

A. 물론입니다. 외모가 출중하면 팔로워를 모으기 수월한 것은 사실입니다. 그러나 외모보다 더 중요한 것이 콘텐츠입니다. 본 과정에서는 구독이 폭발하는 차별화된 콘텐츠를 기획하는 5단계를 알려드립니다. 그대로 따라 하시면 외모와 무관하게 충분히 인플루언서가 되실 수 있습니다.

Q. 글쓰기 재능이 없는 저도 카피라이팅을 할 수 있을까요?

A. 카피라이팅에서 중요한 것은 '어떻게 말하느냐'가 아니라 '무엇을 말하느냐'입니다. 본 과정에서는 확 꽂히는 헤드라인을 쓰는 6가지 유형, 고객을 설득하는 8단계 PERSUADE 공식, 즉시 결제하게 하는 7가지 CLOSING 기법을 알려드립니다. 글쓰기 재능이 없는 사람도 누구나 카피라이팅을 쓸 수 있습니다.

Q. 닭가슴살을 주문하고 싶은데 혹시 배송 중에 상하지 않을까 걱정됩니다.

A. 저희는 일반 아이스박스보다 약 15% 두꺼운 FAT 아이스박스를 사용해서 냉기 손실을 최소화합니다. 또한 친환경 아이스팩을 사용해서 물로만 채워진 아이스팩보다 냉기를 오래 유지하며 더운 날씨에는 드라이아이스를 동봉합니다. 제품, 아이스팩, 드라이아이스를 비닐 포장에 함께 담아 냉기 손실을 막기 때문에 배송 중에 상할 염려는 안 하셔도 좋습니다.

Demonstration
구체적인 증거로 입증하라

일곱 번째 단계인 Demonstration에서는 구체적인 증거를 통해 상품의 가치를 입증한다. 보디카피의 역할 자체가 가치의 입증이기 때문에 PERSUADE 공식의 8가지 단계 중에서 가장 핵심적인 부분이다. 극단적으로 말하면 좋은 헤드라인과 Demonstration만 있어도 상품을 판매할 수 있다. Demonstration에는 사회적 증거, 후기, 권위, 실험 데이터, 포트폴리오, 쇼 앤 셀 등이 있다.

● **사회적 증거**

사회적 증거 효과란 다수의 행동을 따라하는 경향을 말한다. 한 명이나 두 명이 손가락으로 하늘을 가리키면 아무도 관심을 가지지 않는다. 하지만 세 명이 하늘을 가리키면 길을 걷던 사람도 덩달아 하늘을 쳐다보기 시작한다. 사회적 증거를 극대화하려면 많은 사람이 이 상품을 구매했고, 지금도 구매하고 있음을 보여주어야 한다. 매출, 판매량, 판매 순위 등을 계량화해서 표나 그래프로 공개하라. 많은 사람이 모임에 참석했으면 사진으로 찍어서 보여주어라. 문의 메시지를 모아서 한눈에 보여주어

라. 주의! 사회적 증거에 들어가는 수치는 구체적이어야 한다. 약 1만 건이라고 하지 말고 10,112건이라고 해야 더 신뢰가 간다.

● 고객 후기

고객 후기는 사회적 증거와 더불어 가장 강력한 증거다. 상품에 따라서는 후기만으로 모든 입증을 대신할 정도다. 특히 온라인 쇼핑이 일상화된 요즘은 후기의 중요성이 더욱 커졌다. 배달 음식을 주문할 때도 반드시 후기를 참고한다. 후기는 다양한 방법으로 제시할 수 있다. 첫째, 사이트의 후기를 모아서 게시할 수 있다. 둘째, 카톡이나 문자로 주고받은 후기를 편집해서 보여줄 수 있다. 셋째, 손으로 쓴 후기를 모아서 보여주면 더욱 좋다. 넷째, 고객의 얼굴이 드러난 사진과 함께 제시하라. 다섯째, 동영상 인터뷰 후기를 활용하라. 가능하면 만족도, 별점, 평점 등과 함께 제시하는 것이 좋다. 중요한 부분을 빨간 네모 칸, 형광펜 효과 등으로 강조하면 더욱 효과적이다.

● 외적 권위

외적 권위는 공신력있는 외부 기관에 의해 부여된 권위를 말한다. 자격증, 수상 실적, 자격증, 테스트 통과 인증, 학위, 언론보도, 특허, 저서 출간, 과정 수료 등이 이에 해당한다. 권위는 고객의 지갑에 접근할 수 있는 공인 인증서다. 미국의 마케팅 심리학자인 로버트 치알디니(Robert Cialdini)는 《설득의 심리학》에서 전문가의 말을 신뢰하는 경향을 '권위의 법칙'이라고 했다. 물론 이러한 외적 권위는 말로만 해서는 안 된다. 증빙자료를 스캔해서 이미지로 제시해야 한다.

● **내적 권위**

내적 권위는 내부 사정에 정통한 사람의 증언으로 신뢰를 획득하는 것을 말한다. 만약 과속 단속 카메라를 피하는 법에 대해서 알고 싶다면 '국어학자가 알려주는 과속 단속 카메라를 피하는 법'과 '지난달 전역한 의경 출신이 알려주는 과속 단속 카메라 피하는 법' 중 어느 쪽을 듣고 싶은가? 당연히 후자다. 음식을 주문할 때도 마찬가지다. '미슐랭지에 소개된 메뉴'가 외적 권위에 해당한다면, '3년 차 아르바이트생이 추천하는 절대 후회하지 않는 메뉴 BEST 3'는 내적 권위에 해당한다. 내적 권위자는 제3자와 판매자 사이에서 묘한 균형을 이루며 객관성과 전문성을 동시에 획득한다.

● **권위의 전이**

권위는 마치 삼투압 현상처럼 주변으로 전이된다. 그래서 비싼 출연료를 지급하더라도 광고에 유명인을 모델로 출연시킨다. 심지어 다른 분야의 권위도 전이된다. TV에 출연한 한 유명 역사 강사는 한약 광고에 출연하기도 했다. 사실상 둘 사이에는 아무 연관도 없다. 상품이 권위를 얻게 하는 방법은 간단하다. 상품을 권위자 옆에 나란히 두는 것이다. 전문가가 보증하면 고객은 쉽게 믿는다. 맛집 벽에는 수많은 연예인의 사인이 걸려있다. 왜 그럴까? 유명인의 권위가 전염되기 때문이다. 존경받는 기관의 공식 추천을 활용하면 그들의 권위가 당신의 상품에 즉각적으로 전이된다. 인증마크, 인증서, 추천서, 로고, 제복 등을 활용하라. 권위 전이의 도구들이다.

● 실험 데이터

실험 데이터, 논문, 과학적 이론, 테스트 성적도 근거로 제시할 수 있다. 실험 데이터를 제시할 때 의과대학, 국립 암 연구센터 등 권위있는 기관의 것을 인용하면 권위의 전이 효과도 함께 얻을 수 있다. 데이터를 제시할 때는 구체적인 수치, 이미지와 함께 제시해야 효과적이다. 가장 중요한 것은 윤리성이다. 눈앞의 욕심에 눈이 멀어 수치를 조작하거나 왜곡, 과장하면 안 된다.

● 포트폴리오

회사에서 사원을 뽑을 때 신입보다는 경력직을 선호한다. 포트폴리오는 판매자가 경력직임을 입증하는 이력서와 같다. 디자이너라면 그동안 디자인한 결과물을 웹사이트에 전시하고 보여줄 수 있다. 혹시 대기업과 함께 작업한 프로젝트가 있으면 적극적으로 어필하라. 대기업의 권위가 전이된다. 이전의 성공 사례가 언론에 보도된 적이 있다면 캡처해서 전시하라. 외적 권위를 함께 획득할 수 있다.

쇼 앤 셀

쇼 앤 셀(Show & Sell)은 실제 상품을 이미지 또는 동영상으로 보여주는 것이다. 온라인 서점에서는 책 일부분을 미리 보기로 제시한다. 영화는 가장 재미있는 장면을 모아서 예고편으로 보여준다. 고탄력 스타킹이면 사람이 매달려 있는 모습을 보여주어라. 강력한 테이프라면 그네를 타거나 자동차를 끄는 시범을 보여주어라. 믹서기 회사 블렌테크는 아이패드를 믹서기에 넣고 갈아버리는 영상으로 유명해졌다. 미국의 한 사료회사 CEO는 사료의 품질을 증명해 보이겠다며 한 달간 강아지 사료만 먹고 생활하는 모습을 유튜브에 올려서 화제가 되기도 했다.

9절

Enjoyment
즐거운 낙원을 보여주라

여덟 번째 단계인 Enjoyment에서는 모든 문제가 해결된 이상적인 상태를 보여준다. 여기서는 구체적인 입증이 필요 없다. 그저 웃는 얼굴과 함께 행복한 모습을 보여주면 된다. Enjoyment에서는 텍스트보다 이미지가 훨씬 중요하다. 다이어트 프로그램이라면 날씬한 몸매를 과시하며 주변 사람들의 부러움을 받는 모습을 보여주어라. 대개의 TV 광고는 Enjoyment 위주로 제작된다.

● 이상적인 상태

사람들이 삽을 사는 이유는 멋진 정원을 보기 위함이다. 삽을 사는 사람들에게 온갖 나무와 형형색색의 정원을 보여주어라. 디지털 노마드 강의를 판매하는가? 해변에서 자유롭게 인생을 만끽하는 모습을 보여주어라. 몇 장의 사진이면 된다. 보험 상품을 판매하는가? 가족들과 안전하고 행복한 저녁을 보내는 모습을 보여주어라. 불면증약을 판매하는가? 만면에 미소를 띠고 푹 잠든 모습을 보여주어라. 스피치 학원을 하는가? 수많은 사람 앞에서 명강연을 하고 박수갈채를 받는 장면을 보여주어라. 고객이 이미 그 자리에 도달한 것처럼 끝에서 시작하라.

● 변화 후 이미지

Real Storytelling에서 '변화 전 이미지'를 기억하는가? 그것과 대척점에 있는 '변화 후 이미지'가 Enjoyment다. 변화 후 이미지는 변화 전 이미지와 1대 1로 대비된다. 스피치를 예로 들어보자. 변화 전 이미지에서 스피치를 하기 전 가슴이 두

근거렸다면 변화 후 이미지에서는 침착해져야 한다. 변화 전 이미지에서 말소리가 떨렸다면 변화 후 이미지에서는 자신감 있는 목소리로 말할 수 있어야 한다. 변화 전 이미지에서 청중들의 반응이 없었다면 변화 후 이미지에서는 슈퍼스타의 공연처럼 박수갈채가 쏟아져야 한다.

● **워너비 이미지**

Enjoyment에서는 고객이 동일시하고 싶은 소속집단의 이미지가 드러나야 한다. 이를 워너비 이미지라고 한다. 사람들은 단순히 기능만 보고 제품을 구매하지 않는다. 그 제품을 구매함으로써 자신이 닮고 싶은 이미지의 집단에 소속되기를 갈망한다. 말보로 담배를 피우는 사람은 거친 카우보이같은 남자로 인식되기를 바란다. 벤츠 자동차를 사는 사람은 성공한 사업가처럼 인식되기를 바란다. 현명한 주부, 노련한 캠핑족, 척척 문제를 해결하는 아버지 등 고객이 닮고 싶어 하는 워너비 이미지를 Enjoyment에서 보여주어라.

● **상상이 매상이다**

'한번 상상해 보세요'는 세일즈 업계의 오랜 화술이다. 자동차를 판매한다면 직접 시승시키지 않아도, 상상으로 시승시키기만 해도 계약률이 높아진다. 대형 텔레비전도 마찬가지다. "이 크고 선명한 화면과 웅장한 스피커로 가족들과 영화를 본다고 생각해 보세요!"에어컨에도 적용할 수 있다. "푹푹 찌는 열대야에 이걸 틀어놓고 서늘하게 잠을 청해보세요."뇌는 상상과 현실을 구별하지 못한다. 상상하면 이미 경험한 것처럼 느껴진다. 경험한 것처럼 느껴지면 소유 효과가 발동해서 잃고 싶지 않아진다. 결국 구매하게 된다.

● 웃는 얼굴을 넣어라

Enjoyment에서 사소하지만 중요한 요소가 웃는 얼굴 사진이다. 거의 모든 광고에 웃는 얼굴이 등장하는 것을 아는가? 웃는 얼굴은 즐거움의 증거다. 카피를 쓸 때도 Enjoyment에는 웃는 얼굴을 넣어야 한다. 사장님의 웃는 얼굴, 직원의 웃는 얼굴, 고객의 웃는 얼굴을 곳곳에 등장시켜라. 팔짱을 끼지 말고 두 팔을 활짝 벌려라. 웅크리지 말고 가슴을 펴라. 온몸으로 행복감을 뿜어내야 한다. 고객이 닮고 싶도록 말이다.

● 핵심 가치를 다시 강조하라

헤드라인에서 높은 수익을 약속했으면 Enjoyment에서 돈다발을 보여주어라. 헤드라인에서 자유로운 생활을 약속했으면 Enjoyment에서 요트를 보여주어라. 헤드라인에서 인기를 약속했으면 Enjoyment에서 좋은 친구들에게 둘러싸인 모습을 보여주어라. 핵심 가치를 처음부터 끝까지 일관되게 강조하면 고객의 기억에 오래 남는다.

를 제목처럼 표시

정리

- 보디카피는 헤드라인에서 제안된 가치를 구체적인 증거로 입증한다.

- '8단계 PERSUADE 공식'은 '믿지 않는다'는 두 번째 구매 장벽을 돌파한다.

- 1단계: Prolog – 낯선 문장과 질문으로 호기심을 자극하라. 멘토 포지셔닝과 권위를 획득하라. 혜택을 예고하라.

- 2단계: Exciting News – 흥분되거나 깜짝 놀랄 만한 뉴스를 보여주어라. 실제 수익을 인증하라. 고객의 생생한 후기를 인용하라. 반전 스토리를 담아라.

- 3단계: Real Storytelling – 변화 전 이미지로 고객과 공감대를 형성하라. 탄생신화, 영웅신화, 성공신화로 문제의 해결 과정을 보여주어라. 사생활 및 제작 과정을 공개하라.

- 4단계: Suffering & Solution – 문제와 해결책을 세분화, 시각화, 연쇄화 시켜라. 문제와 해결책을 1대 1로 대응시켜라. 문제 상황, 문제 원인, 해결 원리, 해결책 제시의 4단계로 문제를 해결하라.

- 5단계: Uniqueness – 상품을 하나의 키워드와 연결해라. 고객의 기준이 아니라 판매자의 기준을 제시하라. 고객을 '지금, 여기서' 결제시켜라.

- 6단계: Asking & Answer – 단방향 소통의 한계를 극복하라. 고객의 불안감을 예측하고 미리 해결하라. 먼저 문제 해결 원리(근거)를 말하고 그다음에 해결책(주장)을 제시하라.

- 7단계: Demonstration – 구체적인 증거로 상품의 가치를 입증하라. 사회적 증거를 제시하라. 고객 후기를 제시하라. 외적 권위와 내적 권위를 빌려오라. 실험 데이터, 포트폴리오를 보여주어라. 직접 보여주어라.

- 8단계: Enjoyment – 모든 문제가 해결된 행복한 상태를 상상하게 하여라. 만족스럽게 웃는 얼굴을 노출하라. 텍스트로 말하지 말고 이미지로 보여주어라. 헤드라인의 핵심 가치가 달성되었음을 입증하라.

사상 최강의 카피라이터

예수 그리스도(Jesus Christ)

　내가 인류 역사상 최고의 카피라이터로 꼽은 인물은 예수 그리스도다. 사실 종교와 관련된 이야기는 불필요한 논쟁에 휩싸일까 봐 언급하기가 망설여진다. 그러나 예수의 메시지는 주목하게 하고, 감동하게 하고, 행동하게 한다는 측면에서 카피라이팅의 전형이다. 종교적 이슈에 민감하신 분들께는 미리 양해를 구한다.

1. 핵심 가치

"심령이 가난한 자는 복이 있나니 천국이 그들의 것임이요."

—마태복음 5장 3절

[해설] '누구'에게 '무엇'을 줄 것인가? 예수의 타깃은 심령이 가난한 자, 애통하는 자, 온유한 자, 의에 주리고 목마른 자, 긍휼히 여기는 자, 마음이 청결한 자, 화평하게 하는 자, 의를 위하여 박해를 받은 자이다. 즉 현실에 결핍이 있으면서 의로운 마음을 잃지 않은 자들이다. 이러한 타깃에게 줄 수 있는 최고의 혜택은 '천국'이다.

2. 헤드라인

"나는 부활이요 생명이니 나를 믿는 자는 죽어도 살겠고 무릇 살아서 나를 믿는 자는 영원히 죽지 아니하리니." –요한복음 11장 25절~26절

[해설] 혜택(영생/천국)이 분명히 드러난다. 또한 혜택이 이르는 길(나/예수)도 분명히 드러난다. '이득 + 키워드' 구조로 가치를 제안하고 있다.

3. Prolog

"내가 율법이나 선지자를 폐하러 온 줄로 생각하지 말라. 폐하러 온 것이 아니요 완전하게 하려 함이라." —마태복음 5장 17절

[해설] 기존의 통념을 부정하고 개념을 재정의함으로써 고객에게 충격을 준다(낯설게 하기). 또한 앞으로 전달할 메시지의 전체 내용을 암시한다(율법이나 선지자를~완전하게 하려 함이라).

4. Exciting News

"회개하라 천국이 가까이 왔느니라."　　　　　　　　　-마태복음 4장 17절

[해설] 약속의 날이 가까이 왔다는 흥분되는 뉴스를 선포한다. 복음(Gospel)은 말 그대로 복이 되는 좋은 소식이라는 뜻이다.

5. Real Storytelling

"그는 성령으로 잉태되어 동정녀 마리아에게서 나시고 본디오 빌라도에게 고난을 받아 십자가에 못 박혀 죽으시고, 장사된 지 사흘 만에 죽은 자 가운데서 다시 살아나셨으며 하늘에 오르시어 전능하신 아버지 하나님 우편에 앉아 계시다가, 거기로부터 살아 있는 자와 죽은 자를 심판하러 오십니다."　　　　　　-사도신경

[해설] 탄생신화(성령으로 잉태되어 동정녀 마리아에게서 나시고), 영웅신화(본디오 빌라도에게 고난을 받아 십자가에 못 박혀 죽으시고), 성공신화(장사된 지 사흘 만에 죽은 자 가운데서 다시 살아나셨으며)가 도식적일 정도로 완벽하게 드러나 있다. 예수는 신의 아들일 뿐만 아니라 사람의 아들로서 평범한 사람들과 공감대를 형성할 수 있다.

6. Suffering & Solution

"그러므로 한 사람으로 말미암아 죄가 세상에 들어오고 죄로 말미암아 사망이 들어왔나니 이와 같이 모든 사람이 죄를 지었으므로 사망이 모든 사람에게 이르렀느니라." —로마서 5장 12절

[해설] 인간들이 처한 문제 상황(사망)과 그 원인(죄)이 드러나 있다.

"이는 죄가 사망 안에서 왕 노릇 한 것 같이 은혜도 또한 의로 말미암아 왕 노릇 하여 우리 주 예수 그리스도로 말미암아 영생에 이르게 하려 함이라." —로마서 5장 21절

[해설] 문제의 해결책(예수)과 그것이 주는 혜택(영생)이 드러나 있다.

7. Uniqueness

"내가 곧 길이요 진리요 생명이니 나로 말미암지 않고는 아버지께로 올 자가 없느니라." —요한복음 14장 6절

[해설] 구원에 이르는 유일한 해결책이 자신(예수)임을 제안한다. 지옥을 보여주고(문제), 천국을 보여준 후(해결), 지옥에서 천국으로 이동하는 유일한 길(방법)을 보여준다. 이것이 2,000년이 넘게 검증된 마케팅의 본질이다.

8. Asking & Answer

"요한이 옥에서 그리스도께서 하신 일을 듣고 제자들을 보내어 예수께 여짜오되 오실 그이가 당신이오니이까. 우리가 다른 이를 기다리오리이까? 예수께서 대답하여 이르시되 너희가 가서 듣고 보는 것을 요한에게 알리되, 맹인이 보며 못 걷는 사람이 걸으며 나병 환자가 깨끗함을 받으며 못 듣는 자가 들으며 죽은 자가 살아나며 가난한 자에게 복음이 전파된다 하라." ─마태복음 11장 2절~5절

[해설] 요한의 제자가 당신이 정말로 우리가 기다려 온 구세주냐고 묻자 예수가 답변한다. 주장만 있는 것이 아니라 증거(맹인, 못 걷는 사람, 나병 환자, 못 듣는 자 치료)도 함께 제시한다.

9. Demonstration

"안식일이 다 지나고 안식 후 첫날이 되려는 새벽에 막달라 마리아와 다른 마리아가 무덤을 보려고 갔더니 큰 지진이 나며 주의 천사가 하늘로부터 내려와 돌을 굴려 내고 그 위에 앉았는데 그 형상이 번개 같고 그 옷은 눈 같이 희거늘 지키던 자들이 그를 무서워하여 떨며 죽은 사람과 같이 되었더라. 천사가 여자들에게 말하여 이르되 너희는 무서워하지 말라 십자가에 못 박히신 예수를 너희가 찾는 줄을 내가 아노라." ─마태복음 28장 1절~5절

[해설] 예수의 부활을 목격한 천사와 제자들의 증언이 이어진다.

후기에 의한 가치 입증이다.

10. Enjoyment

"또 내가 새 하늘과 새 땅을 보니 처음 하늘과 처음 땅이 없어졌고 바다도 다시 있지 않더라. 또 내가 보매 거룩한 성 새 예루살렘이 하나님께로부터 하늘에서 내려오니 그 준비한 것이 신부가 남편을 위하여 단장한 것 같더라. 내가 들으니 보좌에서 큰 음성이 나서 이르되 보라 하나님의 장막이 사람들과 함께 있으매 하나님이 그들과 함께 계시리니 그들은 하나님의 백성이 되고 하나님은 친히 그들과 함께 계셔서 모든 눈물을 그 눈에서 닦아 주시니 다시는 사망이 없고 애통하는 것이나 곡하는 것이나 아픈 것이 다시 있지 아니하리니 처음 것들이 다 지나갔음이러라."   -요한계시록 21장 1절~4절

[해설] 모든 고통이 사라진 천국에서의 즐거움을 상상하게 한다.

11. 클로징카피

"진실로 너희에게 이르노니 여기 서 있는 사람 중에 죽기 전에 인자가 그 왕권을 가지고 오는 것을 볼 자들도 있느니라."

    -마태복음 16장 28절

[해설] 시간 제한(여기 서 있는 사람 중에 죽기 전에)으로 행동(믿음)을 촉구한다.

"불법을 행하는 자들을 거두어 내어 풀무 불에 던져 넣으리니 거기서 울며 이를 갈게 되리라. 그때 의인들은 자기 아버지 나라에서 해와 같이 빛나리라." ㅡ마태복음 13장 41절~43절

[해설] 선택 비교로 비구매옵션(지옥)과 구매옵션(천국)을 극명하게 대비시킨다.

"내가 너희에게 분부한 모든 것을 가르쳐 지키게 하라. 볼지어다. 내가 세상 끝날까지 너희와 항상 함께 있으리라." ㅡ마태복음 28장 20절

[해설] 직접 행동을 촉구하며 우리들의 약속으로 끝맺는다.

이상 사상 최강의 카피라이터 예수의 설득구조를 살펴보았다. 성경은 타깃 분석부터 클로징카피에 이르기까지 카피라이팅 공식과 정확하게 일치한다. 마케터, 커뮤니케이터, 카피라이터는 예수의 메시지 전달 방법을 깊이 연구할 필요가 있다.

행동 촉구:
즉시 결제하게 하는
7가지 CLOSING 기법

> 클로징카피는 '사지 않는다'는 세번째 구매 장벽을 돌파한다. 옛날에는 쿠폰이 이러한 역할을 했다. 쿠폰이란 한 마디로 '제한된 혜택'이다. 고객은 언제든 살 수 있는 것은 사지 않는다. 지금이 아니면 할인을 받을 수 없거나, 선물을 받을 수 없거나, 아예 살 수 없다고 말해야 지갑을 연다. 이번 장에서는 결제와 관련된 마케팅 심리학의 정수를 7가지로 압축했다.

7가지 CLOSING 기법

　7가지 CLOSING 기법은 한마디로 실전 마케팅 심리학 기법이다. 시중의 어떤 마케팅, 카피라이팅 책을 보아도 본서처럼 CLOSING 기법을 철저하게 분석한 것은 없다. 끝에 간단하게 기간 제한이나 수량 제한을 두어서 행동을 촉구하는 정도가 고작이었다. 이번 장에서 소개하는 7가지 CLOSING 기법은 현장에서 사용하는 실전 기법을 총망라했다.

기법 1: Coupon-선물 제공

　가격 할인, 특별선물, 무료 샘플 등을 제공하라.

기법 2: Limit-혜택 제한

　모든 혜택에는 시간, 공간, 수량, 자격에 제한을 두어라.

기법 3: Option-선택 비교

구매옵션과 비구매옵션을 비교하라.

기법 4: Strengthen-가치 강화

가격보다 가치를 높여라.

기법 5: Information-결제 정보

고객이 쉽게 행동할 수 있도록 안내하라.

기법 6: Narrowing-고객 한정

싫은 고객은 받지 말고 원하는 고객만 받아라.

기법 7: Guarantee-환불 보증

100% 환불을 보증해서 고객의 불안감을 없애라.

'CLOSING'는 각 기법의 앞 글자를 딴 것이다. 카피라이터는 키보드를 치는 세일즈맨이다. 아무리 멋진 헤드라인을 쓰고, 아무리 설득력 있는 증거를 보디카피에서 제공해도 결제가 안 되면 소용없다. 카피의 존재 이유는 오직 판매다. 쓰는 것까지가 카피가 아니라 결제까지가 카피다.

"사람들은 아에스키네스의 연설을 들으면 그의 화려한 수사에 갈채를 보내지만, 데모스테네스의 연설을 들으면 마음이 동해 '가서 빌립과 싸우자'고 말한다."

-데이비드 오길비, 《광고 불변의 법칙》

Coupon-선물 제공

첫 번째 기법은 선물을 제공하는 것이다. 한시적으로 상품의 가격을 할인하거나, 특별선물 등의 인센티브를 증정하는 것을 '오퍼(Offer)'라고 한다. 고객에게 거절할 수 없는 제안을 하라. 다이렉트 메일 마케팅 시대에는 쿠폰(Coupon)에 할인이나 특별선물을 입력하고 반송 우편으로 받는 방식으로 오퍼를 제공했다.

● **가격 할인**

가격 할인은 가장 많이 사용되는 오퍼다. 가격 할인에는 정량제 할인(예: 5만 원 할인)과 비율제 할인(예: 30% 할인)이 있다. 일반적으로 비율제 할인을 많이 사용한다. 가격을 할인할 때는 반드시 원가에 취소선을 표시하라. 할인 전 가격이 높으면 그것이 기준이 되기 때문에 상대적으로 할인 혜택이 크게 느껴진다.

특별선물

특별선물은 말 그대로 상품을 사면 보너스로 주는 선물이다. 특별선물은 본 상품과 관련이 있는 것이어야 하며, 가치가 있는 것이어야 한다. 와디즈 등 크라우드 펀딩의 리워드가 대표적인 사례다. 특별선물은 단독으로 사용되기보다 혜택 제한과 함께 사용된다.

기간 연장

이용 기간을 연장해 주는 것도 일종의 선물이다. 예를 들어 숙박 시설의 이용 기간 연장, 렌터카의 기간 연장 혜택 등이 이에 해당한다. 노래방 이용 시간 연장 서비스도 좋은 예다. 강의 상품도 원래 시청 기간이 3개월이었다면 이벤트 기간에 결제하는 고객에게는 1년이나 무제한으로 기간을 연장해 줄 수 있다.

3절

Limit-혜택 제한

두 번째 기법은 혜택을 제한하는 것이다. 조선 중기의 무역상 임상옥은 중국과의 무역을 통해 막대한 부를 쌓은 인물이다. 조선의 인삼을 낮은 가격에 구매하기 위해 청나라 상인들이 담합을 하자, 그는 인삼을 거리 한복판에서 불태우기 시작했다. 그 모습을 본 청나라 상인들은 자칫했다가는 인삼을 구할 수 없다는 생각에 결국 담합을 풀고 임상옥이 부르는 비싼 값에 인삼을 살 수밖에 없었다. 이것이 제한의 힘이다.

● Limit

Limit은 시간, 공간, 수량, 자격에 제한을 둠으로써 희소성을 높이는 방법이다. 예를 들어 '오늘만 50% 세일'은 시간 제한에, '본 매장에서만 사은품 증정'은 공간 제한에, '선착순 100명 마감'은 수량 제한에, '수험생만 30% 할인'은 자격 제한에 해당한다. Limit은 지금 당장 결제할 이유를 마련해 줌으로써 시한폭탄처럼 구매를 촉진한다. 할인, 선물과 함께 사용되면 불에 휘발유를 뿌리듯이 폭발적인 효과를 발휘한다.

● 시간 제한 + 할인/선물

'이번 주말까지만 50% 할인 특가!', '이번 주말까지만 무료 샘플 증정!'과 같은 시간 제한은 점진적인 가격 인상을 예고한다. 특정한 시점에 가격 할인과 선물 증정이 끝난다는 것은 그 이후에 구매하면 손해를 본다는 심리적 압박을 준다. 사람들은 결제를 통해 이러한 스트레스에서 벗어난다.

● **단계적 가격 인상**

빨리 결제하는 고객에게 최고의 혜택을 주고 그 이후 단계적으로 혜택의 폭을 줄이는 단계적 가격 인상 정책도 시간 제한에 해당한다. 예를 들어 헬스클럽이 새로 오픈하면 1년 회원권을 1차 모집 때는 36만 원, 2차 모집 때는 48만 원, 3차 모집 때는 60만 원 식으로 점점 인상하며 혜택의 차등을 둔다. 흔히 얼리버드 정책이라고도 한다.

● **공간 제한 + 할인/선물**

"이 페이지를 벗어나면 할인된 가격에 구매를 하실 수 없습니다. 이후로는 특별할인가의 두 배인 정상가로만 판매가 됩니다." 외국에서 디지털 마케팅 툴을 구매하면 결코 한 번으로 끝나지 않는다. 기본 상품을 구매하면 바로 윗단계 상품을 할인가에 판매하는 업셀링 페이지가 떠서 추가 구매를 유도한다. 나는 최대 7단계까지 결제해 봤다. 핵심은 '지금 이 페이지를 이탈하면 더이상 할인 혜택이 적용되지 않는다'이다.

● **수량 제한 + 할인/선물**

'선착순 100명까지 50% 할인 특가!', '선착순 100명까지 무료 샘플 증정'과 같은 수량 제한은 시간 제한보다 강력하게 구매를 촉진한다. 시간 제한은 마감 시점을 예측할 수 있지만, 수량 제한은 품절 시점을 예측하기 힘들기 때문이다. TV 홈쇼

핑의 경우 수량 제한이 마감되는 상황을 실시간으로 화면 한 쪽 구석에 표시함으로써 시청자들을 더욱 초조하게 만든다.

● **자격 제한 + 할인/선물**

'수험증 지참 시 50% 할인 특가!', '5만 원 이상 구매 고객 배송비 무료!', '지금 이 글을 읽고 계신 여러분께만 드리는 혜택!'과 같은 자격 제한은 특별한 자격이 있는 타깃의 구매를 촉진한다. 혜택을 받을 기회가 있는데 받지 않는 것은 왠지 손해를 보는 것처럼 느껴진다. 포인트를 적립시켜 추가 구매를 유도하는 것도 적립 회원에게만 포인트 사용 혜택을 부여한다는 면에서 일종의 자격 제한이라고 볼 수 있다.

● **불확실한 중단 선언**

"가격은 예고 없이 인상됩니다"와 같이 마감 기한을 정해 놓지 않는 것을 불확실한 중단 선언이라고 한다. 구매나 혜택이 언제까지 가능할지 예측할 수 없으므로 고객이 받는 압박감은 상당하다. 불확실한 중단 선언은 망설이다가 영영 구매할 기회를 놓칠 수 있다는 손실 회피 심리를 자극한다. "재고 소진 시 판매를 종료합니다", "이번이 마지막 기회일 수 있습니다" 등의 문구가 자주 사용된다.

"오늘 주머니 속의 5만 원이 사라집니다", "오늘 장바구니의 무료 쿠폰이 사라집니다"와 같은 '미리 주고 빼앗기'는 최근 패션 쇼핑몰이나 온라인 강의 사이트를 위주로 유행하는 기법이다. 고객이 회원가입을 하면 현금성 포인트를 기본적으로 지급한다. 그것도 1~2개가 아니라 4~5개씩 준다. 단 포인트는 시간 제한이 있어서 특정 시점까지만 유효하다. 마감 시점이 다가올 때마다 알람을 보내서 구매를 촉진한다. 고객은 달라고 하지도 않았는데 떠맡은 포인트가 소멸하는 것이 아까워서 더 비싼 상품을 추가 구매하게 된다.

Option-선택 비교

세 번째 기법은 구매옵션과 비구매옵션을 비교하는 것이다. 인생은 매 순간 선택의 연속이다. 선택으로 얻는 것이 있으면 잃는 것도 있다. 타사 제품이 아닌 우리 제품을 선택했을 때 고객이 무엇을 얻는지 보여주어라. 또는 우리 제품이 아닌 타사 제품을 구매했을 때 고객이 무엇을 잃게 되는지 보여주어라.

● 비포 vs 애프터

비구매옵션과 구매옵션의 격차가 클수록 결제가 잘 이루어진다. 비포 vs 애프터는 외적인 면이 중요한 스포츠, 의료, 미용, 인테리어, 리모델링 분야에 특히 적합하다. 강남의 성형외과는 사전 동의한 고객의 비포 vs 애프터 사진을 홈페이지에 게재함으로써 시술의 효과를 극명하게 보여준다.

비포와 애프터를 비교할 때는 비교 항목을 잘 선정해야한다. 예를 들어 헬스 업계라면 단순 비교가 아니라 체중, 체지방률, 복부, 유연성, 근육량 등으로 나누어서 항목별로 1대 1 비교를 해야 한다. 인테리어 리모델링 업계라면 주방, 거실, 욕실, 침실별로 비포와 애프터를 구체적으로 비교함으로써 서비스의 혜택이 극명하게 느껴지도록 해야 한다.

● 다른 상품 vs 우리 상품

다른 상품의 약점과 우리 상품의 강점을 짝지어서 대조 효과를 극대화하라. 캠핑 장비를 판매한다고 가정해보자. 다른 상품의 가격이 비싸다면 우리 상품의 합리적인 가격과 비교해야 한다. 다른 상품의 소재가 약하다면 우리 상품의 튼튼한 소재와 비교해야 한다. 다른 상품의 설치가 어렵다면 우리 상품의 간편함과 비교해야 한다. 이러한 불공정한 비교를 통해 비구매옵션의 단점과 구매옵션의 장점이 선명하게 드러난다.

승자 그룹 vs 패자 그룹

"두 명의 친한 친구가 있었습니다. 한 학생은 재학 때부터 《월스트리트저널》을 꾸준히 구독했고 한 친구는 그러지 않았습니다. 10년 뒤 《월스트리트저널》을 구독한 친구는 성공했고, 나머지 친구는 그러지 못했습니다."

《월스트리트저널》의 유명한 카피다. 구매옵션을 승자 그룹으로, 비구매옵션을 패자 그룹으로 대조했다. 인간은 누구나 패자 그룹이 아닌 승자 그룹에 들어가기를 원한다. 다음 예문을 비교해 보고 어느 쪽이 승자 그룹인지 판단해 보자.

A그룹 : "우리 회사는 캠핑용품을 최저가에 구매대행해 드립니다."

B그룹 : "구매대행이라고 다 똑같을까요? 어떤 분은 똑같은 제품을 배송료 30,000원 씩 내며 2주일이나 기다려서 받아보십니다. 반면 우리 회사를 이용하시는 분은 똑같은 제품을 더 저렴한 가격에, 배송료 15,000원에, 7일 이내에 받으십니다. 어떻게 그럴 수 있을까요?"

어려운 선택지 vs 쉬운 선택지

판매자는 고객에게 어려운 선택지와 쉬운 선택지를 동시에 제안해서 쉬운 선택지를 선택하도록 유도해야 한다. 이를 '넛지' 혹은 '선택 설계'라고 한다. 어려운 선택지 vs 쉬운 선택지에는 다음의 세 가지 유형이 있다.

첫째, 많은 노력 vs 적은 노력 유형이다. 글쓰기 강의에 등록시키고자 한다면 '10권의 글쓰기 책을 읽고 하루 한 편씩 연습하기 vs 90분 글쓰기 강의 듣기'와 같은 선택지를 제시하라. 그 노력을 하느니 결제를 하는 게 쉽게 느껴져야 한다.

둘째, 많은 시간 vs 적은 시간 유형이다. 마케팅 기법 강의에 등록시키고자 한다면 '광고홍보학과 4년 + 광고대행사 3년 근무 vs 마케팅 4주 과정'과 같이 불공정한 선택지를 제시하라. 그 시간을 투자하느니 결제를 하는 것이 빠르게 느껴져야 한다.

셋째, 많은 비용 vs 적은 비용 유형이다. 주식투자 강의에 등록시키고자 한다면 '60분에 100만 원 고가 컨설팅 vs 강의 후 무료 질의 응답(강의료에 포함)'과 같이 선택지를 제시하라. 그 비용을 쓰느니 결제를 하는 것이 싸게 느껴져야 한다.

실제 카피에서는 위 세 가지 유형이 복합적으로 사용된다. 어려운 선택지 vs 쉬운 선택지의 대표적인 것이 천국과 지옥이다. "죽어서 지옥 가고 싶으세요? 천국 가고 싶으세요?"라고 묻는다면 누구나 천국을 선택한다. 선택 비교란 한마디로 말해서 '구매 천국, 비구매 지옥'이다.

Strengthen-가치 강화

네 번째 기법은 상품의 가치를 강화하는 것이다. 매매란 가격과 가치를 교환하는 행위다. 5만 원짜리 지폐를 내밀며 1만 원짜리 지폐와 교환하자고 하면 마다할 사람이 없을 것이다. 지불하는 가격보다 얻게 되는 가치가 더 크기 때문이다. Strengthen은 가격 대비 가치를 강화하여 고객에게 구매 욕구를 느끼게 하는 전략이다.

● 앵커링 효과

앵커링 효과란 마치 배가 닻 주위를 벗어나지 못하듯이, 맨 처음 제시한 가격 부근에서 타협점을 찾는 현상을 말한다. "아프리카에는 몇 나라가 있을까요? 57개국이 넘을까요?"라고 물어보면 대개 40~70개국 언저리로 대답한다. 그러나 "아프리카에는 몇 나라가 있을까요? 17개국이 안 되나요?"라고 물으면 대개 10~30개국 언저리로 대답한다. 처음에 제시한 숫자가 기준이 된다.

가격도 마찬가지다. 10만 원짜리 넥타이는 비싸게 느껴진다. 그러나 150만 원짜리 정장 옆에 있으면 상대적으로 싸게 느껴진다. 정장이 앵커 역할을 하기 때문이다. 기존 가격을 명시하고 옆에 할인된 가격을 제시하면 기존 가격이 앵커 역할을 하면서 상대적으로 할인 가격이 매력적으로 느껴진다. 그러나 똑같은 가격이더라도 기준점이 없으면 싼지 비싼지 알 수 없다. 그래서 항상 원가에 취소선을 넣고 그 옆에 할인가를 표시해야 한다.

● **가치 합산**

가치 합산은 특별선물 가격의 합산이 본 상품의 가격을 초과하게 하는 기법이다. 이러면 설령 본 상품의 매력도가 떨어지더라도 그 가격을 특별선물의 합이 상쇄하므로 결제가 이루어진다. 특별선물은 3~7개까지 푸짐하게 주어지며 옆에 반드시 'OO만 원 상당'과 같이 가격을 표시해야 한다. 그래야 고객이 가치를 합산하여 상품의 가격과 비교할 수 있다.

"29만 원짜리 스피치 강좌에 등록하시면 아래와 같은 특별선물을 드립니다."

특별선물1 : 명강의 동영상 CD 모음집(15만 원 상당)

특별선물2 : 스피치 특별 스크립트 템플릿 (25만 원 상당)

특별선물3 : 1회 개인지도(50분, 35만 원 상당) 및 2회 그룹 코칭(50만 원 상당)

....

단 29만 원에 총 125만 원 상당의 특별선물을 받을 기회를 놓치지 마세요!(12월 31일까지)

가격 분할

가격 분할은 높은 가격을 부담 없는 단위로 나눠서, 상대적으로 저렴한 가격에 높은 가치의 상품을 구매하도록 하는 기법이다. 할부 구매가 대표적인 예다. 그러나 단순히 가격을 나누는 것만으로는 효과가 떨어진다. 분할된 가격을 일상생활 속에서 부담 없이 느껴지는 상품으로 환산해야 한다. 예를 들어 월 12만 원을 내야 하는 보험 상품이라면 '하루에 4,000원으로 가족의 건강을 지키세요!'라고 말하는 것보다 "하루 커피 한 잔 값으로 가족의 건강을 지키세요!"라고 표현하는 것이 효과적이다.

세일즈 업계에서는 이러한 기법을 '피자 한 판 화법'이라고 한다. 로열젤리 구매 비용이 한 달에 1만 원이라면 '피자 한 판 가격으로 한 달 내내 로열젤리를'이라고 표현할 수 있다. 암 보험료가 한 달에 1만 원이라면 "병원 택시비에 불과한 가격으로 암 걱정에서 해방되세요!"라고 표현할 수 있다. 꼭 피자나 택시비가 아니어도 좋다. 부담 없이 인식되는 친숙한 것에 비유하는 것이 중요하다.

● 2단계 할인 기법

가격 분할과 가격 할인을 조합하여 '2단계 할인 기법'을 적용하면 체감 가격 부담을 더욱 낮출 수 있다. 예를 들어 정가가 359,000원이라면 먼저 60% 할인가인 143,600을 제시한 후 다시 무이자 8개월 할부 가격인 월 17,950원을 최종가로 제시한다. 고객은 할부 가격임을 인식하면서도 정가(359,000원)와 최종가(17,950원)의 차이가 크게 느껴져서 결제하게 된다. 할부 개월 수를 늘리면 최종 월 할부가를 더욱 낮출 수 있다.

● 가치 주입

가치 주입이란 판매자가 상품을 만드는 데 들어간 비용을 구체적으로 밝혀서 가치를 강화하는 기법이다. "제가 3년 동안 1,000만 원 들여서 배운 세일즈 노하우를 단 하루 만에 5만 원에 알려드립니다"와 같이 말하면 3년이라는 시간과

1,000만 원이라는 비용이 상품의 가치에 주입된다. 고객으로서는 그러한 비용을 개별로 내는 것보다 한 번에 상품을 결제하는 것이 이익이다.

자원에는 시간, 비용, 노력 있다. '10년 동안 축적한 노하우'는 시간적 가치 주입이다. '1,000만 원 들여서 배운 노하우'는 비용적 가치 주입이다. '밤잠 못 자고 노력해서 깨달은 노하우'는 노력적 가치 주입이다. 자원은 단독으로 사용되기보다 '10년간 공부해서 깨달은(시간 + 노력)'과 같이 복합적으로 사용된다. 제품에 고생을 첨가하면 부가가치가 생긴다. 그래서 수제품이 공장제품보다 비싸다.

● **가치 등가**

롤렉스의 앙드레 하이니거(Andre Heiniger) 회장에게 한 친구가 물었다. "여보게 요즘 시계 장사는 잘 되는가?" 그러자 하이니거 회장이 심드렁한 표정으로 대답했다. "시계? 그걸 내가 어찌 아나? 내가 잘 모르는 분야인걸." 친구는 깜짝 놀랐다. "아니 세계 최고의 시계를 파는 자네가 모르면 누가 안단 말인가?" 그러자 회장이 대답했다. "무슨 소린가? 난 시계 장사가 아니라 보석 장사를 하고 있네!" 모든 시계 업체들이 다른 시계 업체들과 경쟁하는 동안, 롤렉스는 보석 업계와 경쟁을 하고 있었던 것이다.

가치 등가는 해당 상품을 더 비싼 카테고리의 상품과 같다고 놓고 가치를 강화하는 기법이다. 롤렉스를 시계 카테고리가 아니라 보석 카테고리로 분류하면 시계가 아니라 보석으로 인식된다. '바로 여기, 입을 수 있는 에어컨-언택트 쿨스킨 점퍼'는 점퍼를 더 비싼 에어컨 카테고리에 넣어서 점퍼의 가치를 높인다. 지하철의 잡상인은 물건을 팔 때 백화점에서 파는 물건과 똑같은 제품이라고 강조한다. 백화점 카테고리의 후광을 얻고자 하는 전략이다.

● **사과와 귤**

미국의 카피라이터 댄 케네디(Dan Kennedy)는 《세일즈 레터 & 카피라이팅》에서 가격 딜레마를 극복하는 방법으로 '사과와 귤'을 비교하라고 말한다. "이 『개업촉진 세미나』에 한 번 참석하기만 하더라도 참가비로 최소한 195달러, 게다가 여비와 숙박비, 일과 가족에게서 떨어져 있는 시간을 계산해 보면 수백 달러 이상은 거뜬히 넘을 것입니다. 하지만 이 테이프를 이용한다면 세미나와 똑같은 귀중한 정보를 언제라도 형편이 될 때 들으면서 배우고, 동료나 직원들과도 정보를 공유할 수 있을 것이며, 게다가 불과 95달러밖에 되지 않습니다." 자신의 테이프와 다른 강의 테이프를 비교하지 않는다. 가치 등가 전략을 사용해서 테이프와 더 비싼 세미나를 등가로 놓는다.

가치 예측은 해당 제품을 구입함으로써 앞으로 얻을 수 있는 미래의 가치를 언급하는 전략이다. '단 10페이지짜리 책으로 어떤 상품이든 팔 수 있는 사람이 된다면?'은 당장 지불하는 가격보다 앞으로 얻게 될 가치가 더 크다고 설득한다. '딱 한 달이면 수강료 두 배 뽑고 남습니다!'도 미래에 예상되는 가치를 내세운다. '한 번 배우면 평생 써먹는'은 어떤가? 한 번의 결제로 혜택이 평생 지속된다는 가치 예측을 내세워서 가치를 강화한다.

쇼핑 호스트 출신 기업인 장문정은 《팔지 마라 사게 하라》에서 이러한 이론을 '사용 가치 기술'이라고 한다. 이는 소비자 가격을 무시하고, 그 물건을 사용해서 얻는 유익을 가격으로 매겼을 때 그 사용 가격이 실제 물건값이라는 이론이다. 가수 이승철의 CD 1장을 1만 원에 구입해서 카페에 틀었더니 이승철 팬이 몰려와 100만 원의 매상을 올렸다면 가격은 1만 원이지만 사용가치는 100만 원이 된다. 보상(100만 원)에서 비용(1만 원)을 뺀 순이익은 99만 원이 된다.

Information-결제 정보

　　다섯 번째 기법은 쉽고 간단하게 결제 정보를 제공하는 것이다. 결승전에서 유일하게 쓸모있는 점수는 마지막 점수다. 결제에 실패하면 모든 게 끝이다. 결제 정보를 3단계로 알기 쉽게 제공하라. 고객이 문의할 수 있게 판매자 정보를 공개하라. 행위를 구체적으로 지시하라. 결제 증폭 장치를 쏟아부어라. 신용카드 사절 등 구매를 방해하는 모든 장애물을 제거하라.

● 3단계 구매 안내

　　결제 방법이 복잡하면 구매를 결심했던 고객도 결제를 포기하게 된다. 구매 안내는 심플하게 3단계로 하는 것이 좋다. 다음은 내가 수강생을 모집할 때 사용하는 3단계 구매 안내 템플릿이다.

> 〈신청 방법〉
> **1단계** : 아래 신청서를 작성한다.
> 　　　- 신청서 URL
> **2단계** : 아래 계좌로 입금한다.
> 　　　- 계좌번호

● **판매자 정보**

대표자 이름, 전화번호, 이메일, 주소, 사업자등록번호, 홈 페이지, 찾아가는 길 등 판매자 정보를 명시하면 고객의 신뢰를 얻을 수 있다. 또한 결제 과정에서 문의사항이 있을 때 바로 연락을 취할 수 있다. 강의 상품이면 강사의 프로필 사진을 첨부하라. 정보를 공개하면 공개할수록 고객의 신뢰도는 높아진다.

● **구체적 행위 지시**

사람은 구체적인 지시가 있어야 행동한다. 이를 CTA(Call To Action)라고 한다. 직접적인 행위 지시는 "지금 바로 결제하세요"와 같이 노골적으로 결제를 촉구하는 것이다. 간접적인 행위 지시는 "지금 당장 고민거리를 날려버리세요"와 같이 살짝 에둘러 표현하는 것이다. 다음은 많이 사용되는 CTA 문구들이다.

- 아래 링크를 클릭하세요.
- 지금 신청서를 작성하세요.
- 상담 신청 버튼을 누르세요.
- 지금 전화로 예약해 주세요.
- 지금 무료 샘플을 신청하세요.

CTA를 할 때 이득을 함께 제시하면 더욱 효과적이다.

- 메일을 남기고(CTA) 무료 소책자를 받으세요(이득).
- 지금 주문하시고(CTA) 20만 원을 절약하세요!(이득).
- 지금 전화하시고(CTA) 무료 상담을 받아보세요(이득).

● **결제 증폭 장치**

구체적 행위 지시는 사회적 증거, 혜택 제한, 불확실한 중단 선언 등 결제 증폭 장치와 함께 사용하면 더욱 효과적이다. "지금 신청하세요!(현재 71명 신청, 남은 자리 29석, 선착순 100명 조기 마감)" 위 문구는 사회적 증거(현재 71명 신청), 수량 제한(남은 자리 29석), 불확실한 중단 선언(선착순 100명 조기 마감)이 모두 사용되어 강력한 구매 독촉 효과를 발휘한다.

Narrowing-고객 한정

여섯 번째 기법은 고객 한정이다. 고객 한정은 판매자가 '원하는 고객'과 '원하지 않는 고객'을 선별하는 것이다. 일본의 경영 컨설턴트 이시하라 아키라(Ishiara Akira)는 그의 저서 《싫은 고객에게는 절대로 팔지 마라》에서 다음과 같이 말한다. "판매는 싫은 손님을 고객으로 만들지 않을 마지막 기회다. 싫은 손님에게 판매하면 온갖 갑질로 인한 스트레스를 겪어야 한다. 판매란 손님과 영업사원이 대등하게 협상을 벌이는 것이다." 고객이 상품을 선택할 권리가 있듯이, 판매자도 고객을 선택할 권리가 있다.

● **구매 자격**

Narrowing의 첫 번째 방법은 이런 고객을 원한다고 자격을 공지하는 것이다. 이때 고객이 스스로 점검할 수 있는 체크리스트가 제공된다. 물론 강제성은 없다. 그러나 고객이 자신을 돌아보며 구매 자격을 인지하게 하는 역할을 한다. 구매 자격은 보통 '이 상품이 필요한 사람', '이런 분께 추천해 드려요', '이런 분만 들으세요' 등의 문구와 함께 제시된다. 다음은 상품별 구매 자격 예문이다.

〈의사 결정 비법〉

- 결정 장애를 앓고 있는 사람

- 선택을 위해 정보 검색을 멈출 줄 모르는 사람

- 중요한 선택을 앞두고 어떤 결정을 내릴지 고민되는 사람

- 매사에 내 결정을 스스로 신뢰하지 못하는 사람

〈업무 자동화 교육〉

- 단순 반복 업무에 많은 시간을 쏟는 직장인과 공무원

- 반복 업무 처리하는 시간은 줄이고, 자기계발에 시간을 투자
  하고 싶은 분

- 고객 리뷰 관리를 자동화하여 편하게 관리하고 싶은 개인사업자

- 바로 업무에 활용할 수 있는 기술을 얕고 넓게 배우고 싶은 분

〈냉동 단호박〉

- 먹을 때마다 단호박을 조리하기 귀찮으신 분

- 운동 후 맛있지만, 열량이 낮은 식사대용을 원하시는 분

- 부드러운 식감의 우리 가족 간식을 찾으시는 분

- 집에서 간편하게 맛있는 단호박 죽을 만들고 싶은 분

● **구매 거절**

Narrowing의 두 번째 방법은 이런 고객은 원치 않는다고
거절하는 것이다. 고객은 구매를 거절당하는 순간, 그에 대한

반작용으로 구매하고 싶은 욕구가 생긴다. 이러한 현상을 '칼리굴라 효과' 또는 '역 구매저항'이라고 한다. 의류 브랜드 파타고니아는 'Don't buy this jacket'이라는 카피로 오히려 폭발적인 매출을 기록했다. 구매 거절은 블랙 컨슈머를 필터링하는 장치로도 사용된다. 다음은 상품별 구매 거절 예문이다.

〈주식투자법 강의〉

다음과 같은 분은 신청하지 말아 주세요.

- 노력 없이 벼락부자를 꿈꾸는 사람
- 저렴한 강의료로 인생을 바꿀 비법을 얻고 싶은 사람
- 1년에 수십~수백 프로 수익을 내는 것이 목표인 사람
- 행동하지 않고 지식을 얻는 데 만족하는 사람

〈독서클럽 멤버 모집〉

신청하시기 전에 아래 사항을 꼭 읽어주세요.

- 최종 멤버 선정은 입금 순서가 아닙니다.
- 자리가 한정되어 있으므로 원한다고 아무나 참여할 수 없습니다.
- 성장 의지가 투철한 분들만 엄선해서 검토 후에 연락을 드립니다.
- 선정되시면 열정이 가득한 정예 멤버와 함께 성장하실 수 있습니다.

〈온라인 마케팅 컨설팅〉

다음과 같은 분은 신청을 받지 않습니다.

- 본인이 판매하는 상품에 자부심이 없는 분

- 클라이언트의 비위를 맞추는 아첨꾼을 원하는 분

- 마케팅 컨설턴트가 아니라 마케팅 직원을 원하는 분

- 정당한 대가를 내지 않으면서 좋은 결과만 바라는 분

Guarantee-환불 보증

일곱 번째 기법은 보증이다. 보증은 '혹시 샀다가 나중에 후회하면 어떡하지?'하는 구매 후 부조화 현상을 방지하는 장치다. 구매 장벽 중 가장 마지막에 있는 최후의 관문이다. 이 장벽만 넘으면 결제는 확실시된다.

● **품질 보증**

품질 보증은 '10만 km 무상 보증' 또는 '5년간 무상 AS'와 같이 품질 요구 사항이 충족될 것이라는 약속을 말한다. PDF 전자책의 경우 '이후 업그레이드되는 자료를 추가금 없이 평생 제공해 드립니다'와 같이 구매 후 지속적인 관리를

약속할 수도 있다. 문서로 만들어진 보증서와 함께 제시하면 더욱 효과적이다.

● 환불 보증

환불 보증은 '불만족 시 7일 이내 100% 환불 조치'와 같이 환불 규정을 명시해서 고객을 안심시키는 장치다. 혹시 일부 고객이 이런 장치를 악용하면 어떡하나 싶지만, 실제 환불 비율은 5% 이내에 불과하다. 환불 비율이 그보다 높으면 상품 자체에 문제가 있다는 뜻이므로 상품을 개선해야 한다.

● 초과 환불 보증

초과 환불 보증은 '모조품이면 10배 환불'과 같이 100% 환불 보증에서 한 걸음 더 나아가 불만족 시 판매자가 막대한 손해를 감수하겠다는 선언이다. 그만큼 본인의 상품에 대한 열정과 자부심이 크다는 뜻이므로 고객은 만족 확신을 가진 상태에서 안심하고 상품을 구매하게 된다.

제2의 헤드라인, 추신

추신은 제2의 헤드라인이다. 추신은 카피에서 가장 중요한 혜택을 모아놓은 핵심 요약본이다. 추신은 오퍼와 더불어 결제를 유도하는데 결정적인 역할을 한다. 따라서 헤드라인을 쓰듯이 심혈을 기울여서 써야 한다. 추신에는 혜택 정리, 오퍼 정리, 푸시백 등이 있다.

● 혜택 정리

헤드라인에서 제시된 혜택을 다시 정리해서 강조한다. 헤드라인처럼 고도로 압축된 표현이 아니어도 괜찮다. 자연스럽게 말을 건네는 방식으로 혜택을 강조해 보자. 우리들의 약속과 같은 형식으로 한눈에 알아볼 수 있게 리스트 형식으로 제시한다.

● 오퍼 정리

다시 한 번 할인, 제한 등의 오퍼를 일목요연하게 정리한다. 오퍼는 구매에 결정적인 영향을 미친다. 선착순 마감 수량, 단계적 가격 인상 예고, 불확실한 중단 선언 등 결제 증폭 장치를 활용하라.

"평생 설탕물이나 팔면서 사시겠습니까? 아니면 저와 함께 세상을 바꿔보겠습니까?"

스티브 잡스가 코카콜라의 존 스컬리(John Scully)를 애플의 CEO로 영입할 때 한 말이다. 푸시백(Push-Back)은 고객이 80% 정도 구매를 결정하고 머뭇거리고 있을 때 은근한 말로 등을 툭 밀어주는 것을 말한다. 매력이 없는 옵션과 매력적인 옵션을 양자택일적인 질문으로 던지는 경우가 많다.

- 언제까지 남들이 앞서가는 모습을 바라만 보실 건가요? 여러분도 분명히 고수익을 올릴 수 있습니다.
- 매년 유행이 지나는 옷을 사시겠습니까? 한번 사면 두고두고 입을 수 있는 옷을 사시겠습니까?
- 아직도 고민되신다면 스스로 물어보세요. 과연 같은 제품을 단지 이름값 때문에 두 배를 더 주고 살 가치가 있는지?

터치라인을 쓰는 7가지 방법

터치라인은 감동과 여운을 남기는 카피의 마지막 문장이다. 다른 파트에 비해 문학적인 감수성이 요구된다. 터치라인은 카피에 필수적인 요소는 아니다. 그러나 터치라인은 고객의 마음에 여운을 남기고 감성적 설득을 강화하는 역할을 한다. 고객의 마음을 움직이는 터치라인을 만드는 공식은 다음과 같다.

● **명언 인용**

메시지와 꼭 부합하는 명언구가 있으면 그대로 인용한다. 평소에 독서를 하면서 명언을 정리하라. 명언사전을 활용할 수도 있다. 요즘은 인터넷에 '사랑, 인생, 공부' 등 카테고리별로 명언이 정리된 사이트가 많다. 검색창에 '명언'만 치면 여러 명언사이트가 나온다. 개인적으로 워드로우(https://wordrow.kr)라는 사이트를 추천한다.

물론 책을 참고할 수도 있다. 나는 메시지와 가장 비슷한 카테고리에 속하는 책을 서재에서 고른다. 예를 들어 '보험에 가입하라'는 메시지라면 보험과 관련된 책을 찾는 것이다. 저자들이 책 중간에 인용한 명언 중 임팩트 있는 것을 골라서 사용한다. 급할 땐 온라인 서점에서 출판사 책 소개에 나온 명언들을 참고해도 좋다.

메시지와 꼭 부합하는 명언을 찾기 힘들 땐 메시지를 한 단계 추상화한다. '보험에 가입하라'를 한 단계 추상화하면 '불확실한 미래에 대비하라'가 된다. 그렇다면 미래에 관한 명언을 검색해서 "미래는 오늘날 당신이 무엇을 하느냐에 달려있다 – 마하트마 간디(Mahatma Gandhi)"를 인용할 수 있다. 한 단계 더 추상화해서 '지금 당장 행동하라'로 검색하면 선택의 폭이 훨씬 넓어진다. 단 원래 메시지와의 거리가 생길 수 있음에 유의해야 한다.

● 통념 부정

"침대는 가구가 아니라 과학입니다"와 같이 기존의 관념(침대는 가구다)을 부정하고 새로운 개념(침대는 과학이다)을 제시하면 고객에게 충격을 줄 수 있다. 일반적인 원인과 결과의 순서를 뒤집거나, 모순된 문장으로 메시지를 강조할 수도 있다.

- 사람은 숨이 멈추었을 때 죽는 것이 아니라 기억에서 잊혔을 때 죽는다.
- 행복해서 휘파람을 부는 것이 아니라 휘파람을 불면 행복해진다.

- 특별한 날 와인을 따는 것이 아니라 와인을 따는 날이 특별한 날이다.
- 카피에서 가장 큰 속임수는 속임수를 쓰지 않는 것이다.

●   결과 말하기

메시지를 직접 말하지 말고 그로 인해 유발되는 결과를 말하라. 무엇이 보이는지, 무엇을 말하고 듣는지, 신체반응은 어떠한지, 어떻게 행동하는지, 어떤 현상이 벌어지는지, 어떤 좋은 것을 할 수 있는지 생각하라.

- 그가 웃었다. 세상이 환해진다.
- 가방 참 멋지네요, 매일 듣게 될 거에요.
- 그 사람의 사진이 갖고 싶어서 모두의 사진을 찍고 있다.

●   연상시키기

메시지를 직접 말하지 않고, 다른 무언가를 통해 간접적으로 연상하게 하라. "딸의 인생은 깁니다"라는 보험사 카피는 '보험에 가입하라'는 메시지가 없이도 고객이 스스로 메시지를 떠올리게 한다.

- 늦게 오면 자리에 없는 사람을 욕한다.
- 여자는 선물한 것을 잊지 않는다. 선물 받은 것도 잊지 않는다.

- 아버지는 선물과 함께 추억됩니다.
- 놀라운 일은 예고 없이 찾아온다.
- 먹는 것이 몸이 됩니다.

● **언어유희**

유머에는 마음을 여는 힘이 있다. "당신이 사색을 즐기는 동안 밖에 있는 분은 사색이 됩니다"라는 공공 화장실의 카피는 동음이의어 활용으로 웃음을 준다. 특히 동음이의어를 활용한 언어유희가 많이 사용된다.

- 무능력이 한을 품으면 무한능력
- 모범생이 되지 말고 모험생이 되라.
- 방법이 옳으니 성적이 오른다.
- MAN은 돌아서면 NAM이다.
- 공든 TOP이 무너지랴?

● **반복하기**

리듬감은 카피의 앞쪽과 뒤쪽에서 소리가 대칭을 이룰 때 생겨난다. 예를 들어 '가지고 있던 기기를, 가지고 싶던 기기로'는 앞쪽과 뒤쪽의 소리가 대칭을 이루면서 자연스럽게 리듬감이 생긴다.

- 앎에서 삶으로

- 홈런보다 롱런이다.

- 별을 보며 뺄을 걸어라.

- 줄여라 탄수화물, 즐겨라 탄력몸매

- Reverse로 Rebirth하라.

● **패러디**

패러디는 기존의 유명한 문구를 변형해서 쓰는 기법이다. 패러디는 생각의 틀을 제공하기 때문에 재미있고 쉽게 기억된다. 단순한 말장난이 아니라 카피를 쓰는 매우 중요한 기법이다.

- Just Eat it

- F니까 청춘이다.

- 뇌 안에 잠든 거인을 깨워라.

- 뭉치면 죽고 흩어지면 산다.

- 단언컨대 뚜껑은 가장 완벽한 물질입니다.

정리

- 기법 1: Coupon-가격을 할인하라. 특별선물을 증정하라. 기간을 연장해 주어라.

- 기법 2: Limit-할인/선물은 기간, 수량, 자격의 제한을 두고 제공하라. 미리 주고 빼앗는 전략으로 결제하게 하라.

- 기법 3: Option-구매옵션과 비구매옵션을 비교하게 하라. 다른 상품과 우리 상품을 비교하게 하라. 어려운 선택지와 쉬운 선택지를 비교하게 하라.

- 기법 4: Strengthen-선물의 가격을 합친 것이 본 상품 가격보다 높게 하라. 가격을 분할해서 부담을 줄여라. 상품 제작에 들어간 가치를 가격으로 명시하라. 저렴한 카테고리를 비싼 카테고리와 동일시하라. 상품의 미래 가치를 보여주어라.

- 기법 5: Information-구매 안내는 3단계로 알기 쉽게 하라. 판매자 정보를 노출하라. 구체적으로 행동을 지시하라. 결제 증폭 장치를 활용하라.

- 기법 6: Narrowing-나와 맞는 고객에게만 판매하라. 싫은 고객에게는 절대로 팔지 마라.

- 기법 7: Guarantee—보증으로 구매 후 부조화를 예방하라. 무상 AS 기간으로 품질을 보증하라. 100% 환불 보증으로 고객을 안심시켜라. 필요하다면 초과 환불 보증으로 고객을 확신시켜라.

- 추신(PS)은 제2의 헤드라인이다. 혜택과 오퍼를 일목요연하게 정리하라. 푸시백 멘트로 살짝 고객의 등을 떠밀어라.

- 감동과 여운을 남기는 터치라인으로 고객의 마음에 여운을 남겨라.

역사상 가장 기발한 광고대행사

DDB(Doyle Dane Bernbach)

DDB(Doyle Dane Bernbach)는 1960~70년대 폭스바겐의 기발한 광고를 기획한 광고대행사다. '우리는 2등입니다'라는 카피로 유명한 렌터카 업체 에이비스의 광고대행사이기도 하다. 당시 이들이 쓴 기가 막힌 카피들은 아직도 카피라이터들 사이에서 경외의 대상이 되고 있다. 무려 60년 전에 만들어진 카피임에도 불구하고 오늘날 기준으로 보아도 굉장히 세련되었다. 위 광고는 1961년 8월에 실린 폭스바겐 비틀 광고다. 왜 그토록 사람들이 열광하는지 광고의 부속품을 하나씩 뜯어보자.

"불가능(Impossible)"

헤드라인이 '불가능'이다. 무엇이 불가능한 것일까? 선뜻 이해가 안 간다. 이미지를 보니 보닛에서 연기가 나고 있는 모습이 보인다. 고객은 궁금증을 해소하기 위해 보디카피를 읽을 수밖에 없다. 헤드라인은 첫째, 독자의 시선을 끌고, 둘째, 보디카피를 읽게 할 것이라는 자신의 역할을 충실히 완수했다.

"폭스바겐은 끓어 넘칠 수가 없습니다(A Volkswagen can't boil over)."

헤드라인이 제기한 궁금증 '무엇이 불가능하지?'에 대한 답을 주고 있다. 폭스바겐은 끓어 넘칠(boil over) 수가 없기 때문이란다. 이제 헤드라인과 보닛에서 김이 나는 이미지가 이해된다. 폭스바겐은 저렇게 보닛에 김이 끓어 넘치는 것이 불가능(Impossible)하다. 왜 그럴까? 완전한 답이 아니므로 고객은 아래 문장을 읽을 수밖에 없다. Prolog는 고객의 호기심을 유지해서 다음 문장을 계속 읽게 할 것이라는 자신의 역할을 완수했다.

"그것은 물리적으로 불가능합니다. 이유는 아주 간단합니다. 폭스바겐의 엔진은 냉각수가 아니라 공기로 식기 때문입니다. 공기는 끓을 수가 없으므로 차도 마찬가지입니다."

당시 폭스바겐은 다른 브랜드의 자동차들처럼 수랭식이 아니었다. 공기로 엔진을 식히는 공랭식이었다. 끓어 넘칠 물이 없으니 당연히 위 이미지와 같은 장면은 불가능하다. 보디카피를 읽을수록 의문이 하나씩 해소된다. 헤드라인에서 제안한 가치가 보디카피에서 입증되고 있다.

"당신이 원한다면, 폭스바겐을 끌고 종일 사막을 가로질러 최고 속도로 달릴 수 있습니다. 또는 가장 뜨거운 날씨에 교통체증으로 쭉 줄지어 서 있을 수도 있죠. 당신은 완전히 열 받을 수 있습니다. 그러나 당신의 폭스바겐은 아닙니다."

핵심 가치가 보이는가? 단 하나 공랭식이다. 보디카피에서는 여러 가치를 나열하지 않는다. 헤드라인과 관련된 단 하나의 핵심 가치를 여러 혜택으로 세분화해서 보여준다. 첫 번째 혜택. 아무리 더운 날씨에도 폭스바겐은 절대 열 받지 않는다.

"당신은 심지어 한겨울에도 공랭식 엔진에 감탄할 수 있습니다. 공기는 끓어 넘칠 수 없는 것만큼이나 얼 수도 없습니다. 따라서 당신은 부동액을 넣을 필요가 없습니다. 심지어 당신이 원해도 넣을 수 없습니다. 폭스바겐은 라디에이터가 없으니까요. 누수 위험이 있는 호스도 없고, 잔 고장도 없고, 녹도 슬지 않습니다."

두 번째 혜택은 겨울에도 부동액이 얼 위험이 없다는 점이다. 당연하다. 애초에 부동액을 넣을 라디에이터가 없으니까. 두 번째 혜택을 다시 '누수 될 호스도 없고, 잔 고장도 없고, 녹도 슬지 않는다'라고 세분화했다. 핵심 가치를 제안하고 세분화했다.

지면 관계상 마지막 단락은 생략한다. 처음부터 끝까지 '공랭식'이라는 주제, 즉 핵심 가치에서 벗어난 곳이 단 한 군데도 없다. 폭스바겐의 다른 장점들-가격, 크기, 연비-등도 전혀 언급하지 않았다. '한 번에 하나의 메시지'라는 카피라이팅의 기본에 충실한 광고다.

무조건 팔리는
12가지 설득 테크닉

우리는 자동차의 구동계를 몰라도 운전을 할 수 있다. 하지만 구동계를 이해하면 운전을 더 잘할 수 있다. 만약 고장이 나도 스스로 문제를 진단하고 고칠 수 있다. 카피라이팅도 마찬가지다. 카피를 쓰기에는 본서의 1장~5장에 나온 내용만 숙지해도 충분하다. 그러나 설득의 심리학적인 메커니즘을 이해하면 더욱 설득력 있는 카피를 쓸 수 있다. 이번 장에서 소개하는 12가지 설득 테크닉은 카피라이팅의 구동계다. 인간의 마음이 어떻게 점화되고, 기어가 돌아가고, 움직이는지 알아보자.

설득의 3요소

설득의 3요소

고대 그리스는 토론의 전성시대였다. 소피스트들은 아고라 광장에 모여 온갖 이슈에 관해 변론을 펼쳤다. 승률이 높은 소피스트는 막대한 부와 명예를 누릴 수 있었기 때문에 소피스트들은 저마다 상대를 설득시키는 기술을 치열하게 연구했다. 이러한 변론의 기술을 총망라한 것이 아리스토텔레스(Aristoteles)의 《수사학》이다. 당대 그리스 최고의 철학자 아리스토텔레스는 설득의 3요소로 로고스, 파토스, 에토스를 꼽았다.

로고스(Logos)

로고스는 이성적인 가치 입증을 의미한다. Log는 원래 통나무를 의미한다. 옛날 사람들은 종이가 없어서 통나무에 글자를 새겼다. 여기서 유래한 Logos는 '글, 논리'를 의미하게 되었다. 상대방을 논리적으로 설득하려면 주장만 있어서는 안 된다. 그것을 뒷받침하는 이성적인 증거가 있어야 한다. 숫자, 통계, 실험 데이터, 쇼 앤 셀이 이에 해당한다.

● 파토스(Pathos)

파토스는 감정적인 가치 입증을 의미한다. 듣는 사람의 감정 상태는 설득에 큰 영향을 미친다. 똑같이 논리적인 말도 상대방의 기분이 좋을 때는 잘 먹히지만, 화가 나 있을 때는 거부당하기도 한다. 따라서 논리적으로 설득하기 이전에 상대를 감정적으로 설득에 적합한 상태로 만들어야 한다. 사회적 증거, 고객 후기, 증언 영상, 성공 사례, 뉴스, 혜택 제한 등이 이에 해당한다.

● 에토스(Ethos)

에토스는 인격적인 가치 입증을 의미한다. 말하는 사람의 성품, 신뢰도는 설득에 큰 영향을 미친다. 주변 정리를 깨끗하게 하라는 말도 스스로 정리를 잘하는 사람이 하면 설득력이 있지만 지저분하게 사는 사람이 하면 설득력이 없다. 아리스토텔레스는 에토스를 설득의 세 가지 요소 중에서 가장 중요한 요소로 보았다. 브랜딩, 스토리텔링, 권위 인증, 자격증, 경력 등이 이에 해당한다.

감정과 이성

　본서에 소개된 카피라이팅 기법은 로고스, 파토스, 에토스적인 가치 입증을 모두 포괄한다. 고대 그리스에서 배심원들은 더 설득력이 있는 소피스트 앞에 작은 돌멩이를 놓았다. 돌멩이가 많은 쪽이 승리했기에 소피스트들은 하나라도 더 많은 돌멩이를 얻기 위해 치열하게 경쟁했다. 카피라이터가 소피스트라면 배심원은 고객이다. 여러분의 카피는 얼마나 많은 돌멩이를 얻을 수 있을까?

2절

문제와 해결책

●
펜을 파는 방법

　영화 '더 울프 오브 월스트리트(The Wolf of Wall Street)'에서 레오나르도 디카프리오(Leonardo DiCaprio)는 자신에게 펜을 팔아보라고 사람들에게 요청한다. "이… 이건 전문가용 놀라운 펜입니다", "이 펜은 제가 개인적으로 좋아하는 건데요" 저마다의 방식으로 시도하지만 어림도 없다. 무엇이든 팔아치우기로 소문난 레오의 친구는 달랐다. 그는 레오에게 "혹시 냅킨에 이름 좀 적어줄 수 있나요?"라고 물었다. 레오가 펜이 없다고 하자 "바로 그거야, 수요와 공급"이라고 말하며 펜을 건넨다.

● **병 주고 약 주고**

세상의 모든 상품과 서비스는 문제에 대한 해결책으로서 존재한다. 병이 없으면 약이 필요 없듯이 문제가 없으면 해결책도 필요 없다. 상대에게 펜을 팔려면 먼저 상대가 펜이 필요하게 만들어야 한다. 위 영화에서 레오의 친구는 "혹시 냅킨에 이름 좀 적어줄 수 있나요?"라는 질문으로 현재 상대에게 펜이 없다는 문제 상황을 인식시킨다. 그럼으로써 펜에 대한 니즈를 환기하고 해결책으로서 펜을 판매한다. 이 짧은 이야기 속에 카피라이팅의 핵심이 담겨 있다.

● **현실과 이상**

문제란 무엇인가? 현실과 이상의 갭이다. 현실의 연 수입이 3,000만 원인데 원하는 연 수입이 8,000만 원이라면 5,000만 원만큼의 갭이 발생한다. 그 갭의 크기가 문제의 크기다. 문제가 클수록 그것을 해결하고자 하는 열망도 커진다. 해결책이란 무엇인가? 현실과 이상의 갭을 연결해주는 계단이다. 누구나 이 계단을 따라 한 걸음씩 올라가면 이상적인 상태에 도달할 수 있다는 확신을 주어야 한다. 현실은 시궁창이다. 이상은 천국이다. 해결책은 시궁창에서 천국으로 올라갈 수 있는 유일한 계단이다.

비유 테크닉

● **비유의 효과**

아무리 소나기가 쏟아져도 항아리 뚜껑이 닫혀 있으면 비는 한 방울도 들어가지 않는다. 그러나 이슬비가 내려도 항아리 뚜껑이 열려 있으면 물이 고인다. 사람의 마음도 마찬가지다. 마음의 뚜껑이 닫혀 있으면 아무리 좋은 메시지도 들어가지 않는다. 비유는 단순한 문학적 기교가 아니다. 마음의 뚜껑을 여는 강력한 설득 기술이다.

● **Yes 세트**

나는 방금 빗물과 항아리 이야기로 여러분의 심적 저항감을 무력화시키고, '비유는 마음의 뚜껑을 여는 강력한 테크닉'이라는 메시지를 전달했다. 낯선 메시지는 상대의 저항감을 불러일으킨다. 먼저 누구나 동의할 수 있는 비유로 Yes를 받아낸 후에 메시지를 전달하면 또다시 Yes를 받아낼 확률이 높아진다. 비유는 누구나 동의할 수 있는 보편타당한 이야기다. 비유에 동의하는 순간 같은 구조로 되어 있는 메시지에도 동의하게 된다.

구동계와 카피

"우리는 자동차의 구동계를 몰라도 운전을 할 수 있다. 하지만 구동계를 이해하면 운전을 더 잘할 수 있는 것은 물론이고, 고장이 나도 스스로 문제를 진단하고 고칠 수 있다. 카피라이팅도 마찬가지다. 카피를 쓰기에는 본서의 1장~5장에 나온 내용만 숙지해도 충분하다. 그러나 설득의 심리학적인 메커니즘을 이해하면 더욱 설득력 있는 카피를 쓸 수 있다. 이번 장에서 소개하는 12가지 설득 테크닉은 카피라이팅의 구동계다. 인간의 마음이 어떻게 점화되고, 기어가 돌아가고, 움직이는지 알아보자." 이번 장의 도입부에 사용된 비유 테크닉이다. 설득의 구동계가 보이는가?

사진과 광고

"좋은 사진에서 렌즈와 피사체 사이에는 아무것도 없다. 좋은 광고에서 제품과 독자 사이에는 아무것도 없다. 광고를 만드는 사람은 자신을 드러내지 않는 법이다." 핼 스테빈스의 카피에 관한 카피다. '좋은 사진에서 렌즈와 피사체 사이에는 아무것도 없다'는 비유에 해당한다. '좋은 광고에서 제품과 독자 사이에는 아무것도 없다'는 광고와 사진의 공통점에 해당한다. '광고를 만드는 사람은 자신을 드러내지 않는 법이다'는 메시지에 해당한다.

비유 테크닉은 '비유–전환구/공통점–메시지'로 구성된다. "영화 '좋은 놈, 나쁜 놈, 이상한 놈'을 아시나요?(비유) 제목에도 좋은 놈, 나쁜 놈, 이상한 놈이 있습니다.(전환구/공통점) 그것은 바로 혜택, 위협, 호기심입니다.(메시지)", "요리를 할 때 먼저 재료를 손질해 놓으면 요리 속도가 빨라집니다.(비유) 글쓰기도 마찬가지입니다.(전환구/공통점) 글감을 먼저 준비해서 배치해 두면 글 쓰는 속도가 빨라집니다.(메시지)", "길고양이를 꼬시려면 간식을 준비해야 합니다.(비유) 고객은 예민한 길고양이와 같습니다.(전환구/공통점) 그런 고객을 유혹하려면 간식처럼 매력적인 혜택이 있어야 합니다.(메시지)"

FBI로 설명하기

● **드릴과 구멍**

상품을 판매할 때는 기능이 아니라 그것으로부터 얻을 수 있는 혜택을 말해야 한다. 사람들은 자동차가 아니라 목적지까지의 빠른 이동을 산다. 만약 미래에 순간 이동 장치가 발명된다면 자동차 대리점은 쇼핑몰로, 주유소는 편의점으로 바뀔 것이다. "고객이 원하는 것은 지름 0.6cm의 드릴이 아니라, 지름 0.6cm의 구멍이다." 1990년대 하버드 경영대학원의 마케팅 전문가인 테오르드 레빗(Theodore Levitt)의 말이다. 지름 0.6cm의 드릴은 기능에 해당하고 지름 0.6cm의 구멍은 혜택에 해당한다.

기능과 혜택의 연결공식: (기능)하기 때문에 (혜택)한다.

Feature

FBI에서 F는 Feature, 즉 상품의 기능(특징, 스펙)을 의미한다. 사전적인 의미로는 '특성'이지만 문맥상 '기능'으로 번역하는 것이 자연스러운 경우가 많다. 노트북으로 치면 CPU 성능, 램 용량, SSD 용량, 그래픽카드, 무게, 가격 등이 해당한다. 기능은 그 상품의 구성요소와 성능을 말해준다. 기능은 그 자체로는 의미가 없다. 고객을 위해 무언가를 할 수 있어야 의미가 있다. 그러나 수많은 쇼핑몰 세일즈 페이지가 기능 나열에 그치고 있다.

Benefit

B는 Benefit, 즉 기능으로 얻을 수 있는 혜택이나 만족감을 의미한다. 노트북 기능이 좋으면 어떤 혜택을 얻을 수 있을까? PD나 감독이라면 리소스를 많이 잡아먹는 영상편집 작업

을 빨리 끝낼 수 있을 것이다. 무게가 가볍다면 여행하면서 글을 쓰는 작가들의 어깨를 가볍게 해줄 것이다. 가격이 저렴하면 경제활동을 하지 않는 학생도 부담 없는 가격에 구매할 수 있을 것이다. 이것이 베네핏이다.

● Ideal State

마지막으로 I는 Ideal State, 즉 이상적인 상태를 의미한다. 영상편집 작업을 빨리 끝내면 남는 시간에 뭘 할 수 있을까? 가족들과 즐거운 시간을 보낼 수 있다. 어깨가 가벼우면 남는 에너지로 뭘 할 수 있을까? 더 많은 여행을 즐길 수 있다. 부담 없는 가격에 노트북을 구매할 수 있으면 남는 돈으로 뭘 할 수 있을까? 연인과 레스토랑에서 멋진 저녁 식사를 할 수 있다.

● FBI

카피라이터는 FBI(미연방수사국)처럼 집요하게 FBI(기능/혜택/이상적 상태)를 추적해야 한다. F에서 B를 찾을 때는 "그래서 나한테 뭐가 좋은데?"라고 물어라. 노트북의 기능이 최고사양이다. 그래서 나한테 뭐가 좋은데? 영상편집을 빨리 끝낼 수 있다. 주목하라! B에서 I를 찾아낼 때의 팁은 더욱 신박하다. "OO하고 남은 시간/돈/힘으로 뭘 할 건데?"라고 물어라. 영상편집을 빨리 끝내고 남는 시간에 뭘 할 건데? 가족이랑 놀러가야지.

보험 세일즈맨과 골프

미국의 카피라이터 댄 케네디는 그의 저서 《세일즈 레터&카피라이팅》에서 보험 세일즈맨이 리쿠르팅하는 방법에 관한 세미나를 시행한 경험을 이야기한다. 비싼 참가비를 내고 전국 각지에서 모인 참가자들이 쉬는 시간에 하는 이야기라고는 온통 골프에 관한 것뿐이었다. 여기서 힌트를 얻은 그는 보험 세일즈맨 리쿠르팅 광고를 소식지에 실렸다. 헤드라인은 다음과 같았다. "보험 세일즈맨 리쿠르팅을 자동화하면 당신은 골프를 치러 필드에 나갈 수 있습니다!" 이 광고는 업계 사상 가장 효과가 있었다. '보험 세일즈맨 리쿠르팅하고 남은 시간에 뭘 할 건데?'

폭스바겐과 가전제품

1970년대 폭스바겐은 자동차에 난로, 세탁기, 모니터, 레코드플레이어 등의 온갖 가전을 덕지덕지 붙인 이미지를 신문 광고로 내보냈다. 비싼 차를 살 돈으로 폭스바겐 비틀을 사면 그 정도의 비용이 남으므로, 이 모든 것을 공짜로 받는 것과 다름없다는 메시지였다. 가격이 저렴하다는 메시지를 말로만 하는 것이 아니라 시각적으로 보여줌으로써 고객은 혜택을 실감할 수 있다. 여기에도 만능 공식이 사용되었다. '자동차 사고 남은 돈으로 뭘 할 건데?'

"용인에 집 사고 남은 돈으로 아내 차 뽑아줬다." 정철의 《카피책》에 나온 주변 시세보다 5,000만 원 싼 용인의 아파트 분양 카피다. 아파트 구매를 남편 혼자 결정하는 가정은 거의 없다. 반드시 아내와 상의해야 한다. 5,000만 원 싼 것은 Feature지만, 남는 돈으로 아내 차를 살 수 있는 것은 Benefit에 해당한다. 공식이 눈에 보이는가? '집 사고 남은 돈으로 뭘 할 건데?'

사회적 명분 자극

● **강철의 나라**

"앤드류 카네기(Andrew Carnegie)는 목재로 지어진 집들이 늘어서 있는 이 나라를 강철의 나라로 만들었다."

마케팅의 대가로 불리는 브루스 바튼(Bruce Barton)이 1935년 U.S. 스틸의 광고를 맡았을 때 쓴 카피다. 광고는 매우 성공적이었다. 위 카피는 단순히 사람들에게 강철을 사는 것에 그치지 않게 했다. 강철의 품질이 얼마나 좋고, 가격이 저렴한지 말하지 않았다. 강철을 사는 것을 통해 국가의 번영에 이바지할 수 있다는 거대한 명분을 제시했다.

두 가지 명분

우리가 상품을 구입할 때는 두 가지 명분이 있다. 하나는 개인적 명분이고 다른 하나는 사회적 명분이다. 개인적 명분은 개인적 차원의 FBI(기능/혜택/이상적 상태)를 추구하는 것을 말한다. 사회적 명분은 개인적 FBI를 초월해서 환경보호, 자선 활동, 사회 변혁 등에 동참하고자 하는 것을 말한다. 열렬한 팬들의 지지를 받는 브랜드가 되려면 개인적 명분에 사회적 명분을 더해야 한다.

윤리적 소비

제3세계 커피 농장의 농민은 원두 1kg을 팔아서 겨우 10센트를 번다. 나머지는 커피회사, 수출입업자, 유통업자들이 나눠 먹는다. 나이키의 축구공을 하나 만들려면 파키스탄의 소년 노동자가 1시간에 6센트를 받으며 손발이 부르트게 일해야 한다. 고객들은 이렇게 비윤리적으로 만들어진 상품을 소비하는 것에 죄책감을 느낀다. 때론 불매운동으로 이어지기도 한다. 사회적 명분은 고객으로 하여금 '잘 샀다'를 넘어서 '좋은 일을 했다'고 느끼게 한다.

레이디 가가

레이디 가가(Lady GaGa)는 단순한 팝 뮤지션이 아니다. 전 세계 왕따, 성 소수자들의 대모다. 그녀는 파격적인 퍼포먼스로 세상의 주목을 받는다. MTV 시상식에 생고기 드레스를 입고 나와서 화제가 된 적도 있다. 이는 미국의 성 소수자 차별 정책에 대한 항의 시위였다고 한다. 몬스터라고 불리는 그녀의 팬들은 단순히 개인적인 호감으로 그녀의 음악을 듣는 것이 아니다. 평등한 사회를 만드는 데 동참하는 것이다.

프라이탁

프라이탁은 트럭 포장 천을 재활용해서 만든 가방을 판매하는 회사다. 재활용 가방이라고 해서 저렴하지 않다. 가방 하나에 최소 20~30만 원대에 이른다. 그래도 없어서 못 판다. 왜 그토록 많은 사람이 트럭 포장 천을 재활용해서 만든 가방에 열광하는 것일까? 그것은 프라이탁을 구매함으로써 환경보호에 동참한다는 사회적 명분이 있기 때문이다.

파타고니아

파타고니아의 사업 목표는 환경보호다. 파타고니아는 1985년부터 연 매출의 1%를 자연보호단체를 후원하는 일에 썼다. 파타고니아는 이 비용을 '지구세(Earth Tax)'라고 부른다. 2018년 기준 파타고니아의 후원을 받은 환경단체는 1,082개에 달한다. 파타고니아에서 옷을 산다는 것은 환경보호에 동참한다는 것과 같은 의미를 지닌다.

기타 사례

다음은 가와카미 데츠야의 《팔지 마라, 팔리게 하라!》에 나온 사례. 아메리칸 익스프레스는 한 번 사용할 때마다 1센트씩 자유의 여신상 수리 비용을 기부한다. 이렇게 사회적 명분을 자극하는 마케팅 전략으로 신규 가입자가 45% 증가했고, 3개월 만에 170만 달러를 기부할 수 있었다. 생수회사 볼빅은 생수가 팔릴 때마다 아프리카 마릴 공화국에 우물을 파는 비용을 기부한다. 구매에 사회적 명분을 부여하는 전략이다.

사회적 명분을 찾는 법

사회적 명분을 찾는 법은 간단하다. 이 상품을 사고, 사고, 또 사면 모두를 위해 어떤 좋은 일이 발생할까? 하고 상상하라. 수익 일부를 환원하는 것도 좋다. 재활용품으로 제품을 만드는 것도 좋다. 사회적 불평등이나 부조리를 해결하는 캠페인도 괜찮다. 사회적 명분을 자극하면 충성 고객을 확보할 수 있다.

킹 포지셔닝

●   거절에 대한 저항

일본의 경영 컨설턴트 간다 마사노리는 그의 저서 《비상식적 성공법칙》에서 '고객을 거절하라'고 말한다. 비즈니스맨은 구매할 확률이 높은 고객에게만 시간을 할애하고, 구매할 확률이 낮은 고객은 거절해야 한다. 고객은 세일즈맨에게 설득당할수록 경계하는 구매저항이 생긴다. 반대로 세일즈맨으로부터 거절을 당하면 거절에 대한 저항 즉 구매 욕구가 생긴다. 이렇게 되면 고객이 오히려 물건을 팔아달라고 애원한다. 이처럼 판매자가 고객에 대하여 갑의 위치에 서는 것을 '킹 포지셔닝'이라고 한다.

●   싫은 고객에게 팔지 마라

또 다른 일본의 유명 경영 컨설턴트로 이시하라 아키라가 있다. 그는 《싫은 고객에게는 절대로 팔지 마라》에서 인간성에 문제가 있는 사람, 뜻이 맞지 않는 사람, 마음을 터놓고 사귈 수 없는 사람, 남의 성의에 감사할 줄 모르는 사람, 서비스에 대한 대가를 지불할 줄 모르는 사람은 고객으로 만들지 말라고 조언한다. 7가지 CLOSING 기법 중 Narrowing과 관련이 있다. 이러한 구매 거절은 오히려 구매 욕구를 불러일으킨다. 거절당한 이성에게 더 매력을 느끼는 것과 같다. 다음은 구매 거절 문구 예문이다.

- 매사에 부정적이고 불평불만이 많은 분은 이곳에 어울리지 않습니다.
- 저희의 비전을 충분히 이해하지 못하셨다면 아직 구매하지 말아 주세요.

● **줄 세우기 전략**

인기인은 바쁘다. 반대로 바쁘면 인기인처럼 보인다. 장사가 잘 되는 맛집은 일부러 가게를 확장하지 않고 고객을 기다리게 한다. 이를 '줄 세우기 전략'이라고 한다. 줄 세우기 전략은 사회적 증거의 효과가 있다. 또한 실제로 돌발 상황이 생겨서 일정이 늦어지더라도 양해를 구할 수 있다. 판매자는 일을 처리할 수 있는 시간적 여유를 확보하게 되어 시간에 쫓기지 않고 응대할 수 있다. 다음은 의도적 줄 세우기 문구 예문이다.

- 일정이 매우 바빠서 응답이 늦을 수 있으니 양해 부탁드립니다.
- 신청하신 순서대로 응답하고 있으니 조금만 기다려 주세요.
- 주문이 폭주하고 있는 관계로 처리에 2~3일 정도 소요될 수 있습니다.

● 구매자 면접하기

킹 포지션이 확고해지면 판매자는 구매자를 선택할 힘을 가진다. 마치 회사가 신입사원 면접을 보듯이 판매자가 구매자를 선택한다. 신청한다고 100% 된다는 보장이 없으므로 구매자는 결과가 나올 때까지 가슴을 졸이게 된다. 마침내 선택을 받으면 판매자에게 고마운 마음마저 든다. 다음은 구매자 면접 예문이다.

- 확실한 성공 사례를 만들기 위해 극소수 정예만 선발할 예정입니다.
- 자리가 한정되어 있으므로 신청하신다고 다 참여하실 수는 없습니다.

7절

2인칭 화법

● 매력적인 사람

'세상에서 가장 똑똑한 것처럼 보이는 사람'과 '나를 세상에서 가장 똑똑한 것처럼 느끼게 해주는 사람' 중 한 사람을 택해야 한다면 누구를 택하겠는가? 대부분 사람은 후자를 택할 것이다. 카피도 마찬가지다. 자기 상품만 멋지게 보이는 카피는 매력이 없다. 고객을 멋지게 만들어주는 카피가 매력적이다. 카피의 주인공은 판매자가 아니다. 고객이다.

● 스토리의 주인공

도널드 밀러는 《무기가 되는 스토리》에서 스토리텔링의 주인공은 회사가 아니라 고객이라고 강조한다. 고객이 호텔에 바라는 것은 고급스러운 휴식이지 회사의 사명 따위가 아니다. 고객이 대학교에 바라는 것은 '퇴근 후 수료할 수 있는 번거롭지 않은 MBA'다. 고객이 조경회사에 원하는 것은 '이웃집보다 좋아 보이는 내 앞마당'이다. 고객이 출장 뷔페 회사에 바라는 것은 '원하는 곳에서 질 높은 이동식 만찬을 경험하는 것'이다. 공통점이 보이는가? 경험의 주체가 모두 회사가 아니라 고객이다.

● 2인칭으로 시작하기

카피를 '우리 회사는~'으로 시작하지 말라. '당신은~'으로 시작하라. 고객은 당신 회사에 관심이 없다. 고객은 판매자, 제품, 브랜드가 아닌 자신과 관련된 이야기를 듣고 싶어 한다. "저희 세무 법인은 상속세를 전문적으로 다룹니다"라고 말하지 말라. "자녀에게 상속하고 싶은데 세금이 부담되시나요? 저희 세무 법인에서 도와드리겠습니다"라고 말하라. "우리 회사는 가장 안전한 타이어를 생산합니다"라고 말하지 말라. "저희 타이어를 쓰시면 겨울에 안전하게 달리실 수 있습니다"라고 말하라.

● 2인칭 생략하기

모든 문장에 '여러분, 당신'이 등장할 필요는 없다. 문장의 주어가 2인칭이면 된다. 주어는 생략할 수 있다. "자녀에게 상속하고 싶은데 세금이 부담되시나요? 저희 세무 법인에서 도와드리겠습니다"는 2인칭 대명사가 직접 드러나지 않았지만 2인칭 화법이다. "저희 타이어를 쓰시면 겨울에 안전하게 달리실 수 있습니다"도 마찬가지다. 2인칭 대명사를 적절하게 삽입하고 생략해서 자연스러운 문장을 만들어 보자.

● 1인칭 화법 극복하기

1인칭 위주로 말하는 습관은 고치기 힘들다. 사람은 어린 시절부터 자신을 중심으로 세계를 인식하기 때문이다. 1인칭을 전혀 쓰지 않고 카피를 쓰는 것도 불가능하다. 그럴 때는 첫째, 일단 1인칭 문장을 써라. "저희는 신선한 샐러드를 만듭니다." 둘째, 1인칭으로 쓴 것이 2인칭에게 어떤 도움을 줄 수 있는지 써라. "저희 가게에 오시면 항상 신선한 샐러드를 드실 수 있습니다." 셋째, 1인칭과 2인칭을 자연스럽게 연결하라. "신선한 샐러드가 필요하신가요? 저희 가게로 오세요!"

구체적 진술

극단적 구체성

모호하고 일반적인 진술을 피하라. 구체적으로 세부적인 사항까지 말하라. 고객은 판매자의 말을 다 믿지 않는다. 일반적인 진술은 과장될 수 있다고 생각한다. 대충 얼버무리는 글은 솔직하지 못하다는 인상을 준다. 반면 세부적인 사항까지 구체적으로 진술하면 정직하다는 인상을 줄 수 있다. 세미나에 약 1,000명이 신청했다고 하지 말라. 1,028명이 신청했다고 말하라. 그냥 구체적 진술로는 부족하다. '극단적 구체성'이 필요하다.

숫자를 밝혀라

과학적인 광고의 선구자 클로드 C. 홉킨스(Claude C. Hopkins)는 카피는 구체적이어야 한다고 강조했다. '우리 제품은 가격을 내렸습니다'를 '우리 제품은 가격을 25% 내렸습니다'라고 바꾸면 효과가 높아진다. 면도용 비누를 판매하는가? '풍부한 거품' 대신 '거품이 250배로 늘어납니다', '수염이 금방 부드러워집니다' 대신 '1분 만에 수염이 부드러워집니다', '정성껏 만들었습니다' 대신 '130가지 방식을 테스트하고 비교해서 만들었습니다',

'면도가 순식간에 끝납니다' 대신 '78초면 면도 끝!', '전 세계에서 사용되는 제품' 대신 '52개국에서 사용되는 제품'이라고 말하라. 공통점이 보이는가? 모두 숫자가 들어간다.

● **맥주 광고 사례**

클로드 C. 홉킨스의 《사이언티픽 애드버타이징(Scientific Advertising)》에 나온 맥주 광고 사례다. 기존의 맥주 광고는 모두 순수함을 강조했다. 그러나 어느 브랜드는 통유리로 된 제조실에서 맥주가 한 방울 한 방울 필터에 걸러지는 모습을 광고로 내보냈다. 맥주병은 기계로 4번 세척되고, 지하 1,200m 암반수를 사용하며, 1,018번의 실험 끝에 탄생한 이스트를 반복 배양하기 때문에 깊은 풍미가 난다. 사실 이것은 다른 브랜드 맥주도 사용하는 기본적인 공정이었다. 그러나 실제로 제조 과정을 구체적으로 보여준 것은 이번이 처음이었다. 이 맥주 광고는 엄청난 성공 사례를 기록했다. 구체적 진술의 힘이다.

● **극단적 구체성**

제품을 구성요소로 분해해서 각각의 요소가 얼마나 가치가 있고 아름다운지 말하라. 시계를 판매할 때는 케이스 소재, 베젤, 시곗바늘, 무브먼트, 시곗줄, 디자인, 희소성, 브랜드 스토리 등으로 나누어서 각각 구체적으로 설명하라. 집을 판매할 때는 안방, 거실, 화장실, 창고, 주차장 등을 일일이 언급하라.

안방을 언급할 때도 벽지와 장판의 소재, 창문의 방향, 전등의 디자인 등을 구체적으로 언급하라. 일반적인 진술은 못 판다. 구체적인 진술은 판다.

● **폭스바겐 카피**

"성공한 차는 8,397명의 검사관의 면밀한 검사를 받습니다."

폭스바겐 카피는 구체적인 것으로 유명하다. 약 8,000명이 아니라 8,397명의 검사관의 검사를 받는다. 그냥 많은 물이라고 하지 않는다. '4.5갤런의 물'이라고 한다. 그냥 테이블이라고 하지 않는다. '다이닝룸 테이블'이라고 한다. 그냥 두 개의 옷장이라고 하지 않는다. '린넨 옷장과 일반 옷장'이라고 구체적으로 밝힌다. 이 모든 디테일이 하나씩 모여서 설득력있는 카피를 완성한다.

주장과 근거

● **과장하지 말라**

"저희 제품은 효과가 뛰어납니다. 많은 고객이 이에 동의하십니다. 엄청나게 효과적입니다."

신뢰가 가는가? 아니다. 입증할 수 없는 주장은 하지 말라. 모든 주장에는 근거가 1대 1로 뒷받침되어야 한다. 근거가 없는 주장은 자칫 과장으로 흐르기 쉽다. 말해놓고 책임을 지지 않아도 되기 때문이다. 판매자에 대한 고객의 신뢰가 부족한 가장 큰 이유는 과장이다. 고객은 지금까지 과장 광고에 너무 많이 속아왔다. 느낌표를 절반으로 줄여라.

● 1대 1 대응

고객을 의심하게 하는 가장 좋은 방법은 주장하고 아무 증거도 제시하지 않는 것이다. 증거로 뒷받침되지 않은 주장이 많아질수록 고객의 의심도 커진다. 반면 모든 주장에 근거를 1대 1로 제시하면 고객의 확신은 커진다. 하나의 주장을 하면 하나의 근거를 제시하라. "저희 가죽가방은 장인이 직접 손바느질을 합니다"라고 주장하면 그 밑에 장인이 손바느질하는 사진을 첨부해야 한다. 주장과 근거는 실과 바늘처럼 항상 함께 다녀야 한다. 그렇게 할 수 없다면 주장을 하면 안 된다.

● 증거를 제시하라

최상급 재료를 사용한다고 말하지 말라. 원산지 표시 및 인증서를 보여주어라. 경력이 오래되었다고 말하지 말라. 1982년부터 일했다고 하라. 품질이 좋다고 말하지 말라. 공식 테스트 결과지나 인증서의 사본을 제시하라. 가격이 저렴하다고 말하지 말라. 다른 제품과 비교하여 정확히 얼마나 저렴한지 숫자로 제시하라. 많은 사람이 구매하고 있다고 말하지 말라. 구매 내역, 매출, 고객 후기를 공개하라. 이것이 구체적인 증거다.

설득의 심리학

● **여섯 가지 설득의 법칙**

심리학자 로버트 치알디니(Robert Cialdini)는 《설득의 심리학(The Psychology of Persuasion)》에서 다른 사람들을 효과적으로 설득하는 방법을 여섯 가지 법칙으로 정리했다. 상호성의 법칙, 사회적 증거의 법칙, 일관성의 법칙, 호감의 법칙, 권위의 법칙, 희소성의 법칙이 그것이다. 설득의 여섯 가지 법칙은 카피라이팅에도 그대로 적용된다.

● **상호성의 법칙**

상호성의 법칙은 누군가에게 무언가를 받으면 보답하고 싶어지는 경향을 말한다. 상호성의 법칙을 카피라이팅에 적용한 것이 무료 쿠폰 증정이다. 무료 쿠폰을 받은 고객은 마음에 빚을 진 느낌이 들게 되고, 이를 해소하기 위해 본 상품을 구매할 확률이 높아진다.

● 사회적 증거의 법칙

사회적 증거의 법칙은 많은 사람이 선택하는 것을 신뢰하는 경향을 말한다. '일주일 만에 35,800개 판매의 기적!'과 같이 헤드라인에서 구매 건수를 밝혀라. 클로징카피에서 '선착순 100명'으로 수량 제한을 걸어놓고 '벌써 58명이 신청했습니다'와 같은 문구로 사회적 증거를 제시할 수도 있다.

● 일관성의 법칙

일관성의 법칙은 자신의 정체성(이미지)과 일치되는 방향으로 행동하는 경향을 말한다. Prolog과 Exiting New에서 고객들이 일단 구매 욕구를 느끼면 그 후로는 그것을 강화할 근거를 선택적으로 수집한다. 즉 카피 초반에 고객이 자신을 이 상품을 구매할 사람이라는 정체성을 갖게 하는 것이 중요하다.

● 호감의 법칙

호감의 법칙은 자신이 좋아하는 사람에게 유리하도록 판단하는 경향을 말한다. 호감은 외모, 유사성, 반복노출로 형성된다. 깔끔한 옷차림에 미소를 짓고 있는 프로필 사진을 활용하라. Real Storytelling으로 고객과 유사한 경험을 노출하라. 핵심 메시지를 헤드라인, 보디카피, 클로징카피에서 다양한 형태로 반복 노출하라.

● 권위의 법칙

권위의 법칙은 권위자의 말을 무조건 신뢰하는 경향을 말한다. 어떤 분야의 전문가는 권위를 가진다. 포트폴리오, 공식 기관 인증, 자격증, 프로필, 고객 후기 등을 통해 전문가라는 증거를 제시하라. 고객은 전문가가 하는 말을 믿고 전문가가 추천하는 상품을 구매한다.

● 희소성의 법칙

희소성의 법칙이란 원하는 것에 비해 공급이 부족할수록, 즉 희귀할수록 더 높은 가치를 부여하는 경향을 말한다. 할인이나 선물을 그냥 주지 말고 시간, 공간, 수량, 자격의 제한을 두어라. 희소성을 만들어 내면 사람들은 미루지 않고 지금 구매한다. 수요가 공급을 만들어 내는 것이 아니라 공급이 수요를 만들어 낸다.

강화와 약화

● **확증편향**

　확증편향이란 원래 가지고 있는 신념을 바꾸지 않고 계속 강화하는 경향을 말한다. 요즘은 각종 검색, 쇼핑 로직에 AI가 적용되면서 확증편향이 심해졌다. 온라인 서점에 접속하면 내가 기존에 읽었던 책과 비슷한 분야의 책을 추천해 준다. 쇼핑몰에 접속해도 내 지난 구매 내역과 관련있는 상품이 추천 카테고리에 뜬다. 사람은 누구나 확증편향이 있어서 보고 싶은 것만 보고, 듣고 싶은 것만 듣는다.

● **고객과 싸우지 말라**

　논쟁을 통해 고객의 생각을 바꾸려고 하지 말라. 정치적 성향이나 종교적 신념을 바꾸는 것만큼이나 힘들다. 사람들은 자기 생각을 바꾸려고 들면 불쾌하게 생각한다. 설령 바꾸는 데 성공한다고 하더라도 상상을 초월하는 시간, 비용, 노력을 동원해야 한다. 그러한 시간, 비용, 노력을 다른 곳에 쓰면 더 좋은 결과를 얻을 수 있다. 고객과 싸우지 말라. 논쟁에 져서 자기 생각을 바꾸는 사람은 없다.

그렇다면 어떻게 해야 할까? 고객의 마음에 있는 생각의 씨앗을 강화 또는 약화해야 한다. 예를 들어 현미를 싫어하는 고객을 현미를 좋아하게 하려면 어떻게 해야 할까? 먼저 몸에 좋은 영양소를 섭취하면 건강에 도움이 된다는 사실에 대해 고객의 동의를 얻는다. 고객은 자신의 상식과 어긋나지 않으므로 동의한다. 그다음 이러한 영양소가 현미에도 들어있음을 여러 가지 객관적인 데이터로 보여준다. 마지막으로 현미를 먹으면 몸에 좋은 영양소를 섭취할 수 있고 건강해질 수 있음을 제시한다. 이런 식으로 단계적으로 고객의 생각 씨앗을 확장하면, 고객은 스스로 우리가 원하는 선택지를 고르게 된다.

반대로 고객의 신념을 약화하려면 어떻게 해야 할까? 이것도 마찬가지다. 부정적인 생각의 씨앗을 확장하는 것이다. 백미를 좋아하는 고객을 백미를 싫어하게 하려면 먼저 비만은 건강에 좋지 않다는 사실에 대해서 고객의 동의를 받는다. 자신의 신념과 어긋나지 않는 상식적인 생각이므로 당연히 고객은 동의한다. 그다음 백미를 섭취하면 초과 당질이 생성되고 이것이 지방으로 전환됨을 객관적인 데이터로 입증한다. 마지막으로 백미를 지나치게 섭취하면 비만이 될 확률이 높고 건강에 위협이 될 수 있음을 제시한다. 이렇게 논리적으로 부정

연상을 반복함으로써 기존의 신념은 약해지고 그 자리를 새로 구축된 신념이 대신한다. 이것이 반복되면 신념의 전환이 이루어진다.

● **재확증편향**

강화와 약화는 상대의 감정을 상하지 않게 하면서 설득할 수 있는 전략이다. 고객은 변화된 생각에 대한 근거에 스스로 동의했다. 따라서 변화된 생각에 반대하는 것은 곧 자기 생각에 반대하는 것이 된다. 자기 자신과 논쟁을 해야 한다. 그러나 고객은 절대로 그렇게 하지 않는다. 재설정된 자기 생각과 일치하는 증거만 채택하기 때문이다. 이는 단순히 관념적인 이야기가 아니다. 두뇌 속의 뇌 신경 세포의 연결이 재구축되는 물리적인 차원의 이야기다. 고객을 설득할 수 있는 사람은 고객 자신뿐이다.

● **페이싱 앤 리딩**

'페이싱 앤 리딩'은 Yes 세트와 쌍둥이다. 처음에는 상대방이 반박할 수 없도록 상대의 의견에 동의하거나 명백하게 객관적인 사실을 제시한다. 이것이 페이싱이다. 페이싱으로 순응 상태가 확립된 상대에게는 어떤 요구를 해도 쉽게 순응하는데 이를 '리딩'이라고 한다. 마치 상대와 길을 걸을 때, 처음에는 상대의 걸음 속도에 맞춰서 걷다가, 걸음걸이가 동조화된 후에 내가 빨리 걸으면 상대방도 내 걸음에 맞춰 빨리 걷게 되는 것과 같다.

● **근본적인 원리**

강화와 약화는 각종 심리학, 세일즈, 커뮤니케이션 이론에서 다양한 용어로 사용된다. 그러나 근본적인 원리는 같다. 상대와 내가 동의하는 부분을 점진적으로 강화해 나가고, 동의하지 않는 부분을 점진적으로 약화해 나가는 것이다. 0은 아무리 큰 수를 곱해도 0이다. 그러나 1은 곱하는 만큼 숫자가 커진다. 설득이란 고객 마음 속의 1을 점진적으로 100으로 강화하는 것이다.

12절

아는 것과 모르는 것

● **설명과 설득**

설득을 하려면 먼저 설명을 해야 한다. 우선 숫자를 경험으로 번역하라. TV의 화면이 100인치다. 그걸로 뭘 할 수 있는가? 온 가족이 모여서 드라마를 볼 수 있다. 집 계단 아래에 1평의 숨은 공간이 있다. 그걸로 뭘 할 수 있는가? 당장 안 쓰는 짐을 눈에 보이지 않게 보관할 수 있다. 헬스클럽에 러닝머신이 30대나 있다. 그걸로 뭘 할 수 있는가? 사람들이 붐비는 저녁 시간대에도 순서를 기다리지 않고 유산소 운동을 할 수 있다.

● 핵무기 5,000개

칩 히스(Chip Heath)와 댄 히스(Dan Heath) 형제의 저서 《스틱(Stick)》에 핵무기 5,000개의 위력을 효과적으로 설명하는 방법이 나온다. 먼저 양동이에 BB탄 한 개를 던지며 말한다. "이것이 히로시마에 떨어진 핵폭탄입니다." 그리고 BB탄 열 개를 던진다. "이것이 미국이나 러시아의 핵잠수함 한 척이 보유한 미사일입니다." 마지막으로 양동이에 BB탄 5,000개를 한꺼번에 쏟아붓는다. "이것이 핵무기 5,000개의 위력입니다." 방 안에는 충격의 정적이 흐른다. 독자들이 이미 알고 있는 BB탄과 히로시마 핵폭탄으로 설명하면 단번에 피부에 와 닿는다.

● 통계 수치의 설명

통계 수치를 설명할 때도 아는 것으로 모르는 것을 설명하는 방법을 활용할 수 있다. "시험에 통과할 확률이 2%에 불과합니다"라고 말하는 것보다 50명이 앉아 있는 교실에서 "여러분 중 단 한 명만이 시험에 통과합니다"라고 말하는 것이 더 효과적이다. "식스 시그마는 99.99966%의 무결함 비율입니다"라고 말하는 것보다 "식스 시그마는 100만 개의 제품 중에 단 3개만 불량일 확률을 의미합니다"라고 말하는 것이 더 효과적이다. "이 병의 치사율이 30%입니다"라고 말하는 것보다 "여러분과 양옆에 있는 사람들이 이 병에 걸리면 그중 한 명은 사망합니다"라고 말하는 것이 더 효과적이다.

● **체감 단위 전환**

숫자가 들어간 추상적인 단위는 독자가 체감할 수 있는 단위로 전환해야 한다. "500km를 단 두 시간에 달릴 수 있다"고 말하는 것보다 "서울에서 부산까지 단 두 시간이면 도착한다"고 말하는 것이 더 효과적이다. "1억은 많은 돈이다"라고 말하는 것보다 "1초에 1원씩 하루에 8시간씩 세면 13.2년이 걸린다"라고 말하는 것이 더 효과적이다. "아이팟의 용량이 5GB이다"라고 말하는 것보다 "주머니 속에 MP3 1,000곡을 넣을 수 있다"고 말하는 것이 더 효과적이다. 체감 단위는 독자가 이미 알고 있는 것을 최대한 활용해야 한다.

● **아는 것으로 모르는 것을 설명하라**

아는 것을 아는 것으로 설명하면 인식의 확장이 일어나지 않는다. 모르는 것을 모르는 것으로 설명하면 더욱 모른다. 인식을 확장하려면 아는 것으로 모르는 것을 설명해야 한다. 이

것이 모든 커뮤니케이션의 기본이다. 설득의 언어가 사용하는
단어는 독자가 이미 알고 있는 단어여야 한다.

정리

- 설득의 3요소는 로고스, 파토스, 에토스다.

- 먼저 병(문제)을 줘라. 그리고 약(해결책)을 줘라.

- 비유 테크닉은 '비유-전환구/공통점-메시지'로 구성된다.
  먼저 비유로 Yes를 받아내고, 메시지도 Yes를 받아내라.

- FBI에서 F(Feature)는 상품의 기능을, B(Benefit)는 혜택을,
  I(Ideal State)는 이상적인 상태를 의미한다.

- 개인적 명분에 더해서 사회적 명분을 자극하라.

- 고객을 거절하고, 줄 세우고, 면접을 봐서 까다롭게 선택하라.

- 2인칭 화법으로 판매자가 아닌 고객을 주인공으로 내세워라.

- 일반적인 글을 쓰지 말고 구체적인 글을 써라.

- 하나의 주장에는 하나의 근거를 제시하라.

- 설득의 심리학에 나타난 여섯 가지 법칙을 활용하라.

- 고객이 가지고 있는 신념을 강화 또는 약화하라.

- 고객이 아는 것으로 모르는 것을 설명하라.

롤스로이스를 품절시킨 남자

데이비드 오길비(David Ogilvy)

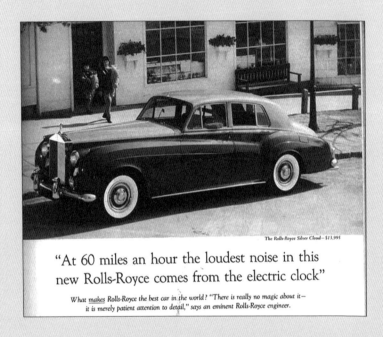

"시속 60마일로 달리는 롤스로이스 안에서 들리는 제일 큰 소음은 전자시계 소리입니다."

오길비는 이 단 한 줄의 광고로 롤스로이스를 품절시킨 당대 최고의 카피라이터이자 광고인이다. 당시 쟁쟁한 카피라이터들 사이에서 오길비가 두각을 나타낼 수 있었던 것은 철저하고 과학적인 조사 덕분이다. 농부, 요리사, 방문 판매원 등 다양한 직업을 전전한 그는 그럴듯한 말만으로는 고객의 지갑을 열 수 없다는 사실을 깨달았다. 그는 조지 갤럽의 조사원으로 일하기도 했는데 이때의 경험으로 광고에서 리서치의 중요성을 강조했다. 다음은 오길비가 쓴 《광고 불변의 법칙》과 《어느 광고인의 고백》에 드러난 카피라이팅 불변의 법칙들이다.

무엇보다 헤드라인이 가장 중요하다

헤드라인을 읽는 사람이 보디카피를 읽는 사람보다 5배 많다. 헤드라인을 다 쓰면 1달러 중 80센트를 쓴 것과 다름없다. 만약 헤드라인이 제품을 팔지 못하면 광고비의 80%를 낭비하는 셈이다. 헤드라인을 바꾸는 것만으로 매출의 10배를 올리는 예도 있다. 오길비는 하나의 광고를 만들 때 헤드라인을 16개 이상 썼다고 한다.

헤드라인에서 독자에게 제품이 주는 편익을 약속하라

독자가 광고를 보는 이유는 자신에게 편익을 제공하는 무언가가 있기 때문이다. 헤드라인에는 '표백 강화, 우수한 연비, 여드름에서 해방, 충치 예방' 등 독자에게 주는 편익이 드러나야 한다. 오길비의 전설적인 카피인 "시속 60마일로 달리는 롤스로이스 안에서 들리는 제일 큰 소음은 전자시계 소리입니다"에는 '고요함'이라는 편익이 드러나 있다.

헤드라인에 뉴스를 담아라

뉴스를 담고 있는 광고의 상기율은 뉴스가 없는 광고에 비해 평균 22%가 높다. 뉴스는 곧 신정보다. 신제품 고지, 기존 제품의 품질 향상, 기존 제품의 새로운 사용법 등을 헤드라인에 넣어라. 상투적으로 보이는 '놀라운, 새롭게 선보이는, 이제는, 갑자기' 등의 단어를 무시하지 말라. 헤드라인에 쓸 수 있는 가장 강력한 단어는 '무료'와 '새롭다'이다.

헤드라인에 상품명을 삽입하라

헤드라인을 잠깐만 읽는 사람도 상품명을 알 수 있도록 하라. 헤드라인에 상품명을 넣지 않으면 보디카피를 읽지 않은 80%의 독자는 당신이 무슨 제품을 광고하는지 모른다. '결혼해 듀오' 결혼 정보 회사 듀오는 헤드라인에 항상 브랜드명을 삽입해서 인지도를 높인다. '압도적 쓱케일(SSG닷컴)'도 브랜드명을 재치있게 카피에 녹여 넣었다.

소수의 사람만 구매하는 제품이면 특정 단어를 넣어라

방광염약을 팔 때는 헤드라인에 방광염이라는 단어를 넣어라. 그러한 헤드라인은 그 병을 앓고 있는 모든 환자의 주의를 끈다. 천식, 어머니, 35세 이상의 여자들 등도 마찬가지다.

그러나 그 제품을 여성뿐 아니라 남성도 함께 사용하게 광고
하려면 헤드라인에 여성을 쓰지 말아야 한다.

필요하다면 긴 헤드라인을 써라

조사에 의하면 10단어 이상의 헤드라인은 짧은 헤드라인
보다 더 많은 상품을 팔 수 있다. 클로드 C. 홉킨스가 글자밖
에 없는 5페이지짜리 긴 카피를 쓴 결과, 슐리츠 맥주는 5위
에서 1위 브랜드로 올라섰다. 만일 짧은 것이 좋다면 그렇게
해도 좋다. '레몬(Lemon)'이라는 한 단어로 된 짧은 헤드라인
은 폭스바겐이 미국 시장에서 성공하는 데 큰 역할을 했다.

일반적으로 쓰지 말고 구체적으로 써라

"시어스의 이윤은 당신이 생각하는 것보다 적습니다"라고
두루뭉술하게 쓰지 말고 "시어스의 이윤은 5% 이하입니다"라
고 구체적으로 써라. '많다'는 일반적인 표현이다. '275,030개'
는 구체적인 표현이다. '사람 혈관은 매우 길다'는 일반적인 표
현이다. '사람 혈관의 총 길이는 120,000km이다'는 구체적인
표현이다.

트릭을 쓴 교묘한 헤드라인을 피하라

이중 의미, 말장난, 모호한 표현은 제품의 판매에 도움이
되지 않는다. 신문에서 당신은 350개의 다른 헤드라인과 싸워

야 한다. 독자는 어려운 헤드라인의 뜻을 알기 위해 기다리지 않는다. 헤드라인은 쉬운 말로 치는 전보와 같아야 한다.

어려운 단어를 피하고 쉬운 단어를 써라

카피는 사람들이 일상 대화에서 사용하는 언어로 써야 한다. 평범한 이웃 아저씨, 아줌마, 할아버지, 할머니가 모르는 단어는 쓰면 안 된다. 그들이 구매자이기 때문이다. 구매자가 이해하지 못하는 카피는 외국어로 쓴 카피처럼 효과가 없다.

눈먼 헤드라인은 쓰지 말라

보디카피를 읽지 않으면 무슨 뜻인지 모르는 헤드라인은 쓰면 안 된다. 헤드라인을 읽은 사람 중에 10%만이 보디카피를 읽는다. 이는 대부분 사람은 보디카피를 읽지 않는다는 뜻이다. 어떤 헤드라인은 신원 불명이다. 제품이 무엇인지, 어떤 기능을 하는지 도통 알 수 없다. 이런 광고의 상기율은 20% 떨어진다.

한 명의 독자에게 써라

보디카피를 쓸 때는 저녁 식사에서 곁에 앉은 여인에게 말을 거는 것처럼 써야 한다. "새로운 차를 하나 사야겠는데 어떤 것이 좋을까요?" 마치 이런 물음에 답하듯이 써라. 대중들에게 연설하듯이 쓰지 말라. 사람들이 여러분의 광고를 읽을 때 그들은 혼자다. 여러분은 광고주를 대신해서 독자들에게 편지를 쓰고 있다고 생각해야 한다.

과장하지 말라

'우리 제품은 세계 최고입니다'와 같은 최상급 표현을 자제하라. 이러한 허풍과 자랑은 아무에게도 확신을 주지 못한다. "에이비스는 업계 2위에 불과합니다. 그래서 더 열심히 합니다." 렌터카 업체 에이비스는 솔직한 카피로 고객에게 호소한 결과 13년 연속 적자에서 벗어날 수 있었다.

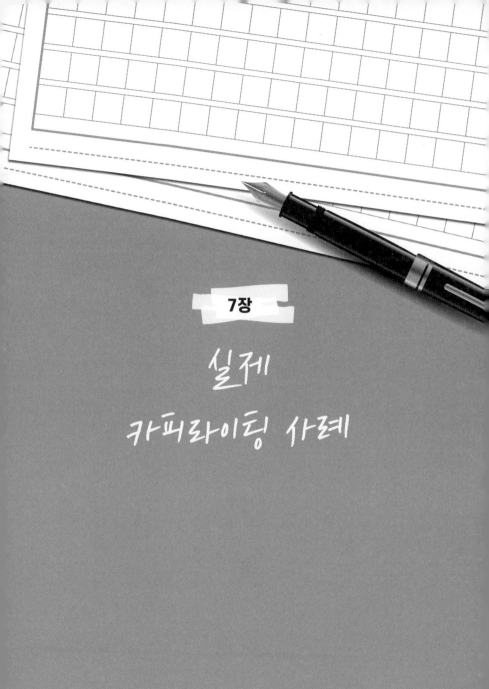

7장

실제
카피라이팅 사례

"

세일즈 중에서 가장 어려운 것이 보험 세일즈이고, 보험 세일즈 중에서

가장 어려운 것이 종신보험 세일즈다. 종신보험 세일즈를 팔 수 있다면

세상에 못 팔 것이 없다. 이번 장의 주제는 '종신보험 세일즈 12가지

도구상자'의 카피라이팅이다. 내가 실제로 의뢰받은 사례를 바탕으로

카피라이팅 공식이 어떻게 실전에 적용되는지 살펴보자.

"

핵심 메시지 만들기

타깃 분석

타깃은 종신보험을 판매하고 싶은 보험 세일즈맨이다.

타깃의 욕구

보험 세일즈맨은 고객을 만나서 첫 마디를 여는 것을 힘들어한다. 공감대가 없는 상태에서 보험 이야기를 불쑥 꺼내면 상대가 경계하기 때문이다. 세일즈맨이 원하는 것은 친구와 이야기하듯 자연스럽게 첫 마디를 꺼내고 클로징까지 연결하는 것이다. 그것을 가능하게 하는 것이 '종신보험 세일즈 12가지 도구상자'다.

● **핵심 가치**

12가지 도구상자는 보험 세일즈맨에게 다양한 혜택을 제공한다. 그중에서도 특히 '첫 마디를 자연스럽게 열 수 있도록' 도와주는 것이 핵심 가치다. 첫 마디에서 고객과 공감대를 형성하면 이후의 대화도 자연스럽게 이어진다.

● **핵심 메시지**

"보험 세일즈맨을 위한, 첫 마디로 고객과 공감대를 형성하는, 12가지 도구상자"

12항목 아웃라인 만들기

● **기초자료 질문지**

아웃라인을 작성하기 전에 본서 [부록1]에 있는 기초자료 질문지를 작성하라. 사람들이 글을 못 쓰는 이유는 무엇을 쓸지 모르거나, 어떻게 쓸지 몰라서다. 어떻게 쓸지 모르면 기술적으로 배우면 된다. 그러나 무엇을 쓸지 모르면 쓸거리를 만들어야 한다. [부록1]의 기초자료 질문지는 내가 실제로 카피라이팅 의뢰를 받을 때 사용하는 양식이다. 방대한 양이기는 하지만 순서대로 질문에 답하다 보면 카피라이팅의 각 파트에 들어갈 내용이 자동으로 생성된다. 보이지 않는 카피라이팅에 공을 들일수록 보이는 카피라이팅의 완성도가 높아진다.

● 아웃라인의 필요성

자, 이제 우리는 본서를 통해 카피라이팅 공식을 알았다. 또한 기초자료 질문지를 통해 충분한 내용도 생성했다. 그럼 바로 카피라이팅을 쓰면 될까? 아니다. 전문 카피라이터가 아닌 이상 누구나 처음부터 풀 버전의 카피라이팅을 하려고 하면 압도되는 느낌을 받는다. 그럴 때는 아웃라이너를 활용해서 먼저 개요를 작성한 후 살을 붙여나가야 한다. 나는 '트랜스노(transno)'라는 디지털 아웃라이너를 사용하고 있다. 그 외에도 워크플로위나 다이날리스트 등 다양한 아웃라이너가 있으니 각자 자신에게 적합한 툴을 활용하면 된다.

● 12항목 아웃라인

우선 아웃라이너에 다음과 같이 '핵심 메시지-헤드라인-8단계 PERSUADE 공식-7가지 CLOSING 기법-터치라인' 순서로 12줄의 빈 항목을 만든다. 하나의 단계에 하위 항목이 있으면 추가로 표시해 준다. 먼저 아웃라인을 채우고 나중에 단락으로 확장한다.

1. 핵심 메시지:

2. 헤드라인:

3. Prolog:

4. Exciting News:

5. Real Storytelling:
   - 변화 전 이미지:
   - 변화의 계기:
   - 고난 극복 과정:
   - 성공스토리:

6. Suffering & Solution:
   - 문제:
   - 문제의 원인:
   - 해결의 원리:
   - 해결책:

7. Uniqueness:

8. Asking & Answer:

　　- 세 가지 질문:

　　- 세 가지 답변:

9. Demonstration:

10. Enjoyment:

11. 클로징카피:

12. 터치라인:

●　　　　　　　　　　　　　　　**12항목 채우기**

　　12항목을 각각 1~2문장으로 채운다. 그보다 좀 더 길어도 상관없다. 세련된 문장을 쓰려고 하면 안 된다. 초고를 쓴다고 생각하고 너무 방대하지 않게, 전체 카피라이팅의 구조를 한 눈에 내려다볼 수 있도록 적어야 한다. 지금 채우는 문장은 각 단락 또는 단계의 중심 문장이 된다. 세부적인 뒷받침 문장은 나중에 채우면 되므로 지금은 신경 쓰지 않아도 된다.

　　1. 핵심 메시지: 보험 세일즈맨을 위한, 첫 마디로 고객과 공 감대를 형성하는, 12가지 도구상자

2. 헤드라인

　-표제: 종신보험 세일즈의 첫 마디를 자연스럽게 열어주는
　　12가지 도구상자

　-부제: 오직 종신보험만으로 20년 연속 MDRT를 달성한
　　세일즈의 달인이 직접 개발한 궁극의 세일즈 도구

3. Prolog: 여러분은 고객을 만나기만 하세요. 영업은 12가지
　도구상자가 합니다.

4. Exciting News: 보험 세일즈를 막 포기하려고 하던 찰나,
　우연히 강연을 통해 12가지 도구상자를 만나게 되었습니다.

5. Real Storytelling:

　-변화 전 이미지: 설명을 못 해서 사람들에게 거절당함.

　-변화의 계기: 고객과 소통하고 싶어서 뚫어 뻥 모형을
　　만듦.

　-고난 극복 과정: 제조업 경험이 없어서 시제품을 수없이
　　실패하고 개선함.

　-성공스토리: 도구를 사용하자 세일즈가 더이상 두렵지
　　않고 재미있어졌음.

6. Suffering & Solution:

- 문제: 보험을 무리하게 설명해서 고객이 부담을 느낀다.
- 문제의 원인: 공감대가 충분히 형성되지 않은 상태에서 세일즈를 하기 때문이다.
- 해결의 원리: 공감대를 형성할 수 있는 매개체가 필요하다.
- 해결책: 12가지 도구상자를 활용하면 쉽고 자연스럽게 대화를 시작할 수 있다.

7. Uniqueness: 고객이 부담스러워하는 것이 아니라 재미있어한다.

8. Asking & Answer:
- 세 가지 질문: 정말 되는가? 고객이 부담스러워하지 않는가? 오래 사용할 수 있는가?
- 세 가지 답변: 이미 검증되었다. 고객이 재미있어 한다. 시간이 지나도 변치 않는다.

9. Demonstration
- 상담을 자신감 있게 한 사례
- 해외에서도 판매된 사례
- 팀 훈련용 활용한 사례
- 고객이 눈물을 흘린 사례

10. Enjoyment: 매일 아침 도구상자만 들고 발걸음 가볍게 세일즈를 나서게 되었습니다.

11. 클로징카피: 종신보험 세일즈 12가지 도구상자 재고가 소진되면 당분간 재입고가 어렵습니다. 재료비 및 인건비 상승으로 재입고 시 가격이 인상될 수 있습니다.

12. 터치라인: "승자와 패자를 분리하는 단 한 가지는 승자는 실행하는 사람이라는 점이다."-앤서니 로빈스

헤드라인으로 가치 제안하기

① "종신보험 세일즈의 첫 마디를 자연스럽게 열어주는 12가지 도구상자"

② 오직 종신보험만으로 20년 연속 MDRT를 달성한 세일즈의 달인이 직접 개발한 궁극의 세일즈 도구

● 이득 + 키워드

①은 이득과 키워드가 드러난 헤드라인이다. 종신보험 세일즈맨이 가장 두렵고 피하고 싶은 순간이 언제일까? 고객에게 보험에 관해 첫 마디를 꺼내는 순간이다. 그렇다면 세일즈맨이 가장 바라는 것은? 부담스럽지 않게 첫마디를 떼는 것이다. 그것을 도와주는 것은? 12가지 도구상자, 즉 우리가 팔려고 하는 상품이다.

"종신보험 세일즈(타깃)의 첫 마디를 자연스럽게 열어주는 (이득) + 12가지 도구상자(키워드/숫자 + 유형)"

● 헤드라인 후보

이 한 줄의 헤드라인을 쓰기 위해 32가지 헤드라인 템플릿을 작성했다. 그 중 '이득제시'형을 제외한 다섯 가지 유형 중 최종 후보에 오른 것은 다음과 같다.

신정보 : "완전히 새로운 종신보험 세일즈 기법, 기적의 12가지 도구상자를 소개합니다."

비밀 : "어떻게 평범했던 전직 은행원은 종신보험 세일즈만으로 20년째 연속 MDRT가 될 수 있었을까요?"

한정 : "종신보험 세일즈 12가지 도구상자. 12월 31일까지 선착순 100명 한정 판매"

공감 : "누가 나 대신 종신보험 세일즈 첫 마디만 해 줬으면…"

부정 : "종신보험은 사람이 팔지 않습니다. 도구가 팝니다."

● 권위를 담은 부제

②는 헤드라인 후보 중 하나를 살짝 변형한 부제다. 오직 종신보험으로만 20년 연속 MDRT를 달성한 판매자의 이력을 넣어서 권위와 후광 효과를 획득했다. '궁극의'라는 매직 워드를 사용해서 반응률을 높였다.

> ※ MDRT 'Million Dollar Round Table'의 약자로, 보험설계사 중에서 뛰어난 실적을 올린 사람들만 가입할 수 있다. 보험 세일즈맨 사이에서는 명예의 전당으로 여겨진다.

4절

Prolog로 호기심 자극하기

기적의 도구상자

① "여러분은 고객을 만나기만 하세요. 영업은 12가지 도구 상자가 합니다."

② 고객을 만나면 첫마디가 떨어지지 않아 힘드셨나요? 상처가 되는 차가운 거절의 말은 아무리 들어도 익숙해지지 않으시죠?

③ 이제 여러분은 영업하지 마세요. 그냥 고객과 친구처럼 재미있게 이야기만 나누세요.

④ 20년 연속 MDRT 달성자가 알려주는 완전히 새로운 '종신보험 세일즈 12가지 도구상자'가 여러분을 대신해서 상품을 팔아드립니다.

낯선 문장/고정관념 파괴

①은 영업은 세일즈맨이 직접 해야 한다는 고정관념을 파괴하는 낯선 문장이다. 독자의 호기심을 자극한다.

- **문제 상황 제시**

②는 질문 형식을 통해 문제를 제기함으로써 독자의 공감을 유도한다.

- **해결 상태 제시**

③은 문제가 해결된 이상적인 상태를 제시한다.

- **방법제시/권위 획득/혜택 제시**

④는 문제를 해결하는 방법으로써 '종신보험 세일즈 12가지 도구상자'를 제안한다. '20년 연속 MDRT'로 멘토로서의 권위를 획득한다. '여러분을 대신해서 상품을 팔아준다'는 혜택이 명시되었다.

5절

Exciting News로 놀라움 주기

- **실패에서 성공으로**

① "보험 세일즈를 포기하려고 하던 찰나, 우연히 강연을 통해

12가지 도구상자를 만나게 되었습니다. 종신보험 세일즈에 대한 의심이 확신으로 바뀌고 희망이 생겼습니다. 이제는 세일즈가 두렵지 않습니다. 즐겁습니다." – ○○생명 2년 차 이○○

② "경제적으로 참 어렵던 상황에서 남은 예금을 모두 털어서 12가지 도구상자를 구입했습니다. 그러나 절대 후회하지 않았습니다. 보면 볼수록 빨리 사용하고 싶어집니다. 제 인생을 도구 세일즈에 걸었습니다. 눈물이 날 정도로 고마운 선물입니다." – ○○생명 7년 차 나○○

③ "경기도 병원 원장님에게 도구상자를 설명하는 중간에 간호사가 원장님을 부르러 왔습니다. 원장님이 환자를 보러 나간 사이 간호사가 망각의 찻잔 도구를 보고 "그것이 뭐예요?" 질문했습니다. 자연스럽게 대화가 이어졌고 결국 간호사와 계약이 성사되었습니다." – ○○생명 17년 차 안○○

④ 지금 이 순간에도 성공신화는 이어지고 있습니다. 이 글을 끝까지 읽으시면 여러분도 성공신화의 주인공이 될 수 있습니다.

● **고객 성공스토리**

①~③은 모두 생생한 후기를 통해 고객의 성공스토리를 전한다.

①은 포기에서 확신으로, ②는 절망에서 희망으로, ③은
원장님에서 간호사로 바뀌는 반전을 통해 놀라움을 준다.

● **기대감 증폭**

④는 독자로 하여금 이러한 성공신화가 남의 이야기가 아
니라 바로 자신의 이야기가 될 수 있다는 기대감을 품게 한다.

Real Storytelling으로 공감대 형성하기

● **세일즈 20년 인생과 도구상자**

① IMF의 매서운 칼바람이 불던 때, 저는 안정적으로 다니
던 은행을 그만두고 종신보험 세일즈맨으로 제2의 인생
을 시작했습니다.

② 처음 발을 디딘 보험 세일즈의 세계는 혹독했습니다. 어
떤 고객은 잔뜩 긴장한 제 얼굴을 보고 "집에 우환이 있
으세요?"라고 묻기도 했고, 어떤 고객은 설명을 듣다가

말고 "설명이 어려워서 도대체 무슨 소린지 하나도 모르겠네요!"하고 화를 내며 나가버리기도 했습니다.

③ 저는 어떻게 하면 자연스럽게 고객과 대화를 시작할 수 있을까 고민했습니다. 그러다가 '뚫어 뻥'을 미니어처로 만들어서 가지고 다녔습니다. 본격적인 세일즈 토크를 시작하기 전, 고객이 그게 뭐냐고 물어보면 저는 이렇게 대답했습니다.

"이건 뚫어 뻥입니다. 뚫어 뻥 사면서 변기가 넘쳐서 제대로 사용해볼 것을 기대하는 분은 없으시죠? 제발 사용할 일이 없기를 바라면서 삽니다. 종신보험도 마찬가지입니다. 어서 죽거나 병들어서 보험금 잔뜩 타기를 기대하는 사람은 아무도 없습니다."

④ 신기한 일이었습니다. 뚫어 뻥이라는 작은 도구를 활용했을 뿐인데 고객이 마음의 경계를 풀고 다가왔습니다. 이쪽에서 말을 꺼내기도 전에 보험 상품을 자세히 알려달라고 묻기도 했습니다. 용기를 얻은 저는 뚫어 뻥 이외에 종신보험 타로카드, 인생의 부채 등 도구를 하나둘 개발했습니다. 그에 따라 실적도 급속히 높아졌습니다. 제가 올해로 20년 연속 MDRT를 이어갈 수 있었던 비결은 다름 아닌 '도구'였습니다.

⑤ 사실 세일즈 도구는 제가 개인적으로 사용하던 영업 비법

이라서 다른 사람에게 알려줄 생각은 하지 못하고 있었습니다. 그러다가 우연히 FP 클라우드에서 보험 세일즈 동영상 강의를 찍으면서 도구들을 모두 모아서 하나의 패키지로 모으면 어떻겠느냐는 제안을 받았습니다.

공감대 형성

①은 타깃과 같은 어려움을 겪었음을 이야기하며 공감대를 형성한다.

변화 전 이미지

②에 나타난 변화 전 이미지는 나중에 Enjoyment의 '변화 후 이미지'와 대비되는 초라한 모습으로 그려진다.

변화의 계기

본 카피는 문제와 해결이 반복되며 작은 성공 → 큰 성공으로 이어지는 복합구조로 되어 있다. 첫 번째 변화의 계기는 ③에서 나타난다. 그것이 ④의 성공으로 이어진 후 다시 두 번째 변화의 계기인 ⑤로 이어진다. 이후 고난을 극복하는 영웅신화가 이어진다.

타이탄의 도구

① 그렇게 시작된 '종신보험 세일즈 12가지 도구상자'의 개발 과정은 결코 만만치 않았습니다. 제조업이 처음이다 보니 재료를 어디서 구해야 할지, 시제품 제작은 어디에 의뢰해야 할지 모든 것이 막막했습니다. 연습장에 서툰 솜씨로 설계도를 그리고, 청계천과 방산시장을 돌며 제조업자를 찾았습니다. 파주의 목기 제조 공방, 의정부 공방에서는 말을 꺼내지도 못한 채 쫓겨났습니다.

② 고생 끝에 만들었지만, 초등학생이 만든 것처럼 조악한 시제품도 있었습니다. 다 만들어놓고도 설득 효과가 떨어지면 폐기한 것도 많습니다. 동료들에게 수없이 조언을 구하고 고객들에게 현장검증하면서 추리고 추린 것이 '종신보험 세일즈 12가지 도구상자'입니다. 12가지 도구가 결정되기까지 70~80개의 도구가 만들어지고 버려졌습니다. 즉 이미 시장에 나오기 전부터 검증이 끝난 것이죠.

③ 12가지 도구를 사용하자 코로나 시대임에도 세일즈가 오히려 쉬워졌습니다. 개발한 저조차도 '아니 종신보험 세일즈가 이렇게 쉬워도 되는 거야?' 싶어서 깜짝 놀랍니다. 12가지 도구는 단순히 상품 판매를 넘어 고객에게 감동을 전해줄 수 있는 '타이탄의 도구'입니다.

고난 극복

①을 통해 도전과 좌절을 구체적으로 묘사하여 개발 과정이 만만치 않았음을 보여준다. 상품에 고생을 첨가하면 가치가 높아진다.

영웅신화

②를 통해 결국 여러 어려움을 극복하고 해결책을 찾아냈음을 보여준다. 이러한 시간적, 비용적, 노력적 투자는 상품의 가치에 반영된다.

성공신화

③은 고난을 극복한 성공스토리로 끝을 맺는다. 보험 세일즈가 쉬워지는 것은 물론, 고객에게 감동을 줄 수 있다는 상품의 혜택이 드러난다.

Suffering & Solution으로 문제 해결하기

● **이것은 세일즈가 아니다**

① 지금도 많은 세일즈맨들이 실적을 올리기 위해 처음부터 보험 이야기를 꺼냅니다. 그러나 고객은 길고양이처럼 예민합니다. 조금이라도 자신에게 부담스러운 상품을 팔려는 낌새가 보이면 마음의 문을 닫고 자리를 피합니다. 한 번 놓친 고객은 다시 만나기 힘듭니다.

② 어렵게 기회를 얻어도 세일즈맨은 숫자 위주로 어렵게 상품을 설명합니다. 안 그래도 부담스러운 보험 이야기인데 어렵기까지 하다면 고객들은 어떻게 반응할까요? 아마 이렇게 소리칠 것입니다. "설명이 어려워서 도대체 무슨 소린지 하나도 모르겠네요!"

③ 이런 거절이 반복되면 누구라도 의기소침해집니다. 일터로 나가는 발걸음이 무거워지고 보험증서가 든 서류가방이 돌덩이처럼 느껴집니다. 고객을 만날 기회가 생겨도 '무슨 말부터 꺼내야 하나' 겁부터 덜컥 납니다. 이래서야 어떻게 보험 일을 계속할 수 있겠습니까?

④ 보험을 팔려면 보험 이야기로 시작하면 안 됩니다. 삶을 이

야기해야 고객이 마음을 엽니다. 어렵게 숫자 위주로 설명
하면 안 됩니다. 고객의 가슴에 직접 와 닿는 스토리텔링을
해야 합니다. 일터로 나가는 발걸음이 무거워서는 안 됩니
다. 소풍을 가듯이 발걸음이 가볍고 즐거워야 합니다. 그래
야 90세까지 지치지 않고 보험 세일즈를 할 수 있습니다.

● 문제의 세분화

문제를 ①처음부터 보험 이야기를 꺼낸다 ②숫자 위주로
설명한다 ③세일즈가 두려워진다로 세분화했다. 특히 ③에는
부정적인 상황과 부정적인 정서가 함께 드러나 있다.

● 문제의 시각화

②에서 판매자가 예전에 들었던 고객의 목소리를 인용해
서 상황을 구체적으로 묘사했다.

● 문제의 연쇄화

③에서 문제는 '의기소침 → 두려움 → 일을 계속할 수 없
음'으로 연쇄적으로 심화된다.

● 해결 원리

④에서 문제의 해결 원리를 문제와 1대 1 대응으로 제시한다.

종신보험 세일즈 12가지 도구상자

① '종신보험 세일즈 12가지 도구상자'를 사용하세요. 제가 개발했지만 너무 좋아서 여러분께도 권해 드립니다. 정든 동료들이 하나둘 보험 업계를 떠나는 것을 두고 볼 수 없어서 제가 몰래 쓰던 비법을 하나도 숨김없이 공개했습니다. 12가지 도구상자를 쓰면 다음과 같은 좋은 점이 있습니다.

② 첫째, 고객과 자연스럽게 이야기를 시작할 수 있습니다. 만날 대상이 정해지면 나가기 전에 도구상자를 펼치고 고객의 연령, 직업, 역할에 맞은 도구를 선택합니다. 고객을 만나면 고객 앞에 도구를 늘어놓습니다. 먼저 말을 꺼낼 필요가 없습니다. 고객의 물음에 답하다 보면 어느새 고객과 삶에 관해 대화하게 되고, 자연스럽게 삶을 지켜주는 종신보험 클로징까지 이어집니다.

③ 둘째, 가슴에 와 닿는 스토리로 진행이 됩니다. 12가지 도구 하나하나에는 고객의 공감을 살 수 있는 스토리가 숨겨져 있습니다. 예를 들어 볼까요? 12가지 도구 중 '삶과 사'라는 도구가 있습니다. '삶'의 위쪽 블록을 돌리면 뒷면의 '死'가 나타납니다. 삶 속에 죽음의 리스크가 있다는 피하고 싶은 이야기를 놀이하듯 쉽게 꺼낼 수 있습니다.

④ 셋째, 보험 세일즈가 쉽고 재미있어집니다. 12가지 도구

상자를 본 동료들은 이렇게 묻습니다. "만일 고객이 아무 것도 물어보지 않으면 어떻게 하죠?" 그럴 때는 그냥 짐을 챙겨서 나오면 됩니다. 관심이 없는 고객에게는 어떤 말을 해도 시간 낭비일 뿐입니다. 12가지 도구상자는 진짜 고객과 가짜 고객을 가려줍니다. 어차피 될 고객만 상대하기 때문에 세일즈가 쉽고 재미있어집니다.

해결책 제시

①에서 문제의 해결 원리를 구현한 상품으로서 '종신보험 세일즈 12가지 도구상자'를 제시한다.

해결책의 세분화

해결책의 효과를 ②고객과 자연스럽게 이야기를 시작할 수 있다. ③가슴에 와 닿는 스토리로 진행된다 ④세일즈가 쉽고 재미있어진다로 세분화했다.

해결책의 시각화

②에서 해결책, 즉 상품의 사용법을 구체적으로 묘사했다. 이러한 묘사는 심리적 소유 효과도 불러일으킨다.

해결책의 연쇄화

②~④는 단순히 제품의 특성을 나열한 것에 그치지 않고 고객이 할 수 있는 '캔 두 리스트'를 보여준다. 즉 이 상품을 구입하면 고객과 자연스럽게 이야기를 시작할 수 있고, 고객과 공감대를 형성할 수 있으며, 쉽고 재미있게 보험 세일즈를 할 수 있다.

12가지 도구상자 소개 영상

https://youtu.be/gHiUB6q8K-A

12가지 도구상자의 구성

1. 망각의 차: 가족에 대한 미안함을 대신 해결해 주는 종신 보험
   https://youtu.be/e9q-vDR78sg

2. 부채: 가장의 숨겨진 부채를 해결해 주는 종신보험
   https://youtu.be/Q7mnqQ2VL5U

3. 뚫어 뻥: 삶의 막힌 부분을 시원하게 뚫어주는 종신보험
   https://youtu.be/kpR72WCBaZk

4. 마술 링: 순간의 방심으로 추락할 수 있는 몸값을 지켜주는 종신보험

   https://youtu.be/gHnyU3rIrYc

5. 우산: 다른 보험이 책임질 수 없는 구멍을 메워주는 사망보장

   https://youtu.be/GU-ZL-REYds

6. 소화기: 만약의 사태에 가족의 삶과 꿈을 지켜주는 종신보험

   https://youtu.be/7arQsGfU0gY

7. 로또: 로또와 다름없는 본인이나 배우자의 가치를 지켜주는 종신보험

   https://youtu.be/FD9B-9I0zgE

8. 주춧돌: 우리 인생의 주춧돌 역할을 하는 사망보장

   https://youtu.be/gXrsy6hT4-w

9. 삶과 사: 죽음의 문제를 해결하고 행복한 삶을 얻는 종신보험

   https://youtu.be/TK4fr7k-QLI

10. 돈과 꿈: 약간의 돈으로 자녀의 꿈을 지킬 수 있는 종신 보험

    https://youtu.be/yStGSbduuog

11. END와 AND: 80세 납을 목표로 새롭게 시작하는 종신 보험

    https://youtu.be/mxeHV1I4_YU

12. 자유이용권: 원인과 이유를 묻지 않고 평생 보장하는 종 신보험

    https://youtu.be/KB-lekpEMSg

- **표와 리스트 활용**

해결책의 12가지 구성요소를 리스트로 정리했다.

- **해결책의 시각화**

해결책의 사용법을 직접 볼 수 있도록 동영상 URL을 첨부 했다.

Uniqueness로 다른 제품과의 차별점 강조하기

12가지 도구상자만의 차별점

① 그동안 세일즈 업계에는 다양한 솔루션이 있었습니다. 각종 세일즈 화법에서부터, 디지털 마케팅 툴까지 일일이 언급하기 어려울 정도로 많습니다. 그러나 그중에서 '어떻게 고객과 첫 마디를 자연스럽게 시작할 수 있을까'라는 고민에 대해 확실한 답을 제시한 솔루션은 없었습니다. 대개 '첫 마디는 어떻게든 했다고 치고' 그다음 과정을 말할 뿐이었습니다.

② 그러나 시작이 반입니다. 첫 마디를 제대로 꺼내지 못하면 결과는 보나 마나입니다. '종신보험 세일즈 12가지 도구상자'는 여러분이 그토록 어려워하는 '보험의 첫 마디'를 아무 부담 없이 열 수 있도록 도와주는 업계 최초의 도구입니다. 그 비결은 세일즈맨이 아니라 고객이 먼저 묻게 하는 것입니다. 도구는 그 중간 매개체 역할을 해줍니다.

③ 이성적으로 고객을 설득하는 방법은 많습니다. 그러나 고객은 감정으로 결정하고 이성으로 합리화합니다. 아무리

객관적인 팩트를 들이밀어도 마음속 깊은 곳에서 뜨거운 것이 동하지 않으면, 고객은 결코 계약서에 사인하지 않습니다. 12가지 도구상자는 이성적인 설득이 아닙니다. 고객의 감정을 건드리는 강력한 스토리텔링 도구입니다. Fact는 말합니다. 그러나 Story는 팝니다.

● **기존 제품의 한계**

①에서 기존 제품의 한계점을 지적하고 그것을 보완할 수 있는 상품의 차별점을 언급한다.

● **핵심 가치 강조**

②에서 '첫 마디를 자연스럽게 꺼내게 한다'는 핵심 가치를 다시 한 번 강조한다.

● **비교 기준 설정**

③에서 경쟁 상품과의 비교 기준을 '이성적 설득'이 아닌 '감정적 설득'으로 판매자에게 유리하게 설정했다.

Asking & Answer로 의심 제거하기

●   **자주 하는 질문과 답변**

① Q. 보험 초년생인데 도구만 가지고 성공할 수 있을까요?

A. 물론입니다. 시간을 따라잡는 것은 시간이 아니라 도구입니다. 어떤 사전 지식도 스킬도 필요 없습니다. 그대로 따라 하면 몇십 년 된 경력자가 부럽지 않을 겁니다. 이미 수많은 테스트를 거쳐 검증된 도구입니다.

② Q. 처음에 도구부터 들이밀면 고객이 부담을 갖지 않을까요?

A. 아닙니다. 오히려 보험 설계서부터 들이밀면 더 부담스러워합니다. 도구는 상품이 아니라 삶을 이어주는 매개체입니다. 그래서 자연스럽게 이야기에 빠져들고 니즈가 환기되면서 고객 자신의 선택이 클로징으로 연결됩니다.

③ Q. 유행을 타지 않고 오래 쓸 수 있을까요?

A. 네. 시대는 변해도 삶은 변하지 않습니다. 도구상자 하나로 30~40년 똑같이 영업해도 아무 문제 없습니다. 세일즈맨이 지루해하지 않으면 고객이 지루해할 일이 없습니다. 세일즈맨은 똑같은 고객을 반복적으로 만나지도 않습니다. 다른 고객들에게 반복해서 사용할수록 말에 힘이 생기고 세일즈에 확신이 생깁니다.

● **악마의 변호인**

판매자 관점에서 대답하기 쉽게 세팅된 질문은 의미가 없다. ①~③은 모두 고객 관점에서 궁금해할 만한 예리한 질문들이다.

● **단점 공개**

위 예문에는 딱히 단점이 드러나 있지 않다. 만약 단점 공개 전략을 사용한다면 '비용은 저렴하지 않지만 효과가 강력하다' 또는 '처음에는 불편할 수 있지만 자꾸 사용하다보면 익숙해진다'는 식으로 장점과 연결해서 제시한다.

● **근거와 주장**

③에서 시대가 지나도 변함없이 사용할 수 있다는 주장의 근거로 '똑같은 고객을 반복적으로 만나지 않는다'는 점과 '반복할수록 확신이 생긴다'는 점을 들었다.

Demonstration으로 입증하기

후기, 후기, 생생한 후기

① 껄끄러움을 부드럽게 바꿔주는 도구

도구를 매개체로 자연스레 자신있게 상담을 하게 됩니다. 말로만 하거나 종이로 써가면서 하는 상담보다 부채, 소화기, 네 잎 클로버 등 도구를 활용하면 입체감있게 상담할 수 있습니다. 평소 상담이 껄끄러웠던 사람도 도구상자를 들고 가면 대화가 자연스레 일반사망으로 향하게 됩니다. 특히 줌 세션 PPT도 상담에 도움이 많이 됩니다. 고객이 오픈마인드로 상담에 임했을 때 상담이 잘 되는 것 같습니다. 도구는 고객의 마음에, 머리에 일반사망을 각인시키는 자연스러운 매개체가 될 것 같습니다.

– 40대 9년 차 OO생명 김OO

② 해외에서 먼저 팔린 도구

뉴욕라이프 시애틀에서 여자 매니저가 도구 구입을 요청했습니다. 교포를 상대로 영업하는데 미국에서는 구할 수 없는 신기한 도구가 있다는 소문을 듣고 수소문해서 주문했습니다. 텍사스에 있는 친구를 소개해 줘서 고맙다고 하면서 제 책을 보내주겠다고 했습니다. 시애틀에 가고 싶다고 했더니 직접 와서 강의해 주면 너무 감사하겠다고 했습니다. 세일즈 도구가 저를 시애틀로 보내는 도구 역할을 하네요. 이 도구는 해외에서 먼저 팔렸습니다.

– OO생명 Jane Park

③ 팀 훈련용 도구

저희 팀에서는 도구상자를 이용해서 팀 훈련을 하고 있습니다. 아무래도 싱글들은 사망보장 니즈가 좀 약한데 도구상자의 도구와 사례를 이용해서 색다른 관점으로 사망보장을 해석합니다. 확 와 닿는 이야기도 있고 갸우뚱하는 이야기도 있습니다만, 팀원마다 가슴에 들어오는 이야기는 각자 다른 것 같습니다. 저도 매번 비슷한 방법으로 훈련하다가 가볍지 않은 주제를 새롭게 해석할 수 있어서 좋았습니다. 저희 팀 세일즈맨들은 가끔 AP하기 어려운 고객들을 만날 때 도구를 가지고 나가서 즐겁게 AP를 하고 있습니다.   – 10년 차 OO생명 최OO 매니저

④ 눈물 나게 하는 도구

감사고객을 처음 만나는 자리에 도구 상자를 가지고 가서 리뷰를 하던 중에 상자를 열고 고객님께 딱 맞는 이야기를 들려 드리겠다고 말씀드렸습니다. 30대 후반 미혼 간호사분에게 망각의 차 이야기를 하면서 잊지 못할 분이 누구냐고 물어보니 어머니라고 이야기하

면서 눈물을 글썽였습니다. 평생 도와주고 희생하신 어머니에게 짐이 되지 않을 수 있는 계획이라고 말씀드리니 보장을 증액하는 데 동의하고 서명을 했습니다. 도구를 이용해서 하나씩 보여드리고 말씀드리니 훨씬 부드럽게 이야기가 진행되었습니다. 앞으로 더 잘 사용해서 고객의 마음을 움직이는 세일즈맨이 되겠습니다.

− 18년 차 OO생명 김OO

고객 후기

고객 후기를 ①~④까지 제시했다. 세일즈 경력과 근무처를 공개함으로써 신뢰감을 더했다(본서에서는 프라이버시 보호를 위해 OO으로 처리했지만, 실제 세일즈 페이지에서는 모두 공개된다).

내적 권위

후기를 쓴 고객들은 모두 현직 보험 세일즈맨들이다. 현직자들의 후기이므로 내적 권위가 있다.

사회적 증거

본 예문에서는 4개의 후기를 제시했지만, 더 많이 제시할수록 사회적 증거의 효과는 커진다.

Enjoyment로 동경심 불러일으키기

● **이것이 진짜 세일즈다**

① 12가지 도구상자가 완성되었을 때 저는 20년의 세일즈 인생이 하나의 결정체로 압축된 기분이 들었습니다. 은행원으로 사는 삶이 인생 1막이었다면, 보험 세일즈맨으로서의 인생은 인생 2막이었습니다. 지금은 '도구를 사용하는 세일즈맨'으로 여유있는 인생 3막을 시작했습니다.

② 이제는 어떤 고객도 저를 보고 "집에 우환이 있으세요?"라고 묻지 않습니다. 12가지 도구상자 덕분에 항상 얼굴에 여유있는 미소를 짓게 되었으니까요. 이제는 어떤 고객도 저를 보고 "설명이 어려워서 도대체 무슨 소린지 하나도 모르겠네요!"라고 화를 내지 않습니다. 12가지 도구상자만 꺼내면 알아서 대화가 이어지기 때문입니다.

③ 12가지 도구상자는 저에게 시간적 경제적 여유를 가져다주었습니다. 20년째 MDRT를 유지하면서 다섯 권의 책을 집필하고, 남극과 북극, 히말라야와 사하라 사막을 다녀왔습니다. 어떻게 이런 일이 가능했을까요? 12가지 도구가 저를 대신해 고객을 설득하고 상품을 팔아줬기 때

문입니다. 제가 한 일은 고객과 약속을 잡고, 만나서 이야기한 것밖에 없습니다.

④ 지금 이 순간에도 보험 세일즈가 힘들다며 다른 길을 찾아 떠나는 동료들을 보면 참 마음이 아픕니다. 함께 오래 행복하게 일하고자 12가지 도구상자를 개발했습니다. 여러분에게도 인생 3막의 세일즈 인생이 시작되길 기원합니다.

● 이상적인 상태

①~④에 걸쳐 보험 세일즈와 관련된 모든 고민이 해결된 이상적인 상태를 보여준다. 카피에서는 이를 '인생 3막'으로 표현했다.

● 변화 후 이미지

②에 나타난 이미지는 Real Storytelling에 나타난 '변화 전 이미지'와 1대 1로 대비된다. 예전에는 안색이 안 좋아 보였지만 지금은 표정이 밝다. 예전에는 세일즈 토크를 하면 고객이 짜증을 냈지만, 지금은 원활하게 대화를 이어간다. 인생이 180도 달라졌다.

●　　　　　　　　　　　　　　　　**워너비 이미지**

　③에서 시간적 경제적 자유를 얻은 워너비 이미지를 묘사
한다. MDRT를 20년째 유지하며, 다섯 권의 책을 집필하고,
세계 방방곡곡을 여행한다. 그 비결은 12가지 도구상자다.

클로징카피 및 터치라인

●　　　　　　　　　　　　　　**행복을 선택할 용기**

① 언제까지 불투명한 미래를 두려워하며 무거운 가방을 들
　고 고객을 만나시겠습니까? 이제 여러분도 가벼운 발걸
　음으로 친구와 이야기하듯 편하게 고객을 만나고 보험을
　판매할 수 있습니다. 과거는 바꿀 수 없지만, 미래는 선택
　한 순간 바뀝니다. 지금 12가지 도구상자로 여러분의 미
　래를 바꾸세요.

② **[구매 안내]**

　1단계: 아래 '결제 링크'를 클릭하고 25만 원을 결제합니다.

[결제 링크]

2단계: 아래 '신청서 링크'를 클릭하고 작성합니다.

[신청서 링크]

3단계: 신청서를 확인하고 안내 메시지를 보내드립니다.

③ ** 고객 미팅 및 강연으로 매우 바쁜 일정을 보내고 있습니다. 신청서 확인 및 답장 메시지가 1~2일 정도 지연될 수 있으니 양해 부탁드립니다.

④ ** 종신보험 세일즈 12가지 도구상자 재고가 소진되면 당분간 재입고가 어렵습니다. 재료비 및 인건비 상승으로 재입고 시 가격이 인상될 수 있습니다.

⑤ PS. 선착순 100명 구매 고객에 한해 OO만 원 상당의 특별도서 증정 및 프리미엄 그룹 가입 특혜를 드립니다. 이후 가격은 예고 없이 단계적으로 인상될 수 있습니다. (현재 35명 구매 / 실시간 판매 진행 중)

"승자와 패자를 분리하는 단 한 가지는 승자는 실행하는 사람이라는 점이다."

-앤서니 로빈스

- **선택 비교**

①에서 무거운 발걸음과 가벼운 발걸음을 비교하며 구매 옵션의 장점을 강조한다.

- **푸시백**

①에서 '지금 12가지 도구상자로 여러분의 미래를 바꾸세요'라는 멘트로 고객의 등을 살짝 떠민다.

- **결제 정보**

②에서 결제 정보를 3단계로 쉽게 안내한다.

- **킹 포지셔닝**

③에서 바빠서 응답이 지연될 수 없음을 밝힌다.

- **불확실한 중단 선언**

④에서 언제 재고가 소진될지 모른다는 불확실한 중단 선언으로 지금 당장 결제해야 할 이유를 말해준다.

- **추신/수량 제한**

⑤는 추신이다. 선착순 100명으로 수량을 제한하여 혜택을 제공한다. 또한 'OO만 원 상당의 특별도서 증정 및 프리미엄 그룹 가입'으로 가치를 강화한다.

● 사회적 증거/줄 세우기

⑤에서 현재 35명이 구매했고 지금도 구매가 이루어지고 있음을 공개해서 전략적으로 줄을 세운다.

● 터치라인

앤서니 로빈스의 말을 인용하여 본 제품을 구매하면 승자 그룹에, 그렇지 않으면 패자 그룹에 속할 수 있음을 암시하며 글을 끝맺는다.

정리

- 본격적인 카피를 쓰기에 앞서 핵심 메시지를 만든다.

- [부록1]의 기초자료 질문지를 활용하여 내용을 생성하라.

- 12항목 아웃라인을 채워서 카피라이팅의 전체 뼈대를 세운다.

- 본서의 카피라이팅 공식에 맞춰 전체 카피라이팅을 완성한다.

- [부록2]의 체크리스트를 활용해서 최종 점검한다.

100% 응답받은 기적의 편지

브루스 바튼(Bruce Barton)

　　브루스 바튼은 1920년대 미국 광고 황금시대를 대표하는 광고인이자 유명 광고회사인 BBDO의 공동설립자다. 그는 당시 GM 사장이었던 찰스 게터링이 "나는 자네 덕에 나한테 아무짝에도 쓸모없는 심리학과 광고에 푹 빠지게 되었네"란 말까지 남길 정도로 뛰어난 카피라이터였다. GM과 GE라는 거대 기업의 캠페인을 성공적으로 끌어낸 브루스 바튼의 성공 비결은 '진정성'이었다. 특히 단 24명에게 편지를 보내서 100% 학교에 기부하게 한 사연은 아직도 전설처럼 내려오고 있다. 이번 칼럼을 통해서 그 편지를 분석해 보자.

친애하는 스미스씨 ·

염려해주신 덕분에 지난 3~4 년 동안 저의 가정생활은 꽤 순조로웠습니다. 청구서 대금을 지불하고 아이들의 편도선 제거 수술을 해줄 정도의 사치를 누렸으며 연말에는 어느 정도 저축도 할 수 있었습니다. 또한 일 문제에 있어서도 지금까지 상당히 만족하고 있습니다.

일상적인 이야기로 편지를 시작한다. 어떤 목적을 가지고 보내는 편지가 아니라 개인 간의 안부를 묻는 편지와 같은 인상을 준다.

하지만 때로는 왠지 안절부절못하는 기분이 들 때도 있었습니다. 이런 말을 듣는 것처럼요. "당신은 이 세상에 어떤 선을 행하고 있는가? 비즈니스를 제쳐놓고 만약 내일 당신이 죽는다면 그 이후로도 유지되는 뭔가를 행하고 있는가?"

물론 우리는 교회나 구세군에 돈을 조금씩 내기도 하고 다양한 종류의 성금 요청에 찔끔찔끔 돈을 내기도 합니다. 하지만 이런 것에서 대단한 만족을 얻기는 어렵습니다.

내적인 갈등이 발생하며 변화의 필요성이 생긴다. 이어서 바튼은 자신의 기부가 의미있게 사용될 곳을 광고회사가 시장

조사를 하듯이 찾아 헤맨 경험을 이야기한다.

> 긴 얘기로 당신을 괴롭히지 않고 짧게 말씀드리자면, 저는 마침내 그곳을 찾았습니다. 사실 당신을 제외하면 23명에게 이 편지를 보냈습니다. 결국 저를 포함하면 25명이 이 이야기를 압니다.

단 24명에게만 편지를 보냈다는 사실을 강조함으로써 상대방이 선택받은 특별한 사람이라는 느낌을 받게 한다. 이후 후원의 대상이 되는 서부 버지니아 주의 역사를 이야기한다. 영국과의 전쟁, 독립전쟁 등을 통해 그들이 얼마나 미합중국의 발전에 이바지했는지를 설명한다. 또한 현재 얼마나 열악한 환경에 놓여있는지를 보여준다.

> 하지만 그들은 위대한 사람들이었습니다. 여성들은 이 세상 어디에 내놓아도 빠지지 않을 정도로 아름다웠습니다. 방 두 칸짜리 오두막집에 사는 그들 중 아무나 한 명을 골라 스타일 좋은 드레스를 입히고 메이크업을 시킨다면 그녀는 뉴욕 5번가에서도 모든 이의 주목을 받을 겁니다.
>
> 또한 스물한 살이 될 때까지 한 번도 철길을 본 적이 없는 소년 중 한 명을 골라 몇 년간 교육해준다면, 고향으로 돌아와 선생

님이나 의사, 변호사, 건축가가 되어 이 산골 생활을 바꿀 동력이 될 것입니다.

그들은 무한한 가능성을 지닌 원목과 같은 이들입니다. 벌레가 먹지도 않았고 옹이도 없는 때 묻지 않는 순수한 목재처럼요. 뉴욕이나 그 밖의 대도시에서 사용되는 수입 목재와는 완전히 다릅니다.

그들에게는 무궁무진한 가능성이 있다는 점을 주장한다. 본격적으로 후원금을 요구하기 이전에 후원금이 충분히 가치 있는 일에 사용됨을 이해시키고 있다.

다시 남북전쟁 때로 얘기를 돌려보죠. 켄터키 산속에 한 작은 대학이 문을 열었습니다. 신념, 희망, 희생을 신조로 시작한 학교는 이 세 가지 미덕이 그들이 가진 유일한 자산이었습니다. 하지만 오늘날까지 이 학교는 자선가들의 기부로 매년 3,000명의 학생을 가르치고 있습니다.

이 학교는 실로 놀랍습니다. 그들은 스스로 먹을 작물을 키우고, 젖소를 사육하여 우유를 짭니다. 그뿐만이 아니라 그들이 만든 빗자루와 양탄자는 전국에서 팔립니다. 학생들은 목수 일과 페인트칠, 인쇄, 말굽의 편자를 다는 등 모든 일에 있어 남녀를 불문하고 공부하면서 직업 훈련을 받습니다.

구체적인 후원 대상이 되는 학교가 등장한다. 버지니아 주의 역사라는 아주 먼 지점에서부터 단계적으로 목표를 향해 범위를 좁혀오고 있다. 심지어 아직 학교의 이름조차 등장하지 않았다. 후원할 가치를 입증하기 위해 이후 학교에 대한 칭찬이 이어진다.

> 학교의 운영은 매우 효율적으로 이루어집니다. 난방비와 전기료를 포함하여 방 대여료는 일주일에 60센트입니다. 식사 한 끼에 11센트로, 하루에 1ℓ의 우유를 받습니다. 학생들은 하루가 다르게 성장합니다. 기숙사비, 식비, 책값 등을 포함해 1년에 학생들이 내야 할 총비용은 146달러입니다.

학교를 운영하는 데 필요한 구체적인 비용을 하나하나 나누어서 밝힌다. 이는 후에 후원금을 책정할 때 중요한 근거가 된다. 이렇게 구체적인 진술을 하지 않았다면 상대는 후원금의 필요성에 대해 의심할 수도 있다.

> 이제 이 이야기를 들어주세요. 이 베레아 대학은 3,000명의 학생 1명당 100달러가 부족합니다. 이 비용을 줄이기 위해 학생 수를 1,500명으로 하든지 100달러의 수업료를 학생들에게 청구할 수도 있습니다. 하지만 그렇게 된다면 베레아의 특징이 없

어져 버릴 것입니다. 다른 대학과 별반 다르지 않은 대학이 되고 말 겁니다. 저는 어떤 방법도 도덕적으로 용인될 수 없다고 생각합니다.

드디어 학교의 이름이 공개되었다. 이렇게 훌륭한 학교가 돈이 부족해서 정원을 절반으로 줄이거나 가난한 학생이 비용을 더 부담할 위기에 처했다는 사실을 말해준다. 후원의 필요성이 구체적으로 드러난다. 문제가 있어야 해결책이 필요하다.

저는 개인적으로 10명의 남학생을 지원하기로 하고 매년 학비 부족액인 1,000달러를 기부하는 것에 동의했습니다. 그리고 이 지원에 한 가지 조건을 걸었습니다. 만약 제가 10명의 학생을 맡아줄 다른 24명을 모을 수 있다면 이에 동의한다는 조건입니다. 대학 운영에 모든 시간을 할애하고 있는 윌리엄 J. 허친스 총장은 기금을 모으려고 전국을 열차로 다니며 분주하게 보냅니다. 그는 매년 50,000~70,000달러의 기금을 모으고 있습니다만, 저도 25,000달러를 모아서 그의 짐을 덜어주고 싶습니다.

브루스 바튼 자신이 솔선수범하여 후원에 나서고 있다는 점을 밝히면서 자신 이외에 24명의 후원자가 더 필요한 당위성을 말해준다. 즉 후원자에게 짐을 떠넘기는 것이 아니라 선한 일에 함께 동참할 것을 권유하고 있다.

> 제가 당신에게 부탁드립니다. 당신에게 꼭 10명의 청년을 소개
> 하고 싶습니다. 그들도 당신의 자녀처럼 순수 미국의 청년입니
> 다. 그들에게도 똑같은 기회를 주시지 않겠습니까? 당신에게 그
> 들의 이름을 알려드리고 그들의 자존심이 상하지 않는 범위 내
> 에서 그들이 어디 출신이며 무엇을 하기 원하는지를 말씀드리
> 겠습니다. 그리고 일 년에 세 번 그들의 성장 과정도 알려드리
> 겠습니다.

후원의 대상이 되는 10명의 청년을 집단이 아니라 개인적
으로 소개한다. 이렇게 구체적인 개인을 내세우는 방식은 현대
의 후원금 모금에도 자주 사용되는 방식이다.

> 동봉된 봉투에 기부에 동의하는지와 언제 기부금을 보낼 수 있
> 는지 적어주십시오. 그리고 제가 다른 23분의 동의를 받았을
> 때 1,000달러를 직접 허친스 총장에게 보내주시지 않겠습니까?
> 이 1,000달러는 당신이 지금까지 사용한 그 어떤 1,000달러보
> 다도 의미있는 것이라고 약속드립니다.

직접 후원하는 보람을 느낄 수 있도록 후원금을 직접 전
달할 것을 요청한다. 또한 '제가 다른 23분의 동의를 받았을

때'라는 언급을 통해 이미 23명이 동의할 것을 기정사실로 받아들이게 한다. 이렇게 되면 후원 요청을 거절하는 것이 매우 힘들어진다.

우리의 활동 대부분은 죽음과 함께 끝을 맺습니다. 하지만 우리의 가족은 삶을 계속하고 젊은 생명은 어른이 되어 또 다른 생명을 잉태합니다. 일 년에 1,000달러로 10명의 청년이 다시 고향에 돌아가 각자의 마을에 선한 영향을 미칠 겁니다. 그리고 그 영향은 그들의 아이에게까지 이어질 겁니다. 당신이 이 세상을 떠난 뒤에도 오랫동안 남아 영향을 미치는, 다른 어떤 투자를 생각할 수 있습니까?

후원금이 단순히 개인적인 차원을 넘어서 공동체와 후대에까지 영향을 미칠 것이라는 사회적 명분을 자극하고 있다.

그렇다면 한 번 더 묻겠습니다. 10명의 소년, 10명의 소녀 중 당신은 어느 쪽에 손을 내밀겠습니까?

– 당신의 브루스 바튼으로부터

마지막 푸시백 문구로 행동을 촉구한다. '후원할 것인가'와 '후원하지 않을 것인가'를 선택지로 제기하지 않고, '10명의 소년을 후원할 것인가'와 '10명의 소녀를 후원할 것인가'를 선택지로 제시하고 있음에 주목하라. 더블 바인딩 기법을 사용해서 어느 쪽을 선택하든 후원을 한다는 목적이 달성된다.

이상 브루스 바튼의 편지를 살펴보았다. 분량이 많아서 부득이 중간 편집을 할 수밖에 없지만, 전반적인 논리의 흐름은 빠짐없이 다루었다. 진정성이 가득한 편지임과 동시에 심리적인 테크닉도 정교하게 활용되었음을 알 수 있다. 위 편지 전문은 조 비테일(Joe Vital)이 쓴 《마케팅의 신》에서 인용한 것이다. 브루스 바튼의 광고 철학이 궁금하다면 읽어볼 것을 권한다.

후기

저는 매일 삽과 곡괭이를 들고 서재로 들어갔습니다. 캄캄한 갱도에서 언어의 돌을 캐서 하늘로 던졌습니다. 대부분 다시 땅으로 떨어졌습니다. 그중 몇 개는 운 좋은 별이 되었습니다. 그 별들이 모여 이 한 권의 책이 되었습니다. 본서를 단 한 문장으로 줄이면 다음과 같습니다.

"카피라이팅이란 핵심 가치의 제안과 입증, 그리고 행동의 촉구다."

먼저 타깃이 누구인지, 무엇을 원하는지를 분석하세요. 그것을 채워줄 수 있는 것이 핵심 가치입니다. 헤드라인에서는 핵심 가치를 제안하세요. 6개의 유형, 32개의 템플릿이 있습니다. 보디카피에서는 핵심 가치를 입증하세요. 8단계의 PERSUADE 공식이 있습니다. 클로징카피에서는 행동을 촉구해서 즉시 결제를 시키세요. 7가지 CLOSING 기법이 있습니다.

이미 눈치채신 분도 계시겠지만, 본서의 서문은 철저히 카피라이팅 공식에 따라 작성되었습니다. 잠깐 본서의 서문으로 돌아가 보세요. 어떤 구성요소가 사용되었는지, 단계별로 어떤 기법이 사용되었는지 지금까지 배운 내용을 바탕으로 스스로 분석해 보세요. 카피라이팅을 본서 한 권으로 끝내겠다는 일념으로 너무 많은 내용을 담다 보니 지면이 부족했습니다. 결국 서문까지도 알차게 예문으로 활용할 수밖에 없었습니다.

본서에 소개한 공식들은 저 혼자 만든 것이 아닙니다. 이전의 모든 카피라이터의 지혜가 응축된 것입니다. 제가 한 일은 그 모든 지혜를 모으고, 검증하고, 알기 쉽게 편집한 것뿐입니다. 저에게 지혜를 빌려주신 모든 분께 감사드립니다. 예문 수집에 도움을 주신 아셀 회원 여러분께도 신세를 졌습니다. 저는 비록 난쟁이지만 여러분 덕분에 거인의 어깨에 올라탈 수 있었습니다. 이제 여러분께 제 작은 어깨를 빌려드리겠습니다.

몇 가지 당부드릴 점이 있습니다. 본서에 소개된 원리, 공식, 법칙은 지난 100년에 걸쳐 이미 검증받은 것들입니다. 그러나 그렇다고 해서 신성불가침한 것은 아닙니다. 여러분의 업종, 상품, 환경에 따라 얼마든지 변형, 발전, 확장할 수 있습니다. 또한 용도가 세일즈 카피라이팅에 국한되지도 않습니다.

자기소개서, 스피치 원고, 블로그 포스팅 등 무궁무진한 응용은 여러분의 몫입니다.

본서를 읽고 카피라이팅을 하신 사례를 muzachi@naver.com으로 보내주세요. 파일도 괜찮고 세일즈 페이지 URL도 괜찮습니다. 사례를 보내 주시면 지면 관계상 본서에 다 싣지 못한 카피라이팅 예문 분석집을 비롯해 방대한 자료집을 선물로 보내드립니다. 또한 별도의 커뮤니티에 초대해서 저와 직접 소통할 수 있는 기회를 드립니다. 현재 저는 주 1회 무료 강의를 통해 회원분들과 지속적인 성장을 추구하고 있습니다.

이제 카피라이팅에 관해서 제가 아는 것은 모두 썼습니다. 이것이 저의 베스트입니다. 소설의 결론은 작가가 쓰지만 카피라이팅의 결론은 고객이 씁니다. 이제 여러분의 차례입니다. 세상을 바꾸고 싶으신가요?

"세상을 바꾸고 싶다면 펜을 들어라."   -마틴 루터

부록

카피라이팅 기초자료 질문지

다음은 제가 카피라이팅 의뢰를 받을 때 클라이언트에게 제공하는 기초자료 질문지입니다. 이 질문지를 충실하게 작성하면 카피는 이미 80% 쓴 것이나 다름없습니다. 실제 클라이언트가 되었다고 가정하고 각각 물음에 답해 봅시다.

[1단계] 핵심 가치

1. 고객은 어떤 사람인가요? 'OO를 OO 하려는 사람'과 같이 동사로 표현해 주세요.

2. 고객이 좋아하는 것과 싫어하는 것을 적어주세요.
   〈좋아하는 것〉
   - 바라는 상황
   - 하고 싶은 일
   - 되고 싶은 존재

〈싫어하는 것〉

- 무서운 일

- 걱정스러운 일

- 고통스러운 일

3. 고객이 좋아하는 것을 성취하고 싫어하는 것을 피하려면 필요한 것이 무엇인지 적어주세요.

4. 여러분의 상품이 위 3번에서 필요한 것을 어떻게 충족시킬 수 있는지 적어주세요.

5. 상품이 가진 여러 장점을 하나로 묶어서 '핵심 가치'로 표현해 보세요.

6. 핵심 가치를 '핵심 메시지'로 문장화하세요.

[2단계] 가치 제안

7. Feature: 상품의 기본적인 특징, 기능, 스펙은 무엇인가요?

8. Benefit: 특징, 기능, 스펙으로부터 고객이 얻을 수 있는 혜택은 무엇인가요?

9. Ideal-state: 고객이 도달할 수 있는 최종 이상적인 상태는 어떤 가요?

10. 다음의 32가지 템플릿과 예문을 따라서 제목을 작성해 봅시다.

(1) 상황 + 이득: 뭐? 1주일에 4일만?

(2) 타깃 + 이득/키워드: 직장인이 꼭 알아야 할 슬기로운 금융 생활

(3) 이득/증거 + 키워드: 1초 등산스틱

(4) 이득 + 키워드 + 서술어: 두 발 자유화 니트 운동화 오늘만 이 가격!

(5) 이득/키워드 + 쉽고 빠르게: 1년 만에 기억력 천재가 된 남자

(6) 이득 + 키워드 + 숫자 + 유형: 합법적으로 세금을 안 내는 110가지 방법

(7) 키워드/이득 vs 키워드/이득: 쳐다볼 것인가, 쳐다보게 만들 것인가?

(8) 뉴스 + (이득) + 키워드: 세상에 없던 교통 서비스의 시작

(9) 이득/협박 + 반전: 내가 피아노 앞에 앉았을 때 모두 웃었습니다. 그러나 연주를 시작하자….

(10) 권위자/유명인/스타 + 키워드: 박진영에게 배우는 생산성을 높이는 다섯 가지 방법

(11) 날짜/날씨/기념일 + 이득/키워드: 설 연휴 찐 3kg 빼는 다이어트 꿀팁 세 가지

(12) 키워드 + 매직 워드: 인생을 바꾸는 기적의 세일즈 화법

(13) OOO/… + 이득: OOO만 바꿨는데… 배달 주문 10배!

(14) '이것' + 이득: 집에서 편하게 용돈 벌이하는 '이것'은?

(15) 현상 + 이유/왜: 요즘 10대가 페이스북 안 쓰고 틱톡 쓰는 이유

(16) 성과 + 방법/어떻게: 어떻게 상현이는 중학영어를 5학년 때 끝냈을까요?

(17) 성과/권위 + 비법/비결/비밀/기적: 하버드 상위 1퍼센트의 비밀

(18) 이득 + 시간 제한: 이번 주말까지만 50% 할인 특가!

(19) 이득 + 장소 제한: 할인 쿠폰은 본 매장에서만 사용 가능

(20) 이득 + 수량 제한: 선착순 100명까지 무료 특별선물 증정!

(21) 이득 + 자격 제한: 수험증 지참 시 50% 할인 특가!

(22) 이득 + 금액 제한: 5만 원 이상 주유 고객에게 자동 세차 무료!

(23) 비유 + 키워드: 산소 같은 여자

(24) 반사적 행위/신체반응 + 키워드: 사나이 울리는 신라면

(25) 구체적인 상황 + 이득 + 키워드 + 숫자 + 유형: 부장님한테 혼날 때, 할 말 없게 만드는 의사소통 방법 3가지

(26) 마음의 소리 + 키워드: 누가 저 대신 프레젠테이션 좀 해주세요.

(27) 보이는 상황/깨달음 + 키워드: 어느 날 문득 정신을 차려보니 책상이 난장판인 당신에게

(28) 금지하기: 영어공부 절대로 하지 마라.

(29) 부정어법: 튀기지 않은 감자칩

(30) 모순어법: 쓸수록 돈 버는 현명한 카드

(31) 협박하기: 외계인이 오면 뚱뚱한 사람을 가장 먼저 잡아먹을 것이다.

(32) 통념 부정: 침대는 가구가 아닙니다. 과학입니다.

[3단계] 가치 입증

11. 제품과 관련하여 깜짝 놀랄 만한 뉴스/성과/사례를 적어주세요.

12. 제품을 개발하기 전, 자신의 일상은 어땠나요?

13. 개발하면서 어떤 어려움이 있었고, 어떻게 극복했나요?

16. 제품을 개발한 후 본인의 삶은 어떻게 달라졌나요?

17. 제품이 필요한 문제 상황을 다음과 같이 작성해 주세요.
  - 부정적인 상황(1) + 부정적인 정서(1):
  - 부정적인 상황(2) + 부정적인 정서(2):
  - 부정적인 상황(3) + 부정적인 정서(3):

18. 이러한 문제가 발생한 공통적인 원인이 무엇인지 적어주세요.

19. 해결책(제품)을 사용하면 좋은 점을 다음과 같이 작성해 주세요.
  - 긍정적인 상황(1) + 긍정적인 정서(1):
  - 긍정적인 상황(2) + 긍정적인 정서(2):
  - 긍정적인 상황(3) + 긍정적인 정서(3):

20. 경쟁사 제품과 비교하여 본인 제품의 차별점(구성요소/작동원리/장점)을 세 가지 이상 적어주세요.

21. 고객이 궁금해할 만한 질문을 세 가지 이상 적고 그에 대한 예상 답변을 적어주세요.

22. 제품의 우수성을 입증할 증거 중 다음 항목에 해당하는 것을 텍스트/이미지로 제공해 주세요.

- 고객 후기 :

- 유명인사의 증언:

- 성공 사례 :

- 포트폴리오 :

- 실험 데이터 :

- 공식기관인증 :

- 자격증, 학위, 특허:

- 뉴스, 기사:

- 실제 작동 이미지, 영상, 샘플:

23.제품을 사용함으로써 누릴 수 있는 가장 행복한 모습을 텍스트/
이미지로 제공해 주세요.

[4단계] 행동 촉구

24.특정 기간, 수량, 자격에 한해 제공할 수 있는 혜택(할인, 특별선물
등)을 적어주세요.

25.제품을 구입했을 때와 구입하지 않았을 때의 차이점을 표로 대조
해 보세요.

구입했을 때	구입하지 않았을 때

26. 제품을 개발하는 데 들어간 비용, 특별선물의 비용, 제품 구성품 각각의 가치 등을 구체적인 가격으로 적어주세요.

27. 제품을 보다 가치있는 상위의 제품에 비유해 주세요.

28. 제품이 꼭 필요한 고객의 특징을 적어주세요.

29. 거절하고 싶은 고객의 특징을 적어주세요.

30. 고객에게 전하고 싶은 마지막 멘트를 적어주세요.

※ 위 질문에 대한 답변을 바탕으로 아래 예시문을 참고하여 한 편의 카피라이팅을 완성해 봅시다.

카피라이팅 체크리스트

다음은 카피라이팅을 한 후 최종 점검을 위한 체크리스트입니다.
항목별로 점검해 봅시다.

단계	항목	체크
Headline	가장 강력한 혜택이 드러났는가?	☐
	호기심을 자극하는가?	☐
	길이가 지나치게 길지 않은가?	☐
	타깃에게 적합한 단어로 표현되었는가?	☐
	3단구조(수식어/키워드/서술어)로 되어 있는가?	☐
Prolog	재/신/감 있게 호기심을 유발하는가?	☐
	짧은 문장으로 시작하고 있는가?	☐
	고객이 받게 될 혜택을 보여주는가?	☐
Exciting News	깜짝 놀랄 만한 소식이 있는가?	☐
	고객에게 호감 또는 경외심을 느끼게 하는가?	☐
	상품을 사고 싶어지는가?	☐

단계	항목	체크
	'변화 전 이미지'가 드러나는가?	☐
	변화의 계기가 드러나는가?	☐
Real Storytelling	고난의 극복 과정이 드러나는가?	☐
	극적인 성공스토리가 드러나는가?	☐
	사생활이 충분히 공개되었는가?	☐
	문제가 충분히 세분되었는가?	☐
	문제가 시각적으로 생생한가?	☐
Suffering & Solution	문제와 해결책이 1대 1로 대응되는가?	☐
	해결책은 상세하게 설명되었는가?	☐
	'캔 두 리스트' 또는 '투 비 리스트'가 제시되었는가?	☐
	핵심 가치가 분명히 드러나는가?	☐
Uniqueness	비교 기준은 자사 상품에 유리한가?	☐
	타사 대비 강점이 분명히 드러나는가?	☐
	고객의 의문을 남김없이 해소하는가?	☐
Asking & Answer	답변의 근거가 이성적으로 이해되는가?	☐
	자사 상품의 단점이 솔직히 공개되는가?	☐
	고객의 생생한 후기가 드러나는가?	☐
Demonstration	외적/내적 권위가 드러나는가?	☐
	쇼 앤 셀(Show & Sell)이 드러나는가?	☐
	행복한 이미지가 제시되는가?	☐
Enjoyment	독자가 시각적으로 상상하게 만드는가?	☐
	웃는 얼굴이 드러나는가?	☐

단계	항목	체크
CLOSING	'제한이 있는 혜택'이 한 가지 이상 제시되었는가?	☐
	구매옵션과 비구매옵션이 비교되었는가?	☐
	가격대비 가치가 강화되었는가?	☐
	결제 정보는 쉽게 행동하도록 제시되었는가?	☐
	환불 보증으로 고객을 안심시키는가?	☐
	클로징카피는 고객의 행동을 촉구하는가?	☐
Expression	텍스트는 효과적으로 비주얼라이징 되었는가?	☐
	단계 사이에 소제목과 예고 단락이 적절히 삽입되었는가?	☐
	단문과 장문이 리듬감있게 섞여 있는가?	☐
	고객이 이해할 수 있는 쉬운 말로 되어 있는가?	☐
	문장은 군더더기 없이 간결한가?	☐
	단락 사이에 한 줄을 비워서 가독성을 높였는가?	☐
	변화구 던지기로 단조로운 문장을 극복하고 있는가?	☐
	충분한 분량의 글을 쓰고 압축했는가?	☐
	사실과 의견이 분명히 구분되는가?	☐
	보이지 않는 것을 보이는 것으로 표현했는가?	☐
	내가 고객이라면 이 카피를 읽고 상품을 사고 싶은가?	☐

참고 문헌

『100만 클릭을 부르는 글쓰기』 신익수, 생각정거장

『3초 안에 반응이 오는 카피라이팅』 최병광, 랜덤하우스코리아

『고객을 불러오는 10억짜리 세일즈 레터 & 카피라이팅』 댄 케네디, 리텍콘텐츠

『고객을 유혹하는 마케팅 글쓰기』 송숙희, 대림북스

『고일석의 마케팅 글쓰기』 고일석, 책비

『광고 불변의 법칙』 데이비드 오길비, 거름

『광고 카피라이팅』 김병희, 커뮤니케이션북스

『광고, 이렇게 하면 성공한다』 존케이플즈, 서해문집

『꽂히는 글쓰기』 조 비테일, 웅진윙스

『끌리는 단어 혹하는 문장』 송숙희, 유노북스

『남의 마음을 흔드는 건 다 카피다』 이원흥, 좋은습관연구소

『당신의 글에는 결정적 한 방이 있는가』 카와카미 테츠야, 토트

『돈이 되는 말의 법칙』 간다 마사노리, 살림

『마음에 착 달라붙는 카피 한줄』 조셉 슈거맨, 북스넛

『마음을 움직이는 한줄의 카피 쓰기』 박상훈, 원앤원북스

『마음을 흔드는 한 문장』 라이오넬 살렘, 유아이북스

『마케팅의 신』 조 비테일, 에이지21

『말이 무기다』 우메다 사토시, 비즈니스북스

『무기가 되는 스토리』 도널드 밀러, 윌북

『무조건 팔리는 카피 단어장』 간다 마사노리, 기누타 쥰이치, 동양북스

『방아쇠 법칙』 조셉 슈거맨, 북스넛

『비틀어 글쓰기』 김건호, 비전코리아

『스틱』 칩 히스, 댄 히스, 엘도라도

『슬로건 창작의 기술』 류진한, 한경사

『영화 카피』 김은영, 커뮤니케이션북스

『예수의 인간경영과 마케팅 전략』 브루스 바튼, 해누리

『올 댓 카피』 민재희, 이담북스

『이교수의 카피교실』 이희복, 한울아카데미

『잘 팔리는 카피라이팅』 김태영, 앱북스

『잘 팔리는 한 줄 카피』 가와카미 데쓰야, 흐름출판

『제목 하나 바꿨을 뿐인데』 김용철, 봄의 정원

『제목은 뭐로 하지?』 앙드레 버나드, 모멘토

『죽이는 한마디』 탁정언, 위즈덤하우스

『찌라시 카피라이팅』 표수연, 커뮤니케이션북스

『첫 문장에 반하게 하라』 조셉 슈거맨, 북스넛

『카피공부』 핼 스테빈스, 윌북

『카피는 거시기다』 윤준호, 난다

『카피라이터가 되씹는 카피들』 장수연, 미진사

『카피라이팅의 원리와 공식』 천현숙, 커뮤니케이션북스

『카피사전』 이종서, 키출판사

『카피책』 정철, 허밍버드

『카피캡슐』 핼 스테빈스, 서해문집

『캐시버타이징』 드루 에릭 휘트먼, 글로세움

『팔지 마라 사게 하라』 장문정, 쌤앤파커스

『팔지 마라, 팔리게 하라!』 가와카미 데츠야, 매경출판

『폭스바겐은 왜 고장난 자동차를 광고했을까?』 자일스 루리, 중앙북스

『한 문장으로 말하라』 나쓰요 립슈츠, 비즈니스북스

『한 줄로 승부하라』 최병광, 한스미디어

『한마디면 충분하다』 장문정, 쌤앤파커스

『확 꽂히는 한 문장』 김건호, 비전비엔피

『The Robert Collier Letter Book』 Robert Collier